Palomino

DANIELLE STEEL

Danielle Steel

Palomino

traduit de l'américain par Patricia PETIT

Éditions J'ai lu

A Thaddeus
avec toute ma tendresse

Ce livre a paru sous le titre original :

PALOMINO

1

Samantha se hâtait de monter l'escalier d'un
élégant petit immeuble de la 63ᵉ Rue. Une rafale
de vent vint rabattre la pluie glacée sur son
visage et elle plissa les yeux. Elle s'arrêta devant
la porte d'entrée, essoufflée. La serrure résista
un peu, comme à l'accoutumée, puis elle se
retrouva dans la chaleur enveloppante du vestibule où elle resta un bon moment debout,
secouant sa longue chevelure blonde, d'une teinte
extrêmement rare, de l'or parsemé de fils d'argent. Petite fille, on l'avait parfois traitée de
« blondasse » et cela l'avait fait souffrir. Elle
n'en avait pris que plus de plaisir, durant son
adolescence, à recueillir les compliments flatteurs
que l'on ne manquait jamais de lui adresser.
Mais à présent, à l'âge de trente ans, elle y était
habituée et, lorsque John lui avait dit qu'elle
avait l'allure d'une princesse, elle avait ri et son
regard bleu s'était fait moqueur dans ce visage
anguleux si surprenant chez une femme aux
formes ondoyantes. Car, si son corps était élancé
et ses jambes minces et longues, sa poitrine et
ses hanches avaient de douces rondeurs.

En elle, tout s'opposait : œil immense et regard
perçant, bouche sensuelle et expression souvent
ironique ; épaules étroites, seins ronds ; voix
douce, vocabulaire précis. On l'imaginait volon-

tiers étendue voluptueusement sur une chaise longue recouverte de velours, dans un déshabillé de soie bordé de marabout. En fait, elle ne portait pratiquement que des jeans qui gainaient ses longues jambes. En général, débordante de vie et d'énergie, elle grimpait l'escalier quatre à quatre, mais pas ce soir, non, pas depuis le mois d'août.

Ce soir, elle se tenait immobile au milieu de la maison vide, les cheveux dégoulinants, à l'écoute de quelque chose... mais de quoi ? Elle était seule, complètement seule dans le vieil immeuble. Les propriétaires étaient partis faire un séjour de six mois à Londres et avaient prêté leur duplex à un de leurs cousins qui n'était presque jamais là. Correspondant de *Paris-Match*, il passait plus de temps à La Nouvelle-Orléans, à Los Angeles et à Chicago qu'à New York. Le dernier étage était le domaine de Samantha... de Samantha et de personne d'autre à présent. Jadis, il avait aussi été celui de John et tous deux l'avaient décoré avec tant de soin et d'amour... À ce souvenir, le front de Samantha se plissa légèrement tandis qu'elle montait lentement l'escalier. Comme elle détestait rentrer chez elle maintenant ! Tous les soirs, elle essayait de retarder l'heure maudite. Aujourd'hui, il était presque neuf heures. Elle n'avait même pas faim. Cela faisait des semaines qu'elle n'avait pas faim.

— Quoi ? Ce n'est pas vrai !

Elle avait fixé sur lui un regard où se lisait la consternation. C'était au mois d'août et la chaleur était étouffante dans l'appartement car le climatiseur était en panne. Elle l'avait accueilli sur le pas de la porte, vêtue seulement d'un slip blanc en dentelle et d'un petit soutien-gorge couleur lilas.

— Tu délires, ou quoi ?

— Non, pas du tout.

Il l'avait fixée à son tour, les traits tirés dans un visage de marbre. N'avaient-ils pas fait l'amour le matin même ? À présent, cet homme doré, si beau à ses yeux, semblait... hors d'atteinte. Elle avait l'impression de le voir pour la première fois.

— Je ne peux plus te mentir, Sam. Il faut que je te le dise. Cela ne peut plus durer.

Elle continuait à le regarder, incrédule. Impossible, c'était impossible. Il plaisantait, certainement. Mais non, il était tout à fait sérieux. Cela se voyait sur son visage, ce visage tant aimé, si familier, qui reflétait à présent une profonde douleur. Elle se dirigea lentement vers lui, mais il détourna la tête.

— Pas ça... je t'en prie.

Il frissonna légèrement et elle éprouva de la pitié, oui, de la pitié ! Même après ce qu'il venait de lui annoncer.

— Tu l'aimes ?

Les épaules adorées furent de nouveau parcourues d'un frisson, mais John ne répondit pas. Tandis qu'elle se rapprochait de lui, la pitié s'effaça pour laisser place à la colère :

— Réponds-moi !

Elle lui donna un coup sur l'épaule et il plongea son regard dans le sien :

— Oui, je crois. Mais à vrai dire... tout ce que je sais, c'est que je dois partir.

En deux enjambées, elle fut à l'autre bout du magnifique tapis d'Aubusson qui faisait sous ses pieds nus comme un champ de fleurs : des violettes, des roses, des myriades de fleurs minuscules. Samantha avait mis deux ans pour terminer la décoration de l'appartement. En compagnie de John, elle avait déniché les meubles Louis XV chez les antiquaires et chez Sotheby's. Le mauve et le rose tendres du tapis se mêlaient harmonieusement au vert profond des sièges et au brun des boiseries pour donner à la pièce une atmosphère douce et claire que renforçaient, au mur, des tableaux impressionnistes. Mais à présent, le dos tourné à son mari, Samantha, à cent lieues de penser à la beauté de l'appartement, se demandait pourquoi son monde basculait ainsi tout à coup. On aurait dit que l'un d'eux venait de mourir, qu'un désastre irrémédiable s'était produit. Et il avait suffi de quelques mots...

– Pourquoi ne m'as-tu rien dit ?

Elle se retourna, l'air accusateur.

– Je...

John était incapable de poursuivre. Rien de ce qu'il pourrait dire ne changerait quoi que ce soit à la situation et n'effacerait les souffrances qu'il venait de faire subir à cette femme qu'il avait tant aimée. Sept ans, c'est long; assez long en tout cas pour attacher deux êtres l'un à l'autre. Mais voilà que, depuis la campagne électorale de l'année précédente, il s'était lentement détaché d'elle. Il avait bien eu l'intention de rompre avec Liz dès leur retour de Washington, mais celle-ci s'y était opposée et la vie avait continué tant bien que mal, jusqu'au jour où Liz s'était trouvée enceinte.

– Je n'aurais pas su quoi te dire, Sam. Je t'assure... et je croyais...

– Ce que tu croyais, oh ! ça ! Je m'en contrefous !

Soudain, ses yeux lancèrent des éclairs et elle jeta un regard haineux sur l'homme qui, depuis onze ans, était son seul amour. Ils s'étaient aimés à dix-neuf ans, alors qu'ils étaient encore étudiants à Yale. Grand, blond et sportif, il avait été la star du campus, et Samantha une de ses nombreuses admiratrices. Elle l'avait adoré depuis le premier instant et il avait été son premier amant.

– Mais tu savais parfaitement ce que moi je croyais, espèce de salaud ! Je croyais que tu m'étais fidèle ! Voilà ce que je croyais ! (Sa voix trembla pour la première fois depuis qu'il avait prononcé les mots fatals.) Je croyais que tu m'aimais.

– Mais... je t'aime !

Des larmes roulaient lentement le long des joues de John.

– Ah oui ?

À présent, elle pleurait franchement. Il lui semblait qu'on venait de lui arracher le cœur et qu'il gisait là, encore battant, sur le tapis.

– Alors, pourquoi est-ce que tu me quittes, hein ? Pourquoi es-tu arrivé ici comme un fou ? et lorsque je t'ai demandé si tu avais eu une bonne journée, pourquoi m'as-tu dit : « J'aime Liz Jones et je te quitte » ? (Une pointe d'hystérie transparaissait dans sa voix et elle se rapprocha de lui.) Peux-tu m'expliquer pourquoi ? Depuis combien de temps couches-tu avec elle ? Fous le camp, John Taylor...

Hors d'elle, elle se précipita sur lui, poings levés, et tenta de le frapper au visage. Il esquiva le coup et, lui saisissant les poignets, il lui mit les mains derrière le dos et la prit dans ses bras.

– Oh ! ma chérie, je suis désolé...

– Désolé ? hoqueta-t-elle en se débattant, ne sachant s'il fallait rire ou pleurer. Tu me dis que tu me quittes et ensuite tu t'excuses, c'est ça ? Pour l'amour du ciel...

Elle respira profondément et dans un mouvement brusque tenta de se détacher de lui.

– Laisse-moi ! cria-t-elle désespérément.

Une fois qu'elle fut plus calme, il desserra son étreinte. Encore tout essoufflée, elle se dirigea lentement vers le sofa vert foncé et s'y assit. Elle paraissait avoir soudain rapetissé; n'être plus qu'une toute petite fille en larmes, le visage enfoui dans la paume des mains, caché par un rideau de cheveux blonds. Au bout d'un moment, elle releva la tête et, les yeux mouillés de larmes, demanda :

— Est-ce que tu l'aimes ?

— Je crois que oui, dit-il en hochant la tête. Le pire, c'est que je vous aime toutes les deux !

— Pourquoi ? demanda-t-elle en regardant dans le vide. Pourquoi ? qu'est-ce qui n'allait pas entre nous ?

Il s'assit à son tour. Il devait le lui dire. Il y a longtemps qu'elle aurait dû être au courant.

— C'est arrivé l'année dernière, pendant la campagne électorale.

— Depuis l'année dernière... dit-elle, les yeux agrandis par la surprise. Dix mois ! et je n'en ai rien su ? Alors, pourquoi aujourd'hui ? Maintenant ? Pourquoi ne pas rompre avec elle ? Ne pas essayer au moins de sauver notre mariage ? Après toutes ces années, notre couple n'est-il rien pour toi ?

Samantha hurlait de nouveau et John aurait voulu s'enfuir. Ce qu'il était en train de faire, de lui faire, le dégoûtait profondément mais il n'existait pas d'autre possibilité. Chez Liz, il y avait quelque chose qui lui était nécessaire, dont il ne pouvait plus se passer. Peut-être ce côté effacé, cette faculté de se mettre toujours au second plan. Samantha lui ressemblait à trop d'égards; sa beauté et son intelligence avaient cet éclat que nul ne pouvait manquer de remarquer. Ce qu'il aimait en Liz, c'était sa discrétion, sa modestie, son manque de présence d'esprit et de présence tout court. Bref, à la différence de Samantha, elle lui servait de faire-valoir, ce qui expliquait pourquoi ils formaient à eux deux une équipe parfaite. Devant les caméras de télévision, pendant le magazine d'informations qu'il présentait, il était indéniablement la star; Liz le mettait en valeur; lui, que la brillante personnalité de Samantha avait toujours quelque peu effrayé, était rassuré par ce soutien qui le tranquillisait. Il n'aurait pas de concurrence à redouter.

De plus, à présent, il avait une raison supplémentaire d'aimer Liz : elle attendait un enfant ! Un enfant, c'est ce qu'il désirait le plus au monde, un fils ! Et c'est ce que Samantha ne pourrit jamais lui donner ! Samantha était stérile, les médecins étaient formels. Elle n'aurait pas d'enfants.

– Pourquoi aujourd'hui ?

La voix de Samantha le ramena à la réalité et il secoua lentement la tête :

– Aujourd'hui ou demain, qu'importe ? Il le fallait, un point c'est tout. Il n'y a pas de bon moment pour annoncer ce genre de chose.

– As-tu l'intention de rompre avec elle ? demanda-t-elle, encore incapable de regarder en face la réalité.

Son mari était rentré de son travail pour lui annoncer qu'il la quittait pour une autre ? Non, c'était impossible, elle rêvait.

– Vas-tu cesser de la voir ?

De nouveau, il fit non de la tête.

– Mais pourquoi ? dit-elle. Qu'a-t-elle de plus que moi ? Elle n'est ni belle ni drôle... et tu m'as toujours dit que tu la trouvais antipathique...

Tandis qu'elle cherchait désespérément ses mots, il la regardait d'un air profondément peiné et compatissant.

– Sam, il faut que je parte.

– Pourquoi ? hurla-t-elle d'une voix perçante, cependant qu'il se dirigeait vers leur chambre à coucher pour faire ses valises.

– Parce qu'il le faut, c'est tout. Écoute, il vaut mieux en finir le plus vite possible; je déteste te voir souffrir ainsi.

– Reste, je t'en prie... Tu verras, ça s'arrangera... je t'en prie... John !

Son beau visage était plein de larmes et, en silence, John se dépêcha de rassembler ses vêtements; il se sentait défaillir. Puis, brusquement, il se tourna vers elle :

– Arrête ! Arrête ! S'il te plaît...

– S'il te plaît quoi ? Après sept ans, onze si l'on compte les années à Yale, mon mari me quitte et je ne devrais pas pleurer ? Le pauvre chéri ne doit surtout pas se sentir coupable alors qu'il me quitte pour une pute ! Tu veux que je te souhaite bonne chance et que je t'aide à faire ta valise ? Tu gâches ma vie et tu voudrais peut-être que je sois compréhensive ? Eh bien, non, tout ce que je peux faire, c'est pleurer toutes les larmes de mon corps... je t'en supplie... je te supplie de...

Sur ce, elle se laissa tomber dans le fauteuil et se mit de nouveau à sangloter. D'un geste sec, il ferma la valise dans laquelle il avait jeté pêle-mêle une douzaine de chemises, deux paires de chaussures et un costume léger en toile. Il prit ensuite une poignée de cravates qu'il garda à la main.

– Je reviendrai chercher le reste lundi, quand tu seras au bureau.

– Je n'irai pas au bureau.

– Et pourquoi ?

– Parce que mon mari vient de me quitter, voilà pourquoi, et je ne pense pas que je serai en forme lundi. Tu me suis ?

Il n'avait pas souri. Il ne fléchissait pas. Après l'avoir regardée bizarrement, il était parti, semant deux cravates sur son passage. Samantha les avait ramassées et les avait tenues longtemps blotties contre son cœur tandis qu'elle sanglotait sur le sofa.

Malgré tous les pleurs qu'elle avait versés sur

ce sofa depuis le mois d'août, John n'était pas revenu. En octobre, il s'était rendu en république Dominicaine pour obtenir le divorce et cinq jours après il avait épousé Liz. Samantha savait maintenant que Liz était enceinte. Elle l'avait annoncé un soir pendant l'émission de John et Sam l'avait regardée, bouche bée; elle avait senti comme un coup de poignard dans le cœur. Tout cela pour un enfant... un fils qu'elle, Samantha, n'aurait jamais pu lui donner !

Par la suite, elle se rendit compte que la grossesse de Liz n'était pas la seule raison de son abandon. Elle s'était caché à elle-même la réalité pendant trop d'années. Sa propre réussite dans son travail faisait peur à John. Il craignait la rivalité. Il était pourtant l'un des présentateurs les plus populaires, il ne pouvait se déplacer sans qu'on lui demande un autographe ! Mais John avait toujours eu l'impression que son succès était éphémère, qu'il pouvait être remplacé d'un jour à l'autre : les taux d'écoute sont sans pitié. Tout autre était la situation de Sam. Elle était l'assistante du directeur de création d'une des plus importantes agences de publicité des États-Unis. S'il est vrai que ce métier est soumis lui aussi à des aléas de toutes sortes, Samantha, lauréate d'un bon nombre de prix pour les campagnes publicitaires qu'elle avait conçues, n'avait en principe rien à craindre de l'avenir. Et, durant cet automne solitaire, des bribes de conversations, des petites phrases prononcées par John lui revinrent à la mémoire...

« Toi, tu réussis toujours ce que tu entreprends... au moins, tu n'as pas chaque jour à te faire du souci pour le lendemain... avec tes prix, tu gagnes plus d'argent que moi... » Oui, cela aussi l'avait gêné. Mais qu'aurait-elle pu faire ? Donner sa démission ? Pourquoi ? Elle ne pouvait pas avoir d'enfants et John ne voulait pas entendre parler d'adoption. À plusieurs reprises, elle avait mis la question sur le tapis : « À nos âges et dans notre situation, on aurait facilement un nouveau-né, mon chéri, imagine un peu… » « Non, ce ne serait jamais la même chose », répondait-il invariablement. D'ici trois mois, il allait être père. Père ! À cette pensée, le cœur de Samantha se serrait.

Sam, à présent sur le palier, pénétra dans l'appartement qui désormais semblait toujours sentir le renfermé. Les plantes vertes s'étiolaient, mais elle n'avait pas la force de s'en occuper. C'était un foyer abandonné; les fenêtres étaient rarement ouvertes, la cuisine même ne servait plus que pour préparer le café. Sam prenait en général son repas de midi avec des clients ou des collègues de Crane, Harper and Laub et elle se passait de dîner ou achetait un sandwich qu'elle mangeait devant la télévision, au moment des informations. Sa vie semblait s'être arrêtée et elle ne pouvait que ressasser la même question : pourquoi l'avait-il quittée ? et ressentir la même peine : celle de l'avoir perdu. Après le choc et la fureur était venue la douleur, puis, peu à peu, celle-ci s'était comme engourdie, ravivée le soir seulement par l'émission de John. Deux semaines auparavant, elle avait cru sombrer dans la dépression : elle s'était enfermée à clef dans son bureau et s'était effondrée, au bord de la crise d'hystérie, en larmes. Désormais, elle était seule, il n'y avait plus personne à aimer; sa pensée se tournait vers son père, mort à l'époque où elle était à l'Université, vers sa mère, devenue une étrangère pour elle depuis qu'elle vivait avec cet homme affreux, médecin à Atlanta. En fait, elle ne l'avait même pas mise au courant de son divorce. Non, ce n'était pas d'une mère qu'elle avait besoin, mais de son mari, de l'homme auprès duquel elle avait dormi pendant sept ans, de l'homme avec qui elle avait tant ri, qu'elle avait tant aimé et qui l'avait rendue tellement heureuse.

Ce soir, Samantha était indifférente. Après avoir enlevé son manteau rouge vif et l'avoir mis à sécher dans la salle de bains, elle se déchaussa, défit son catogan, et brossa sa longue chevelure argentée. L'image que lui renvoyait le miroir lui paraissait celle d'une inconnue. Après quoi, elle fit glisser la jupe de cachemire noire et enleva le chemisier de soie noir et blanc qui s'harmonisait avec le foulard quadrillé de chez Hermès et les perles ornées d'onyx de ses boucles d'oreilles. Même dans le chagrin et l'affliction, Samantha restait belle; « une fille superbe », comme disait son directeur de création. Elle fit couler l'eau dans la baignoire verte. Autrefois, la salle de bains – dont le papier peint était à motif de violettes – avait été pleine de plantes vertes et de fleurs, pensées et géraniums rouges : on se serait cru dans un jardin. Mais aujourd'hui, ainsi que tout le reste de l'appartement, la salle de bains était fanée, elle n'avait plus cet éclat que l'amour prête aux choses, comme aux femmes d'ailleurs.

Samantha se glissa lentement dans l'eau et resta allongée, yeux clos, immobile dans la baignoire. Pendant un bref instant, elle crut le temps aboli et se sentit flotter, détachée du passé, du présent et de l'avenir; puis, petit à petit, la réalité de la vie s'infiltra en elle. La campagne sur laquelle elle était en train de travailler était en passe de devenir un désastre. L'agence avait ce budget « voitures » depuis dix ans et elle avait été chargée de trouver une autre image de marque pour la prochaine campagne. Elle avait fait plusieurs projets autour d'un thème équestre : le film devait être tourné en extérieur et le personnage central être un homme (ou une femme) des grands espaces; mais le cœur n'y était pas. Elle se demandait combien de temps elle allait être entravée par cette blessure. Elle avait l'impression de se traîner, sans cesse fatiguée, comme si ses pieds, sa tête et ses mains étaient de plomb. Elle sortit de son bain, les cheveux négligemment relevés et ramassés sur le haut de la tête en un nœud soyeux, s'enveloppa dans une immense serviette lilas et trotta pieds nus jusque dans la chambre. Comme elle avait aimé cette pièce jadis ! Les rideaux du grand lit à baldaquin, à motif d'œillets, les grandes fleurs jaunes qui parsemaient le couvre-lit... sa chère chambre, si lumineuse; à présent, elle ne pouvait plus supporter d'y dormir, seule, la nuit.

À plusieurs reprises, on l'avait invitée à dîner, mais chaque fois elle avait refusé, comme si elle craignait, obscurément, d'être tirée de cet état d'engourdissement où elle était plongée. Assise sur le bord de son lit, elle bâillait lorsque la sonnerie de la porte d'entrée de l'immeuble retentit. Elle sursauta, hésita à répondre puis, après avoir abandonné la serviette et enfilé une robe de chambre en satin bleu pâle, elle se précipita jusqu'à l'interphone tandis que la sonnerie retentissait pour la seconde fois.

– Oui ?

– Jack l'Éventreur pour vous servir. Je peux monter ?

Pendant une fraction de seconde, elle ne reconnut pas la voix qui lui parvenait à travers le grésillement de l'appareil, puis, soudain, elle éclata de rire, une flamme dansa dans ses yeux bleus et son visage rayonna; elle était de nouveau elle-même.

– Charlie ! Mais qu'est-ce que tu fabriques ? cria-t-elle d'une voix qui semblait très jeune.

– Si tu veux vraiment savoir, je me les gèle. Tu me laisses entrer, oui ou merde ?

16

Elle rit et pressa sur le bouton de l'interphone. L'instant d'après, elle l'entendait monter l'escalier quatre à quatre. Bien que directeur artistique de Crane, Harper and Laub, Charlie avait plutôt l'air d'un bûcheron et on lui donnait plus facilement vingt-cinq ans que trente-sept. Sous sa tignasse brune, il avait un visage plein aux traits animés où riaient malicieusement deux yeux noisette; et dans sa grosse barbe scintillaient à présent des gouttes de pluie.

— Aurais-tu une serviette à me passer? demanda-t-il, tout essoufflé.

L'eau, qui s'était accumulée dans son chapeau de cowboy en cuir, ruisselait par terre, sur le beau tapis.

— Alors, Charlie, on arrose les fleurs!

— Toujours prêt à rendre service... tu n'aurais pas un peu de café?

— Bien sûr.

Sam lui jeta un coup d'œil inquisiteur. Que se passait-il? Charlie était déjà venu la voir une fois ou deux, mais toujours pour une question de première importance.

— Quelque chose ne va pas avec cette nouvelle campagne? demanda-t-elle en le regardant d'un air inquiet.

— Non. Tout va très bien de ce côté-là. Ta campagne va être superbe, Sam, répondit-il en la rejoignant dans la cuisine.

Elle sourit et mit le café en route.

— C'est aussi mon avis.

Cela faisait presque cinq ans que Charlie et elle travaillaient ensemble, parfois jusqu'à quatre heures du matin lorsqu'il fallait présenter le lendemain un projet de campagne à un client. Ils étaient tous deux les poulains de Harvey Maxwell, le directeur de la création qui les avait engagés l'un et l'autre alors qu'ils travaillaient chacun dans des agences différentes. Celui-ci leur avait mis la bride sur le cou et l'équipe s'était révélée extrêmement créative. Il était question qu'il prenne sa retraite l'année suivante et, de toute évidence, Samantha serait amenée à le remplacer.

– Alors, quoi de neuf, pussy cat ? Tu tiens quelque chose pour le Wurtzheimer ?

– Eh bien...

Charlie leva les bras en l'air pour exprimer son désespoir :

– Que peut-on faire avec un grand magasin de Saint Louis qui a autant de dollars que peu de goût, la tête m'en tourne !

– Et l'idée du cygne dont nous avions parlé la semaine dernière ?

– Refusée. Ils veulent quelque chose de flash. Et le cygne, d'après eux, c'est pas flash !

Sam s'assit en face de Charlie sur la table de la cuisine. Curieusement, elle n'avait jamais été attirée par Charlie Peterson, malgré les longues heures passées ensemble à travailler, bavarder, voyager dans tous les États-Unis. Charlie était son grand ami et Melinda, sa femme, lui était très chère. Elle adorait leur vaste appartement sur la 81e Rue rempli de tapisseries aux couleurs vives et peuplé d'une quantité de minuscules objets ravissants allant du coquillage ramassé sur la côte tahitienne à une agate dérobée par Melinda à l'un de ses fils. Les Peterson avaient trois enfants, trois garçons, qui ressemblaient tous à leur père, et puis un gros chien appelé Rags et une énorme jeep jaune. Melinda était artiste peintre et exposait de temps à autre. On n'aurait guère pu rêver deux femmes aussi dissemblables, et pourtant elles avaient en commun une profonde bonté et une douceur, qui transparaissaient sous leurs airs insolents. C'est cela que Charlie chérissait en elles. Il avait été ulcéré par ce qu'avait fait John, qu'il avait d'ailleurs toujours tenu pour un égocentrique. Melinda avait bien essayé de lui faire voir que John devait avoir ses raisons, mais Charlie n'avait rien voulu entendre et il était horriblement inquiet de l'état de santé de Samantha. Les joues creuses, elle paraissait éteinte et son travail s'en ressentait.

– J'espère que je ne te dérange pas trop à cette heure tardive ?

– Non, non, pas du tout. (Samantha sourit en lui versant une tasse de café.) Je me demande juste pourquoi tu es là. Passé voir comment allait la vieille Sam ?

– Peut-être bien, dit-il, les yeux pleins de tendresse. Tu m'en veux ?

Le regard qu'elle posa sur lui était si triste qu'il eut envie de la prendre dans ses bras.

– Comment pourrais-je t'en vouloir ? C'est tellement agréable de penser que quelqu'un se préoccupe de ce que l'on devient.

– Tu sais très bien que Mellie et...

– Oh ! Comment va Mellie ?

– Très bien.

Il ne savait pas comment aborder le sujet qui le préoccupait. Elle risquait de le prendre mal.

– Alors ? Qu'est-ce qu'il y a ? demanda soudain Samantha, une lueur d'amusement dans les yeux. (Il prit un air innocent et Samantha lui tortilla un peu la barbe.) Tu as quelque chose derrière la tête, Charlie...

– Qu'est-ce qui te fait dire ça ?

– Il pleut à torrents dehors, il fait un froid de canard et on est vendredi soir. Tu devrais être chez toi, bien au chaud, entouré de tes trois charmants marmots et de ta femme non moins charmante. Tu ne vas pas me faire croire que tu es venu jusqu'ici rien que pour prendre une tasse de café en compagnie de ta vieille collègue !

– Et pourquoi pas ? Tu es bien plus civilisée

que mes chenapans ! Mais tu as raison, j'ai quelque chose à te dire...

— Alors ? Allez, je t'écoute.

Il y avait dans les yeux de Samantha une lueur railleuse que Charlie n'avait pas vue depuis longtemps.

— Eh bien... (Il respira profondément.) Nous parlions, Harvey et moi...

— De moi ?

Elle se raidit brusquement. Il fit un signe affirmatif de la tête et poursuivit :

— Oui, à ton propos.

— À quel sujet ? La campagne de Detroit ? Je ne suis pas certaine qu'il ait bien compris mon idée, tu vois...

— Non, pas au sujet de la campagne; à *ton* sujet, Sam.

— À mon sujet ? Mais je vais très bien maintenant.

— Vraiment ? demanda-t-il en la regardant d'un air affectueux. À ta place, je n'en serais pas si sûr.

— Mais tu n'es pas à ma place. Je suis beaucoup plus coriace que toi !

— C'est possible, dit-il en souriant tendrement. Mais peut-être pas aussi coriace que tu le crois, Sam. Pourquoi ne pas prendre des vacances ?

— Des vacances ? Qu'est-ce que ça signifie ? M'enterrer sur une plage à Miami, c'est ça ?

— Pourquoi pas ?

— Quoi ? s'écria-t-elle. Harvey me renvoie ? C'est ça ? Tu viens en messager ? Je ne suis plus aussi gaie qu'avant, alors on se débarrasse de moi, c'est ça ? (Les larmes lui montaient aux yeux.) Mais qu'est-ce que vous croyez ? J'ai traversé une sale période... (Les sanglots l'étouffaient.) Mais je vais bien maintenant, tout à fait bien...

Charlie la prit tendrement par le bras et la fit se rasseoir.

– Du calme, Sam. Calme-toi.

– Je suis saquée, Charlie ? demanda-t-elle tandis qu'une grosse larme roulait sur sa joue.

– Non, Sam, bien sûr que non.

– Alors, quoi ?

– Il veut que tu partes un peu, pour te reposer. Ton projet de campagne pour Detroit va nous demander beaucoup de travail et ça ne fera pas de mal à ce vieux Harvey de remettre un peu le pied à l'étrier. On se débrouillera sans toi, tu verras.

– Mais je peux très bien continuer, c'est vraiment trop idiot, Charlie.

– Vraiment ? dit-il en la regardant droit dans les yeux. Tu crois que tu vas pouvoir tenir longtemps comme ça ? À regarder grossir chaque jour le ventre de la nouvelle femme de ton mari qui t'a plaquée il y a quelques mois seulement ? Tu ne vas pas me dire que tu peux supporter ça ? Tu vas finir par craquer, ma vieille ! Ce salaud t'a fait du mal, tu devrais aller quelque part, te remettre d'aplomb et revenir ensuite. Car nous avons besoin de toi, et tu le sais très bien. Tout le monde le sait. Mais nous avons besoin d'une Sam en bonne santé, pas d'une Sam brisée ou folle, ce qui arrivera immanquablement si tu ne décompresses pas !

– Alors, vous croyez que je fais une dépression nerveuse ? dit-elle.

– Bien sûr que non. Mais ça risque de t'arriver si tu ne t'en occupes pas dès à présent. Ne laisse pas toute cette souffrance sombrer trop profondément en toi, Sam. Après, tu ne pourras plus jamais t'en défaire.

– Cela fait déjà quatre mois que je vis avec !

– Et c'est en train de te tuer à petit feu, ne le nie pas !

– Qu'est-ce qu'a dit Harvey exactement ?

– Il veut que tu partes un peu.

– Où ça ? demanda-t-elle en essuyant une larme.

– Où tu veux.

– Pour combien de temps ?

– Trois... quatre mois, dit-il d'une voix quelque peu hésitante.

Le temps que John et Liz aient fait leur enfant.

– *Quatre mois ?* Vous êtes fous ou quoi ? Et les clients ? Et mon travail ? Vous n'y avez pas été de main morte... Qu'est-ce qui te prend tout à coup, est-ce que tu voudrais mon poste par hasard ?

D'un bond, elle se mit debout et sortit de la cuisine; il la rattrapa et lui fit face.

– Tu ne vas pas perdre ton travail, Sam, mais tu dois obéir. Tu ne peux pas continuer comme ça, tu m'entends ? Il faut que tu partes, que tu quittes cet appartement, le bureau, New York. Tu sais ce que je pense ? Tu devrais aller chez cette femme que tu aimes tant et qui vit en Californie.

– Quelle femme ?

– Celle dont tu m'as parlé un jour, celle qui a un ranch, Carol ou Karen quelque chose; elle était la tante d'une de tes copines d'Université dont tu parlais comme de ta meilleure amie.

Barbie. Oui, elle avait été sa meilleure amie à Yale, elles avaient partagé la même chambre. Et puis, elle était morte deux semaines après le diplôme, dans un accident d'avion au-dessus de Detroit.

Le visage de Samantha s'éclaira tout à coup d'un doux sourire.

– La tante de Barbie... Caroline Lord. Quelle femme merveilleuse...

– Tu aimes monter à cheval, non ? (Elle fit un signe de tête affirmatif.) Eh bien, c'est l'endroit idéal pour ce genre d'occupation et puis c'est aux antipodes de Madison Avenue ! Ce dont tu as peut-être besoin, c'est de mettre tes formes voluptueuses dans un bon vieux jean et d'aller à la chasse au cowboy.

– Très drôle !

Mais l'idée avait néanmoins touché une corde sensible. Cela faisait des années qu'elle n'avait pas vu Caroline. John et elle s'étaient arrêtés une fois chez elle, dans son ranch, à trois heures de route de Los Angeles. John avait détesté ce séjour : il n'aimait pas les chevaux, trouvait la maison inconfortable et Caroline pas assez sophistiquée. Par contre, Samantha avait toujours été une bonne cavalière. Ce jour-là, à la stupeur de Caroline, elle avait monté un cheval pie encore à moitié sauvage et s'en était tirée sans mal, en dépit d'un bon nombre de chutes. John avait été ébahi. Sam s'en souvenait comme d'un des plus beaux jours de sa vie, mais à présent cela semblait si lointain...

– Je ne sais même pas si elle m'inviterait, dit-elle. Je ne sais pas, ça ne tient pas debout. Pourquoi ne pas me laisser travailler tranquillement ?

– Parce que nous t'aimons tous beaucoup trop pour ça ! À ce rythme-là, tu vas te démolir !

– Pas du tout ! dit-elle avec un sourire courageux.

– Peu importe. La décision de Harvey est prise. À partir d'aujourd'hui, tu es en vacances, trois ou quatre mois, plus si tu veux.

– Et je retrouverai mon travail ?

– Oui.

Il sortit de sa poche une lettre qu'il tendit à Samantha. Elle était signée « Harvey » et lui garantissait qu'elle retrouverait son travail après six mois d'absence. Ça n'était pas du tout dans les mœurs de la profession, mais, là encore, Sam Taylor était, selon les propres mots de Harvey, « une fille qui sortait de l'ordinaire ».

– Ce qui veut dire que je ne vais pas au bureau demain ? dit-elle tristement, la lèvre inférieure légèrement tremblante.

– Exactement. Tu es en vacances. À ta place, je sauterais de joie !

– Mon Dieu ! s'exclama-t-elle en se laissant tomber dans un fauteuil. Qu'est-ce que je vais devenir ?

Charlie posa tendrement sa main sur son épaule.

– Fais ce que je t'ai suggéré. Téléphone à ton amie.

Après le départ de Charlie, Samantha se coucha, encore toute décontenancée par la nouvelle. Elle n'avait plus de travail et nulle part où aller, personne à voir, personne avec qui voyager. Pour la première fois de sa vie, elle se trouvait sans projet pour l'avenir. Demain matin, elle irait au bureau mettre Harvey au courant des dossiers et ensuite elle serait libre de son temps... libre... se dit-elle, allongée dans les ténèbres, effrayée. Puis, soudain, elle pouffa de rire. Qu'allait-elle faire jusqu'au 1er avril ? Quelle plaisanterie ! Aller en Europe ? Et pourquoi pas en Australie ? Rendre visite à sa mère à Atlanta ! Elle n'avait jamais connu un tel sentiment de liberté. Sans vraiment réfléchir, elle chercha son carnet d'adresses à tâtons dans le noir, alluma la lampe de chevet et ouvrit le carnet à la lettre L. En Californie, il devait être neuf heures et demie. Elle espérait qu'il ne serait pas trop tard.

Après deux sonneries, on décrocha et la voix un peu voilée de Caroline Lord résonna à l'oreille de Samantha. Cette dernière parla longtemps et Caroline écouta, attentive et silencieuse, puis Sam éclata en sanglots. Elle avait trouvé une amie, enfin. Cela faisait des années qu'elle ne s'était pas sentie enveloppée d'une présence bienveillante et réconfortante. Au bout d'une demi-heure, elle raccrocha et resta étendue sur le dos, les yeux fixés sur le dais du baldaquin, se demandant si elle n'avait pas après tout perdu la tête. Elle venait de promettre qu'elle prendrait dès demain après-midi l'avion pour la Californie.

2

Samantha eut une matinée bien remplie. Après avoir bouclé ses valises, téléphoné à l'aéroport pour réserver une place dans l'avion et laissé un mot accompagné d'un chèque à la femme de ménage, elle prit un taxi et arriva à l'agence, une valise dans chaque main. Harvey l'attendait dans son bureau.

· — Tu n'as pas besoin de faire ça pour moi, tu sais, lui dit-elle après lui avoir dressé un tableau général des affaires en cours. Ce n'est pas ce que je veux.

— Peut-être pas, mais c'est ce dont tu as besoin, lui répondit-il. Tu quittes New York, j'espère.

Harvey était un homme grand et sec. Il portait ses cheveux gris acier taillés en brosse, aussi courts que ceux d'un Marine, et affectionnait les chemises de chez Brooks Brothers et les costumes rayés. Avec cette pipe sans cesse à la bouche, il faisait penser à un haut fonctionnaire. Il avait toujours été un père pour Samantha.

— Oui, dit-elle en souriant au souvenir de la peur qu'elle avait ressentie la première fois qu'elle était entrée dans ce bureau. En fait, mon avion décolle dans deux heures.

— Qu'est-ce que tu fais encore ici! Allez, dehors!

Sam hésitait à se lever.

— Tu es certain que je récupérerai mon boulot?

– Je te le jure. Tu as ma lettre ? Bien. Comme ça, tu peux me faire un procès si je ne tiens pas ma promesse.

– Ce que je veux, c'est mon boulot, pas un procès !

– Tu l'auras, et le mien aussi par la même occasion !

– Tu pourrais très bien me voir débarquer dans deux semaines, tu sais.

– Non, ça ne marche pas. Pas avant le 1er avril.

– Mais pourquoi cette date ?

– Aucune raison particulière. (Il n'avait pas le cœur de lui dire que Charlie et lui avaient calculé la date probable de la naissance de l'enfant de John et Liz.) C'est comme ça, voilà tout. Je te tiendrai au courant de ce qui se passe ici et tu peux me téléphoner quand tu veux. Tu as laissé tes coordonnées à ma secrétaire ?

– Pas encore. Je le ferai en sortant.

Il se leva de son fauteuil, contourna le grand bureau et prit Samantha dans ses bras. Après l'avoir serrée un long moment, il l'embrassa sur le front.

– Prends soin de toi, Sam. Tu vas nous manquer, dit-il d'une voix légèrement éraillée.

Elle sentit les larmes lui monter aux yeux et, après avoir posé la tête sur sa poitrine, elle s'arracha brusquement à son étreinte et se précipita vers la porte. Tout à coup, elle se vit bannie de chez elle et un sentiment de panique la submergea. Elle était sur le point de se retourner pour supplier Harvey de la garder auprès de lui.

Mais Charlie l'attendait derrière la porte dans le couloir. Il passa un bras autour de ses épaules et la secoua un peu. Puis ils se dirigèrent vers le bureau de Samantha.

– Prête pour le grand départ ?

– Non, répondit-elle en souriant à travers ses larmes et en se serrant contre lui.

– Il le faudra bien pourtant.

– Ah oui ? Mais ça n'a pas de sens.

– Rien n'y fera, ma vieille, dit-il en jetant un coup d'œil à sa montre. Dans deux heures, tu es dans l'avion, foi de Charlie !

Samantha s'arrêta et se tourna vers lui d'un air agressif, mais Charlie ne put s'empêcher de sourire : la colère la faisait ressembler à une belle enfant capricieuse.

– Et si je ne voulais pas partir ?

– Dans ce cas, je te drogue et je t'emmène moi-même !

Samantha ne put s'empêcher de sourire.

– Bon, je vois qu'il est inutile d'essayer de te faire changer d'avis.

– Si tu crois que c'est drôle de te voir malheureuse comme les pierres ! Au moins tu seras loin de ta vie de tous les jours, de…

– Je ne sais pas si tu es au courant, mais la télévision, ça existe aussi en Californie; ils seront toujours là quand je tournerai le bouton, ils… dit-elle en pensant aux deux visages qui l'attiraient chaque soir comme un aimant. Oh !… ils vont si bien ensemble, n'est-ce pas ? ajouta-t-elle en fondant en larmes. On n'a jamais été comme ça, nous, je veux dire…

Sans mot dire, Charlie la prit dans ses bras et elle pleura silencieusement au creux de son épaule. Sans tenir compte des regards inquisiteurs des secrétaires qui passaient auprès d'eux, il souleva le rideau blond qui cachait les yeux de Samantha et lui sourit tendrement :

– Voilà pourquoi tu as besoin de vacances. On appelle ça arriver au bout du rouleau.

Elle grogna de mécontentement à travers ses sanglots, puis, se ressaisissant, elle s'écarta de lui et, essuyant ses larmes, déclara d'une voix ferme :

– Tu as peut-être raison, mais pas à cause de

ce que tu penses : c'est *vous* qui m'avez exténuée !

— Possible, et nous serons prêts à recommencer
quand tu rentreras. Alors, profite de ta liberté,
ma vieille !

Sentant une main se poser soudain sur leur
épaule, ils se retournèrent simultanément : c'était
Harvey, la pipe à la bouche et une lueur malicieuse dans les yeux.

— Toujours là, Samantha ? Je croyais que tu
avais un avion à prendre...

— Elle en a un, dit Charlie en faisant une
grimace à Samantha.

— Alors, veille à ce qu'elle ne le rate pas,
pour l'amour du ciel ! On a du boulot sur la
planche, conclut-il avec un sourire rogue avant
de disparaître à l'autre bout du couloir.

— Tu n'as pas besoin de m'accompagner, tu
sais, dit Samantha en s'adressant à Charlie mais
en contemplant son bureau comme si elle le
voyait pour la dernière fois.

— Ah oui ? Allez, ouste ! dit Charlie.

3

Par l'œil du hublot, Samantha vit le pays
glisser sous l'appareil comme une immense courtepointe en patchwork. Aux harmonies brunes
succédèrent le blanc des montagnes enneigées et
enfin les verts satinés de la Californie, parsemés
du bleu des lacs. C'est dans le flamboiement du
soleil couchant que l'avion se posa sur la piste
de l'aéroport de Los Angeles.

Samantha étira ses longues jambes, puis ses
bras et regarda une dernière fois à travers la
vitre. Que faisait-elle là ? Que comptait-elle

trouver dans ce ranch ? N'avait-elle pas passé l'âge de jouer les cowgirls ?

Elle poussa un profond soupir, boutonna son manteau de daim d'un brun foncé qui allait si bien avec ses bottes, noua son foulard rouge autour de son cou. Même fatiguée, après un long voyage, elle était époustouflante tandis qu'elle descendait lentement l'allée.

Quelques minutes plus tard, Samantha regardait alentour avec inquiétude : et si personne ne l'attendait ? Caroline avait pourtant dit que le contremaître, Bill King, ou un des hommes du ranch viendrait la chercher et avait même ajouté en riant : « Vous ne pourrez pas le louper, pas dans cet aéroport-là ! » À présent, Samantha comprenait pourquoi : dans cette mer de Vuitton et de Gucci, de sandales argentées, de visons et de chinchillas, de fanfreluches et de falbalas, comment ne pas remarquer non seulement un chapeau de cowboy et des blue-jeans mais aussi une certaine façon de se mouvoir, un peu hésitante et gauche parmi la foule citadine ? Samantha se mit à penser à ces hommes si passionnément attachés à la terre, si différents des gens qu'elle fréquentait à New York, et tout à coup elle se sentit heureuse d'être venue.

Elle cherchait des yeux l'endroit où retirer ses bagages lorsqu'une main se posa sur son bras. Surprise, elle se retourna et reconnut instantanément l'homme d'une soixantaine d'années qui se trouvait devant elle : Bill King avait passé la moitié de sa vie au ranch, il avait été là dès les premiers jours de l'installation de Caroline. Il n'était peut-être pas ce qu'on appelle un homme instruit, mais il savait beaucoup de choses et Barbara comme Samantha l'avaient toujours considéré comme un oncle plein de sagesse. À l'enterrement de Barbie, il s'était tenu discrètement debout derrière la famille, le visage ruisselant de larmes. Mais à présent il était tout sourires et il la serrait dans ses bras.

— Quelle joie de vous revoir, Sam ! Ça fait si longtemps... cinq, six ans ?

— Plutôt huit ou neuf ! dit-elle avec un sourire heureux.

Bras dessus, bras dessous, ils s'en allèrent chercher la valise de Samantha qui tournait paresseusement sur le carrousel.

— C'est tout ? demanda-t-il en prenant la grosse valise en cuir.

— Oui, c'est tout, confirma-t-elle.

— Vous ne comptez pas rester longtemps, si je comprends bien, dit-il en fronçant les sourcils. La dernière fois, vous aviez bien sept valises à vous deux, votre mari et vous.

— Elles lui appartenaient pratiquement toutes, nous revenions de Palm Springs, dit-elle en souriant à l'évocation de ce souvenir.

Il hocha la tête, sans mot dire, et se dirigea vers le parking. Bill King parlait peu mais comprenait beaucoup. Il s'arrêta devant une camionnette rouge et jeta la valise de Sam sur le plateau découvert. Assise à côté de Bill, tandis qu'ils s'éloignaient de l'aéroport de Los Angeles, Samantha se sentit transportée de joie à l'idée qu'elle était libre. Après des années de vie confinée à New York, elle avait oublié qu'il existait des espaces immenses, entre terre et ciel, que l'on peut parcourir à cheval, pendant des jours entiers, sans rencontrer âme qui vive. Son visage en était tout illuminé.

— Ça a l'air d'aller mieux, dit Bill en lui jetant un coup d'œil.

— Oui, répondit-elle vaguement.

Elle s'était déjà replongée dans ses pensées, ses souvenirs; John, leurs voyages ensemble, leur dernier séjour au ranch Lord. Lorsque le vieux contremaître lui toucha le bras, elle sursauta presque puis vit que le paysage alentour avait radicalement changé. Ils avaient laissé derrière eux la morne banlieue de Los Angeles et filaient tout droit à travers de vastes étendues verdoyantes. Sam s'empressa de descendre la vitre de sa portière pour humer l'air du dehors.

— Mmmm, ça sent tellement bon !

— Ah ! pour ça, y a pas de doute possible ! dit-il avant d'ajouter : Caroline se réjouit tellement à l'idée de vous voir, Sam. Depuis la mort de Barbara, elle est très solitaire, vous savez. Elle parle souvent de vous, et je me demandais si vous reviendriez jamais, surtout après votre dernière visite.

— Je voulais toujours passer, mais mon travail m'en empêchait, je n'avais pas le temps.

— Et maintenant ? Vous avez laissé tomber, Sam ?

— Non, je suis en congé.

— Maladie ? demanda-t-il d'un air inquiet.

— Non, pas vraiment… un peu de fatigue, c'est tout… euh… John et moi, nous nous sommes séparés. (Comme il ne disait rien, elle ajouta :) Il y a un bout de temps déjà; trois, quatre mois (102 jours exactement, pensa-t-elle en son for intérieur). À l'agence, ils ont pensé que je devais partir un peu…

En prononçant ces mots, elle sentit l'angoisse et le doute la submerger à nouveau : et s'ils avaient décidé de se débarrasser d'elle ? Et s'ils estimaient qu'elle n'était plus capable de faire face ?

— Ils ont bien fait, dit Bill d'une voix si calme qu'elle se sentit immédiatement rassurée. Il faut s'arrêter un peu quand on est blessé. Il y a des années, quand ma femme est morte, je pensais que je pouvais continuer comme avant, mais une semaine après mon patron me disait : « Voilà un mois de paie, rentre chez tes parents et

reviens quand tu auras dépensé tout cet argent. »
Sur le moment, j'étais fou furieux et j'ai cru
qu'il ne me croyait plus bon à rien. J'ai dû partir
quand même; je suis resté chez ma sœur un
mois et demi, près de Phoenix. Lorsque je suis
revenu au ranch, tout a repris normalement.
Personne n'est invulnérable, vous savez.

Ce que Bill ne dit pourtant pas à Samantha,
c'est que vingt-cinq ans plus tard, alors qu'il
travaillait au ranch Lord, il avait pris un congé
de trois mois après la mort de son fils au Viêt-
nam. Il avait souffert au point de perdre l'usage
de la parole. C'était Caroline qui l'avait tiré de
cet état effroyable à force d'attentions, de gen-
tillesses, de remontrances. Elle était même venue
le chercher un soir dans un bar de Tucson et
l'avait ramené de force au ranch. Elle avait crié
et tempêté pour qu'il se remît au travail, tant
et si bien qu'un jour ils en étaient venus aux
mains. Cela se passait dans le pré du sud. Ils
étaient tous deux descendus de cheval et elle
avait essayé de le frapper mais Bill l'avait
repoussée et elle était tombée sur les fesses. Et
puis, soudain, elle avait été prise d'un rire inex-
tinguible et il avait ri à son tour et s'était age-
nouillé auprès d'elle pour la relever. C'est alors
qu'ils avaient échangé leur premier baiser.

Cela faisait dix-huit ans et il n'avait jamais
aimé aucune femme depuis. C'était un amour
où le désir se mêlait au respect, la compréhension
à l'admiration, le rire à la tendresse. Caroline
Lord était une femme qui sortait de l'ordinaire.
Belle, généreuse, pétillante d'intelligence, brillante en société, elle était aussi douce, affec-
tueuse, chaleureuse. Et, en secret, elle était sa
maîtresse depuis près de vingt ans ! Il n'avait
jamais compris pourquoi elle avait gardé auprès
d'elle un simple contremaître et encore moins
qu'elle pût vouloir l'épouser, ce à quoi il s'était

d'ailleurs toujours opposé, de sorte que leur liaison était restée cachée aux yeux du monde.

– Comment va Caroline ? demanda Samantha en observant l'éclair de tendresse qui passait dans les yeux de Bill.

– Aussi solide que jamais. Plus que n'importe qui ici !

Elle était aussi la plus âgée, ayant trois ans de plus que Bill. À vingt ans, elle avait été l'une des femmes les plus en vue d'Hollywood et l'épouse d'un metteur en scène parmi les plus célèbres de l'époque. Certaines des soirées qu'ils avaient données étaient entrées dans la légende dorée du cinéma et leur maison, sur les collines surplombant Hollywood, était à présent un lieu d'attraction touristique, relique d'une époque révolue à jamais. Après la mort de son mari, alors qu'elle n'avait que trente-deux ans, Caroline Lord était restée encore deux ans à Hollywood, triste et solitaire, avant de disparaître mystérieusement. Elle était allée en Europe, puis à New York, incapable de se fixer, et enfin, un jour qu'elle était au volant de sa Lincoln Continental, seule sur une route de campagne, elle avait tout à coup compris que ce qu'elle désirait le plus au monde, c'était être au milieu de la nature, loin du champagne et des conversations futiles qui, depuis la mort de son mari, avaient perdu leur enchantement. Elle était prête à commencer une nouvelle vie, une nouvelle aventure. C'est au cours de ce printemps-là, après quelques semaines de recherche intensive, qu'elle acheta le ranch.

Elle l'avait payé une petite fortune puis avait engagé un gérant et les meilleurs hommes du pays qu'elle rémunéra largement et pour lesquels elle fit bâtir des logements confortables en échange de quoi elle exigea beaucoup de travail; elle comptait apprendre tout sur l'art et la manière du cowboy dans le but de pouvoir un jour diriger le ranch elle-même. Très rapidement, Bill King était arrivé et avait pris les choses en main. Il lui avait appris tout ce qu'il savait et, grâce à lui, le ranch Lord était devenu prospère. C'était un véritable ranch, vivant de l'élevage du bétail et des chevaux, ce qui est rare en Californie où la plupart des ranchs ne sont en réalité que des résidences secondaires pour gens riches et stars de cinéma. Au ranch Lord, on ne chômait pas.

Samantha savait que les vacances qui l'attendaient n'allaient pas être oisives. Elle allait forcément être amenée à donner un coup de main dans les écuries et elle se réjouissait de pouvoir remonter à cheval, elle était très bonne cavalière : à dix ans déjà, elle participait à des concours hippiques et pendant son adolescence elle avait même rêvé aux Jeux Olympiques alors qu'elle passait son temps libre avec son cheval. Elle savait néanmoins qu'au ranch, malheureusement, on la considérait comme une « fille de la ville » et qu'on ne lui permettrait certainement pas de participer au dressage, ce qui la désolait. À partir de son entrée à l'Université, elle n'avait plus guère eu le temps de monter.

— Vous êtes beaucoup montée récemment ? demanda Bill comme s'il avait lu dans ses pensées.

— Non, dit-elle en secouant la tête, je crois que je n'ai pas vu un cheval depuis deux ans.

— Demain à la même heure, vous n'allez plus pouvoir vous asseoir !

— C'est possible, dit-elle en souriant. Mais ça va être si bon !

« Mieux vaut être brisé par la fatigue que par l'angoisse », pensait-elle.

— On a quelques nouveaux Palominos, un nouveau cheval pie et toute une bande de Morgans.

Et puis Caroline a absolument tenu à acheter – je ne suis pas encore arrivé à comprendre pourquoi, ça me dépasse – un monstre d'étalon. Elle dit qu'il lui rappelle un cheval dans un des films de son mari ! C'est un pur-sang, évidemment, une bête magnifique; mais qui a besoin d'un cheval de course dans un ranch, je vous le demande ? Un jour, elle va se tuer avec ce cheval de malheur. C'est ce que je n'arrête pas de lui dire d'ailleurs.

Dans son imagination, Samantha voyait Caroline lancée au grand galop à travers la prairie. La belle et fougueuse Caroline, comme il allait être bon de la revoir. Elle jeta un coup d'œil reconnaissant à Bill King et se surprit une fois de plus à se demander quelles étaient ses véritables relations avec Caroline. Bill était l'un des hommes les plus beaux qu'elle connaissait : son visage aux rides profondes irradiait cette force à la fois virile et douce que l'on retrouvait dans chacun des gestes de cet homme. Il semblait inconcevable qu'il puisse porter autre chose que des blue-jeans, et le chapeau de cowboy semblait avoir été inventé pour lui.

La nuit était déjà tombée lorsqu'ils dépassèrent la pancarte qui portait l'inscription RANCH LORD et Samantha, telle une enfant, se mit à brûler d'impatience : elle retint son souffle, s'attendant à chaque tournant à voir surgir la maison. Finalement, après dix minutes de petite route sinueuse, ils arrivèrent devant l'immense maison blanche, de style colonial, aux volets bleu foncé et au porche imposant. Samantha se souvint que, la dernière fois, les plates-bandes de fleurs multicolores – c'était en été – avaient donné un aspect presque irréel à cette vision spectaculaire.

– Alors, quel effet ça vous fait d'être là ? demanda Bill avec une note de fierté dans la voix. Vous trouvez la maison changée ?

– Pas du tout, dit-elle en regardant dans la direction des écuries qui baignaient dans la lumière d'un beau clair de lune.

– On a amélioré quelques petites choses à droite et à gauche, mais vous ne pouvez pas vous en rendre compte comme ça.

– Je suis si heureuse que rien n'ait changé.

Il klaxonna à deux reprises et la porte d'entrée s'ouvrit. Une femme aux cheveux blancs, haute taille et la silhouette droite et fine, apparut. Elle sourit d'abord à Bill puis à Samantha. Après une seconde d'hésitation, elle dégringola les marches du porche pour venir embrasser Samantha.

– Bienvenue, ma petite Sam, bienvenue.

Quand elle reconnut le parfum de rose de Caroline Lord, Sam eut soudain l'impression d'être de retour chez elle et les larmes lui montèrent aux yeux. Caroline fit un pas en arrière pour la regarder et déclara :

– Mon Dieu, que tu es belle, Sam ! Plus belle encore que la dernière fois !

– Toi aussi, Caroline, répondit Sam.

Et elle était sincère. Malgré ses soixante ans passés, Caroline était aussi svelte et élancée que dix ans plus tôt et de tout son être émanait une intense joie de vivre. Elle était vêtue de jeans et d'une chemise d'homme en coton qu'égayaient un foulard bleu vif noué autour du cou, une ceinture indienne et de ravissantes bottes de cowboy vert jade que Samantha remarqua en montant derrière elle l'escalier du porche.

– Oh ! Caroline ! Elles sont magnifiques !

– N'est-ce pas ? dit son amie qui avait compris immédiatement à quoi elle faisait allusion. Je les ai fait faire sur mesure. Ça semble un peu extravagant vu mon âge, mais enfin...

Samantha fut un peu choquée de l'entendre parler ainsi mais s'abstint néanmoins de tout commentaire. Suivie de Bill qui portait ses bagages, elle pénétra dans l'immense vestibule au milieu duquel trônait une grande table en bois massif surplombée d'un lustre en cuivre. De là où elle se tenait, sur l'épais tapis aux couleurs lumineuses, elle apercevait le feu qui crépitait dans la cheminée du salon devant laquelle étaient regroupés plusieurs fauteuils d'un bleu profond, qui s'harmonisaient merveilleusement avec le tapis ancien à grosses fleurs éclatantes bleu, rouge et vert. À l'image de la maîtresse de maison, la pièce respirait la gaieté et la générosité. Les meubles rustiques parfaitement astiqués étaient vivement éclairés et les flammes dansaient sur la surface lisse des cuivres accrochés au mur. C'était une pièce semblable à celles que l'on voit dans les revues de décoration.

— Besoin de quelques bûches supplémentaires ? demanda Bill en regardant Caroline du haut de son mètre quatre-vingt-dix.

— Non, merci, Bill. Nous en avons assez pour toute la nuit.

— Bon, eh bien, bonsoir, à demain matin.

Il sourit chaleureusement à Sam et salua respectueusement Caroline d'un signe de tête avant de leur tourner le dos et de sortir de la pièce. Elles entendirent la porte d'entrée se refermer doucement derrière lui. La solennité de toute cette scène fit que Samantha se demanda une fois de plus, tout comme au temps où Barbie et elle venaient passer leurs vacances au ranch, si elle ne faisait pas une grave erreur en les supposant amants. Pourtant, à travers ces façons à la fois simples et cérémonieuses, transparaissait cette tacite connivence qui lie généralement les vieux couples.

Caroline posa un plateau sur une table basse près du feu, ouvrit une Thermos et versa une tasse de chocolat chaud, puis découvrit un plat de sandwiches. Elle fit signe à Samantha de venir s'asseoir.

– Allez, viens, tu dois avoir faim, dit-elle en souriant. Tu sais que tu es ici chez toi.

Pour la seconde fois de la soirée, Samantha eut les larmes aux yeux tandis qu'elle étendait la main pour prendre celle de son amie.

– Tu es si bonne de m'accueillir.

– Ne dis pas ça, dit Caroline en retirant sa main. Tu as bien fait de me téléphoner. Tu sais, je t'aime autant que... autant que j'aimais Barb. Quand elle est morte, j'ai eu l'impression de perdre ma fille. Dire qu'il y a presque dix ans. Il me semble que c'était hier. Tu ne peux savoir combien tes lettres m'ont réchauffé le cœur, mais depuis quelques années tu n'écrivais plus et j'en étais venue à me demander si j'allais jamais te revoir !

– Je voulais écrire, mais j'étais tellement prise...

– Tu veux aller te coucher ? Ici, il n'est que huit heures et demie, mais pour toi il est près de onze heures et demie. Tu pourras me raconter tout ça demain matin.

– Non, non, répondit Samantha qui brûlait d'envie de se confier à sa vieille amie. Seulement, je ne sais pas par quoi commencer.

– Par ton chocolat, ensuite tu pourras enchaîner sur les sandwiches, dit Caroline en prenant la main de Sam dans la sienne. Tu ne peux pas savoir comme c'est bon de t'avoir de nouveau ici.

– Pas aussi bon que de te revoir ! répondit Samantha en mordant à belles dents dans le pain. Bill m'a dit que tu avais acheté un pur-sang. Une bête magnifique.

– Splendide, tu veux dire ! Plus belle encore que mes bottes vertes ! s'exclama Caroline. Un étalon, si fougueux que j'arrive à peine à me tenir en selle ! Bill est terrifié, il a peur que je me casse le cou ! Dès que je l'ai vu, je l'ai voulu.

C'est le fils d'un des propriétaires des environs qui l'avait acheté dans le Kentucky et, comme il avait un besoin pressant d'argent, il a bien voulu me le vendre. C'est presque un péché de le monter rien que pour le plaisir, mais voilà, je ne peux pas m'en empêcher. Et je me fiche pas mal de ce que l'on peut penser d'une vieille femme comme moi qui veut dresser un étalon. Ce cheval est le cheval de ma vie et je veux le monter jusqu'à mon dernier jour !

Samantha fut de nouveau choquée par l'allusion à la vieillesse et à la mort. Caroline paraissait tellement jeune, active et pleine d'entrain...

– Quel est son nom ?

Caroline éclata de rire et se leva. Campée devant l'âtre, les paumes des mains tournées vers la chaleur des flammes, elle répondit :

– Black Beauty, bien sûr.

Elle se retourna pour regarder Samantha et la lueur rougeâtre du feu dansa sur son visage si fin.

– Est-ce qu'on t'a dit récemment combien tu étais belle, tante Caro ?

Tante Caro était le nom que lui donnait autrefois Barbara, et les yeux de Caroline s'embuèrent de larmes.

– Chère Sam. Toujours aussi aveugle à ce que je vois.

– Hé oui, dit-elle en prenant une gorgée de chocolat. Bon, je suppose que le temps est venu de te raconter ce qui s'est passé entre John et moi. En fait, pas beaucoup plus que ce que je t'ai déjà dit au téléphone l'autre soir. Il avait une maîtresse, elle est enceinte, il m'a quittée, et ils se sont mariés, c'est tout.

– Voilà qui est bref ! Tu le détestes ?

– Parfois, répondit Sam avant d'ajouter à voix basse : mais la plupart du temps il me manque et je me demande si elle s'occupe bien de lui.

Sait-elle qu'il est allergique aux chaussettes en laine ? Connaît-elle la marque de café qu'il préfère ? Toutes ces petites choses me tracassent... je ne peux m'empêcher d'y penser... c'est idiot, n'est-ce pas ? dit-elle en luttant contre les larmes. C'était abominable, et si peu discret... tous les journaux en ont parlé. Tu n'as rien vu ?

— Si. Une fois. Mais j'espérais que c'était faux, de la publicité pour son émission. On raconte n'importe quoi dans les journaux.

— Pas cette fois-ci, malheureusement. Tu ne les as pas vus à la télévision ?

— Je ne regarde jamais cette émission.

— En général, moi non plus, mais maintenant, c'est plus fort que moi, dit Samantha d'une voix lugubre.

— Tu ne devrais pas.

— Je sais. Il y a beaucoup de choses que je ne devrais pas faire et surtout auxquelles je ne devrais pas penser. C'est d'ailleurs la raison pour laquelle je suis ici.

— Et ton travail ?

— Je l'ai toujours. Je ne sais d'ailleurs pas par quel miracle ! Quand je pense que j'ai vécu tout ça en me rendant chaque jour au bureau. Évidemment, j'étais une véritable somnambule ! Il valait peut-être mieux que je parte, effectivement, dit-elle en enfouissant son visage dans ses mains.

— J'en suis persuadée, dit Caroline en posant la main sur l'épaule de son amie. Le ranch va sûrement t'aider à guérir de tout le mal qu'on t'a fait. Tu as eu un horrible choc, je sais ce que c'est. Après la mort d'Arthur, j'ai cru ne plus pouvoir vivre, j'ai cru que j'allais le suivre dans la tombe. Ça n'est pas exactement la même chose, mais, vois-tu, la mort elle aussi est une sorte d'abandon, dit-elle, les yeux un instant assombris. Ta vie ne s'arrête pas là, Samantha.

Peut-être qu'au contraire elle ne fait que commencer. Quel âge as-tu ?

– Trente, grogna Samantha comme si elle en avouait quatre-vingts.

Caroline éclata d'un rire cristallin qui résonna joyeusement dans le joli salon.

– Et tu crois que je vais être impressionnée ?

– Compatissante.

– À mon âge, ma petite, je serais plutôt jalouse ! Trente ans… dit-elle en fixant l'âtre d'un air rêveur. Que ne donnerais-je en échange ?

– Et moi, comme j'aimerais te ressembler !

– Apprenez que tout flatteur… dit-elle en souriant. Mais, dis-moi, depuis, tu n'es sortie avec personne ? (Samantha fit non de la tête.) Pourquoi ?

– Pour deux bonnes raisons. D'abord, personne ne m'a plu et ensuite je suis toujours Mme Taylor. J'aurais l'impression de tromper John. Je ne suis pas prête, c'est tout et… je crois que je ne le serai jamais. Je ne le souhaite même pas. En me quittant, il a emporté une partie de moi-même. Je ne veux être aimée par personne d'autre que lui.

– Eh bien, voilà une situation nouvelle à laquelle il va falloir remédier. Il faut regarder les choses en face, Sam. Tu ne vas pas continuer à errer comme une âme en peine, il *faut* vivre. C'est ce qu'on m'avait dit. Mais c'est dur sur le moment, je le sais bien. Ça fait combien de temps maintenant ?

– Trois mois et demi.

– Je t'en donne encore six, dit Caroline en souriant doucement. Si dans six mois tu n'es pas tombée follement amoureuse, on prendra des mesures radicales.

– Quoi par exemple ? La lobotomie ? demanda Samantha en sirotant son chocolat.

– Nous trouverons bien quelque chose, mais à mon avis ce ne sera pas la peine.

– J'espère que je serai à New York en train de me tuer au travail !

– C'est ce que tu penses vraiment ? demanda Caroline en la regardant tristement.

– Je ne sais pas. C'est ce que je pensais avant. Mais, à présent, quand je regarde en arrière, je me rends compte que j'étais en rivalité avec John. Néanmoins, je vais presque certainement devenir directrice de création, poste aussi enviable qu'envié !

– Et ça te plaît ?

– Oui, j'adore ce métier, répondit Samantha avant d'ajouter timidement : mais il fut un temps où j'aurais préféré un autre genre de vie, je veux dire, comme la tienne.

Caroline s'apprêtait à répondre mais Samantha la devança en demandant brusquement :

– Puis-je monter Black Beauty demain ?

– Pas encore, Sam. Il faut t'échauffer un peu sur les autres chevaux avant. Depuis combien de temps n'as-tu pas grimpé sur une selle ?

– Deux ans environ.

– Et tu voudrais commencer par Black Beauty !

– Pourquoi pas ?

– Parce que tu te retrouveras sur le derrière avant d'avoir franchi la barrière. Il n'est pas commode, tu sais, même pour l'excellente cavalière que tu es. Mais je te promets que, lorsque tu seras rodée – et, te connaissant, ce ne sera pas long –, je te permettrai de le monter. À vrai dire, tu tombes à pic. Depuis trois semaines, Bill et moi sommes plongés dans la paperasse. Nous avons des tas de choses à régler avant la fin de l'année. En plus, il nous manque deux hommes. Bref, si tu veux une place de cowboy, tu es la bienvenue.

– Tu parles sérieusement ? demanda Samantha, les yeux écarquillés, stupéfaite. Tu me laisserais monter avec les hommes ?

– Oui. Et tu me rendrais un fier service. Tu es aussi qualifiée qu'eux, tu sais; ou plutôt, tu le seras dans un jour ou deux. Tu crois pouvoir survivre à une journée entière de selle ?

– Oh ! Et comment ! s'exclama Samantha.

– Alors, au lit ! Le lever est à quatre heures. En fait, j'étais certaine que tu accepterais. J'ai déjà prévenu Tate Jordan de ton arrivée. C'est lui qui te guidera demain matin, Bill et moi avons à faire en ville. Bienvenue au ranch Lord, ma petite Sam, dit-elle en ouvrant les bras.

– Merci, tante Caro.

Après s'être embrassées, les deux femmes se dirigèrent lentement vers le vestibule. Elles laissaient derrière elles un feu encore pétillant. Caroline accompagna Samantha à sa chambre et sourit devant l'émerveillement de la jeune femme. Ce n'était pas la pièce qu'elle avait partagée autrefois avec Barbara, celle-ci ayant été transformée en bureau (Caroline ne pouvait plus supporter la tristesse de cette chambre rose où avait grandi sa nièce), mais une pièce toute blanche, avec du papier peint orné d'œillets, des coussins à fronces sur le lit à baldaquin et une chaise longue en osier. Seuls éléments colorés : un plaid aux teintes vives – magnifique composition géométrique bleue, rouge et jaune – qui était plié sur le lit et un énorme bouquet de fleurs multicolores dressé sur une grande table en osier. De sa fenêtre, Samantha aurait demain matin une vue panoramique sur les collines environnantes. Caroline avait toujours en elle ce goût de la décoration qui l'avait rendue célèbre trente ans auparavant à Hollywood.

– Ça ne ressemble pas beaucoup à une chambre de cowboy ! s'exclama Samantha en s'asseyant sur le lit.

– Pas exactement. Mais, si tu préfères, un des

hommes sera enchanté de partager son grabat avec toi !

Elles rirent toutes les deux. Caroline souhaita bonne nuit à son amie et sortit en fermant doucement la porte derrière elle. Samantha entendit le bruit de ses bottes s'éloigner dans le couloir jusqu'à l'autre bout de la maison où se trouvaient ses appartements : une chambre, une salle de bains et un petit salon où elle abritait quelques œuvres d'art, vestiges de son ancienne vie : un beau tableau impressionniste et plusieurs objets précieux achetés en Europe, en compagnie de son mari.

Samantha défit méthodiquement sa valise tout en se demandant comment il était possible de changer ainsi d'univers en quelques heures. Était-ce vraiment elle qui avait parlé le matin même à Harvey Maxwell dans le bureau de l'agence ? Une fois ses affaires soigneusement rangées, elle se dirigea vers la fenêtre et l'ouvrit. Un vent froid balaya son visage et elle entendit des hennissements dans le lointain. Le ciel était criblé d'étoiles et à la lumière du clair de lune elle voyait des collines à perte de vue. « Ici, je vais me retrouver », se dit-elle. Soudain, elle entendit claquer une porte quelque part dans la maison, du côté de l'appartement de Caroline, et elle se demanda, comme Barbie et elle l'avaient souvent fait autrefois, si ça n'était pas Bill King.

4

À quatre heures du matin, le réveil sonna. Samantha poussa un grognement et avança la main pour l'arrêter, puis elle fut saisie d'un bref sentiment de rêve : elle n'était plus dans son lit à New York, et ce n'était pas une journée à l'agence qui l'attendait, mais à cheval, en compagnie d'une bande de cowboys. À vrai dire, contrairement à son enthousiasme de la veille au soir, elle n'était guère enchantée à la perspective de se lever et de sortir de la maison le ventre creux avant de se mettre presque immédiatement en selle. Pour un premier jour, ne pouvait-elle pas faire un peu la grasse matinée ? Mais ce n'était pas pour paresser qu'elle avait fait tous ces kilomètres et, après tout, le travail que Caroline lui avait confié était un honneur qu'on lui faisait. Et puis, si dès le début elle ne se montrait pas aussi vaillante que les autres, personne ne la prendrait jamais au sérieux.

Tant bien que mal, elle sortit de son lit, et prit une douche. Après avoir ouvert les rideaux, elle scruta les ténèbres au-dehors et à son désespoir vit que les collines étaient voilées par le brouillard. Courageusement, elle enfila de vieux blue-jeans, un chemisier blanc, un gros pull à col roulé noir et des chaussettes de laine. Après quoi, elle s'assit pour mettre ses bottes – de magnifiques bottes de cheval de chez Miller, peu appropriées à la rude journée qui les attendait. Pendant le week-end, elle irait en ville acheter une vraie paire de solides bottes de cowboy. Après avoir noué ses longs cheveux blonds en un chignon lâche attaché sur la nuque et s'être rafraîchi le visage, elle enfila son vieux parka bleu et se glissa hors de la chambre. Dehors, debout sous le porche, elle rabattit la capuche de sa veste avant de se mettre en route pour la salle commune.

Tandis qu'elle traversait la cour, une crainte l'envahit : comment aurait-elle l'audace de pénétrer dans ce sanctuaire masculin ? Dans cette immense salle où les hommes mangeaient, jouaient aux cartes, regardaient la télévision, écoutaient de la musique… bref, vivaient entre eux loin du monde féminin. Quelque peu flageolante, elle se demanda si Caroline et Bill les avaient prévenus. Elle posait la main sur le bouton de la porte d'entrée lorsqu'une grosse voix retentit derrière elle :

– Allez, mon vieux, avance. On se les gèle ici !

Elle fit volte-face, surprise, et se retrouva devant un homme trapu, de taille moyenne, aux cheveux et aux yeux bruns, âgé d'une trentaine d'années. En la voyant, il eut l'air aussi surpris qu'elle mais, retrouvant vite son sang-froid, il lui dit en souriant :

– Vous êtes l'amie de miss Caroline, n'est-ce pas ? Bon, je suis désolé, mais il faut tout de même ouvrir cette porte. Il fait un froid de canard.

– Oh !… on vous a parlé de moi ? bafouilla-t-elle en poussant la porte.

– Mais oui. Bienvenue au ranch, mademoiselle, dit-il d'un ton poli mais réservé en se dirigeant vers la cuisine.

Samantha réalisa que l'immense pièce était remplie d'hommes comme lui, en blue-jeans, grosse veste et chandail. Leurs chapeaux étaient alignés sur le mur, accrochés à des patères. La salle résonnait du fracas de leurs bottes traînant sur le plancher en bois, tandis qu'ils allaient et venaient de la cuisine à la grande table. Dans ce monde masculin, Samantha sentait sa présence totalement déplacée.

À première vue, elle ne reconnaissait personne. La plupart de ces hommes étaient trop jeunes pour avoir été au ranch lors de sa dernière visite. Parmi les plus âgés, elle en aperçut un – la cinquantaine, de forte carrure – qui ressemblait un peu à Bill King, mais plus brutal et fruste. L'homme jeta un coup d'œil vers Samantha puis se détourna pour dire quelque chose à un jeune rouquin. Ils rirent tous les deux et s'en allèrent rejoindre les autres à la table. Samantha se demanda si c'était d'elle qu'ils avaient ri et elle sentit sa gorge se serrer d'angoisse. Que faisait-elle ici, au milieu de cette bande de cowboys ? Autrefois, on les avait facilement acceptées, elle et Barbie, car elles étaient des enfants et cela amusait les hommes de les regarder jouer avec les chevaux. Aujourd'hui, elle n'avait plus quinze ans mais la prétention de traiter d'égal à égal avec eux.

— Vous allez pas prendre quelque chose ? demanda une voix enrouée à côté d'elle.

Elle se retourna pour se trouver nez à nez avec un autre homme de la même génération que le vieux contremaître, mais celui-là avait l'air plus avenant. En fait, elle le reconnut presque aussitôt :

— Josh ! C'est moi, Sam ! s'exclama-t-elle, soulagée.

Josh s'était toujours occupé de Barbara et d'elle autrefois. C'est lui qui avait appris à Barbie à monter à cheval. Samantha se souvenait qu'il avait une femme et des enfants, mais elle ne les avait jamais vus. Ils habitaient en dehors du ranch. Josh, comme tous les autres cowboys, menait une vie de solitaire parmi d'autres solitaires, dans un monde exclusivement masculin. À présent, il regardait Samantha d'un air décontenancé. Puis tout à coup son visage buriné s'illumina :

— Sam ! C'est pas vrai ! s'exclama-t-il à son tour en la prenant dans ses bras et en l'embrassant sur les deux joues. J'aurais dû m'en douter quand miss Caroline a parlé d'une « amie » ! Tu as l'air en pleine forme !

— Vous aussi, Josh. Et votre femme et vos enfants, comment vont-ils ?

— Tous partis, envolés, Dieu merci. Sauf un

et la femme, répondit-il avant d'ajouter à voix basse : maintenant, ils vivent ici, au ranch. C'est miss Caroline qui m'y a obligé. Elle a dit que c'était pas normal que ma famille soit en ville alors que je vis ici.

— Quelle bonne nouvelle !

— Vous ne voulez pas manger un morceau ? Miss Caroline nous a annoncé que quelqu'un devait venir de New York pour nous donner un coup de main. Vous auriez dû voir leur tête quand on leur a dit que c'était une femme !

Maintenant que la présence de Josh la rassurait, elle commençait à avoir faim. Tandis qu'elle prenait une tasse de café et un grand bol de céréales, Josh se pencha vers elle et murmura, en prenant des airs de conspirateur :

— Que faites-vous ici, Sam, je vous croyais mariée ?

— Plus maintenant.

Il hocha la tête et ils se dirigèrent vers l'une des petites tables dans un coin de la salle. Au bout d'un moment, deux ou trois hommes, talonnés par la curiosité, vinrent se joindre à eux et Josh les présenta à Samantha. Plus jeunes qu'elle, ils avaient déjà l'air usé, non par les soucis ou le malheur, mais par les éléments, la terre, le ciel, le vent, la pluie et le soleil. Le temps aidant, ils deviendraient comme Bill et Josh, qui étaient pétris, sculptés par la nature.

— Beaucoup de nouveaux, hein, Sam ? lança Josh avant de se lever pour aller se resservir du café.

Elle resta seule à la table. La grosse horloge au-dessus de la cheminée marquait six heures moins le quart. Dans quinze minutes, tout le monde allait se lever pour se rendre aux écuries. Samantha se demanda qui était chargé de lui assigner un cheval. Caroline n'en avait pas parlé. De nouveau submergée par une vague d'angoisse, elle chercha désespérément Josh du regard. Il avait disparu. Et tous ces hommes qui faisaient comme si de rien n'était, comme si elle n'existait pas, se dit-elle dans un mouvement de colère. Elle avait envie de se mettre debout, de leur déclarer combien elle était désolée d'avoir fait intrusion dans leur précieux univers de mâles et de partir en claquant la porte.

— Mademoiselle Taylor ? dit une voix derrière elle.

Elle se retourna brusquement et se retrouva devant une chemise en laine à carreaux bleus et verts.

— Oui ?

Elle leva la tête vers un visage où brûlaient deux yeux d'une couleur qu'elle n'avait encore jamais vue : émeraude, pailletée d'or. La chevelure était noire et les tempes argentées. Le visage était tanné, les traits aigus et l'homme plus grand que tous les autres cowboys, y compris Bill King.

— Je suis l'assistant du contremaître, dit-il d'une voix sèche et froide.

— Comment allez-vous ? demanda-t-elle, ne sachant trop que dire.

— Vous êtes prête ? poursuivit-il d'un ton péremptoire.

Elle fit un signe de tête affirmatif. En fait, elle avait envie d'une autre tasse de café, mais que pouvait-on faire face à un tel déploiement d'autorité virile ? Elle se leva et le suivit. Au passage, elle prit sa veste accrochée à une patère près de la porte et l'enfila. Toute menue derrière lui, elle était aussi peu fière qu'une enfant prise en faute. Ils traversèrent la cour sous la pluie et une fois dans les écuries l'homme ramassa une liste où le nom des cowboys s'inscrivait à côté de celui du cheval qui leur était échu pour la journée. Après avoir soigneusement inspecté la liste, il se dirigea vers une stalle à proximité de l'endroit où ils se tenaient. Clouée sur la porte, une plaque annonçait : LADY. Soudain, Samantha se sentit bouillir de colère : comment osait-il ? Pour qui la prenait-on ? Elle se tint coite cependant, de peur de provoquer un esclandre.

– Vous montez bien, n'est-ce pas ?

Elle fit oui de la tête; en réalité, elle montait probablement mieux que n'importe lequel des hommes du ranch. Mais cela, elle ne pouvait pas le lui dire. Il allait s'en rendre compte par lui-même, s'il daignait regarder, évidemment. Tandis qu'il se penchait de nouveau sur la liste, Samantha se surprit à contempler la courbure de son cou. Il y avait en cet homme d'une quarantaine d'années une force sensuelle, quelque chose d'un peu sauvage et de têtu, qui lui faisait peur, si bien qu'elle tressaillit lorsqu'il se tourna vers elle et lui dit :

– Ça ne va pas. Trop dure pour vous. Vous allez monter Rusty. Venez, il est à l'autre bout des écuries. Prenez une de ces selles là-bas, nous partons dans dix minutes… vous serez prête ?

« Pour qui se prend-il ? » se dit-elle.

– Dans cinq minutes si vous voulez ! s'exclama-t-elle d'un ton sec.

Il ne répondit rien et lui tourna le dos pour aller remettre la liste à sa place puis seller son propre cheval. Cinq minutes après, les écuries retentissaient des cris et des éclats de rire des hommes, des hennissements des chevaux, du bruit de leurs sabots frappant le plancher. Après un bref embouteillage à la porte, hommes et bêtes se retrouvèrent dehors, rassemblés dans la cour, sous la bruine.

Ils avaient presque tous endossé des imperméables par-dessus leur veste et Josh en avait tendu un à Samantha pendant qu'elle guidait lentement son cheval vers la sortie. C'était un cheval bai sans aucun caractère, et même quelque peu amorphe. Samantha l'imaginait déjà s'arrêtant ici et là pour croquer quelque herbe appétissante, baissant brusquement la tête pour boire à longs traits l'eau fraîche d'un ruisseau. Bref, elle anticipait une journée de frustrations et regrettait son mouvement d'humeur devant Lady. Il allait falloir prouver à cet assistant du contremaître qu'elle méritait mieux que cette rosse ! Black Beauty, par exemple, se dit-elle en souriant intérieurement.

Les cavaliers, rassemblés en petits groupes sous la pluie, bavardaient sur leur monture en attendant les instructions. C'était Bill King qui, habituellement, répartissait le travail entre les vingt-huit hommes, mais aujourd'hui c'était son assistant. L'homme aux cheveux de jais envoya Josh en compagnie de quatre autres vers le sud de la propriété pour rechercher quelques bêtes qui s'étaient perdues. Deux autres groupes devaient aller vérifier l'état de certaines barrières qui, à son avis, avaient été endommagées, et un autre ramener au ranch quelques vaches malades. Lui, enfin, accompagné de quatre hommes et de Samantha, allait vers le nord à la recherche de plusieurs vaches qui avaient quitté le troupeau et erraient dans la prairie, sur le point de vêler. Au pas tranquille de son cheval, Samantha suivit ses compagnons hors de la cour principale. Au bout d'un moment, ils se mirent au galop et Samantha retrouva des sensations depuis longtemps oubliées.

Elle eut tout à coup envie de rire. Dire que deux jours auparavant elle ne s'imaginait pas une autre vie que celle de bureau ! Plusieurs fois, elle surprit le regard de l'assistant du contremaître posé sur elle, probablement pour vérifier son assiette. Comme elle l'avait prévu, Rusty était gourmand et elle avait toutes les peines du monde à l'empêcher de s'arrêter tous les cinquante mètres pour arracher une herbe tendre. Finalement, exaspérée, elle le laissa faire, se disant que son désir une fois assouvi il serait moins difficile à diriger. Et c'est à ce moment-là justement que le « tyran » – c'est ainsi que Samantha avait surnommé mentalement le second du ranch – choisit pour passer à côté d'elle et lui dire à haute et intelligible voix :

– Ne laissez pas flotter vos rênes !

Elle eut envie de hurler : « Je l'ai fait exprès ! » mais déjà, indifférent, il parlait à deux de ses hommes. Comme Bill King, il était un maître incontesté, on ne discutait pas ses ordres, on répondait par des phrases brèves, de petits hochements de tête. Il ne riait jamais et souriait rarement. Aux yeux de Samantha, chacun de ses gestes, chacune de ses paroles était un défi.

– Alors, jolie promenade ? lui demanda-t-il un peu plus tard.

– Très jolie, répondit-elle entre ses dents. Et joli temps ! ajouta-t-elle en souriant.

Sans même daigner répondre, il s'éloigna.

À mesure que le soleil s'élevait sur le ciel, ses jambes devenaient plus molles, ses fesses plus douloureuses, le frottement des jeans sur l'intérieur de ses cuisses plus cuisant. Ces hommes ne se reposaient-ils jamais ? Finalement, ils firent halte dans une cabane prévue à cet effet, située à l'autre bout de la propriété. Il y avait là une table, des chaises et de l'eau courante. Une fois tout le monde installé, l'assistant du contremaître sortit d'une des poches de sa selle de gros sandwiches, certains au jambon et d'autres à la dinde, et les distribua. Il y avait aussi deux grandes Thermos, l'une remplie de soupe, la seconde de café.

Samantha était en train de siroter son café après avoir avalé son sandwich de bon appétit, lorsque son « tyran » lui adressa de nouveau la parole :

— Alors, on tient le coup, mademoiselle Taylor ?

Si le ton de sa voix était toujours ironique, il y avait néanmoins plus de douceur dans son regard.

— Très bien, merci. Et vous, monsieur… euh… rappelez-moi donc votre nom, répliqua-t-elle avec un sourire désarmant.

Il ne put s'empêcher de sourire. Il devait admettre qu'elle avait du cran, et de la persévérance.

— Je m'appelle Tate Jordan, dit-il en lui tendant la main. Comment trouvez-vous le pays ?

— Magnifique ! dit-elle avec un sourire angélique. Un temps superbe. Un cheval de première classe. Des gens charmants…

— Quoi ? Et que pensez-vous de la cuisine ? Vous ne m'en avez rien dit.

— Vous ne perdez rien pour attendre.

— Pour ça, je vous fais confiance. Ce que je n'arrive pas à comprendre, c'est la raison pour laquelle vous avez voulu commencer aujourd'hui. Vous auriez pu choisir un meilleur jour !

— Et vous, vous choisissez vos jours ?

— Moi, c'est différent, dit-il d'un ton presque méprisant.

— Vous devriez pourtant savoir que les volontaires ont de la bonne volonté à revendre, monsieur Jordan !

— Excusez-moi. Je n'en vois pas tous les jours. Vous étiez déjà venue au ranch ? demanda-t-il.

— Oui, il y a très longtemps.

— Et Caroline vous laissait monter avec les hommes ?

— Non… pas vraiment… oh ! une ou deux fois, juste pour s'amuser.

— Et cette fois ? demanda-t-il en levant un sourcil.

— Probablement aussi pour m'amuser.

Elle n'allait tout de même pas lui avouer que c'était pour des raisons thérapeutiques ! Elle décida soudain de le remercier; après tout, il s'occupait d'elle.

— Je vous suis très reconnaissante, vous savez, de me laisser monter avec vous. Je sais combien il est énervant d'avoir un nouveau dans les rangs (elle n'allait pas aller jusqu'à s'excuser d'être une femme !) mais vous verrez, dans quelques jours, je vous serai très utile.

— Peut-être, lança-t-il avant de se lever et de lui tourner le dos.

Il ne lui adressa plus la parole de tout l'après-midi. Ils ne réussirent pas à trouver les bêtes égarées. Vers les deux heures, ils rencontrèrent ceux qui s'occupaient de réparer les barrières et se joignirent à eux. Samantha était si fourbue qu'elle somnolait, près de s'endormir sur son cheval, sous la pluie. Quand ils rentrèrent, vers cinq heures et demie, après onze heures de selle, elle était incapable de se tenir debout et se serait écroulée si Josh ne l'avait soutenue.

— Tu y as été un peu fort pour un premier jour, dit le vieux cowboy d'un air inquiet. Pourquoi n'es-tu pas rentrée plus tôt ?

— Plutôt crever ! Si tante Caro peut le faire, pourquoi pas moi ? ajouta-t-elle d'une voix lugubre.

— Sans vouloir te vexer, je te fais remarquer qu'elle, elle fait ça depuis des années et tous les jours ! Tu ne vas pas pouvoir remuer le petit doigt demain.

— Qui se préoccupe de demain ? C'est déjà assez pénible comme ça aujourd'hui !

— Tu peux marcher ?

— J'espère. Je n'ai aucune envie d'être obligée de sortir d'ici en rampant !

— Tu ne veux pas que je te porte ?

– Mmmm… de quoi j'aurais l'air ?

Ils rirent de bon cœur. Samantha leva un regard pétillant de malice vers Josh. C'est alors qu'elle remarqua une belle plaque en cuivre à l'entrée d'une des stalles qui lui faisaient face. Elle n'en croyait pas ses yeux.

– Josh ? demanda-t-elle d'une voix tremblante. C'est ça… Black Beauty ?

– Oui, mam'zelle. Tu veux que j'vous présente ?

– Quelle question ! dit-elle en passant son bras sous celui du vieux cowboy. Évidemment !

À première vue, dans la pénombre, la stalle semblait vide, puis Samantha aperçut une forme sombre dans un coin. Et elle vit alors s'approcher d'elle le plus beau cheval qu'elle ait jamais vu : sa robe était comme taillée dans du velours noir, marquée seulement par une étoile au front et des balzanes aux membres de devant; sa crinière et sa queue étaient noires comme du jais. On était surpris de voir un cheval de si grande taille avec des jambes aussi fines et nerveuses et des yeux pleins de douceur.

– Mon Dieu ! c'est incroyable, murmura Samantha.

– Beau, hein ?

– Le plus beau que j'aie jamais vu. Quelle taille ?

– Un mètre quatre-vingt-cinq, presque un mètre quatre-vingt-dix, répondit Josh fièrement.

– Je donnerais dix ans de ma vie pour pouvoir le monter, dit Samantha après avoir émis un sifflement d'admiration.

– Tu crois qu'elle te le permettrait ? M. King n'aime pas qu'elle le monte, tu sais. C'est qu'il est d'un nerveux ! Il a bien failli la vider une ou deux fois. J'avais jamais vu ça !

– Elle m'a dit que je pourrais le monter et je parie qu'il n'essaiera même pas de me désarçonner.

— À votre place, je ne prendrais pas ce risque, mademoiselle Taylor.

La voix qui s'élevait derrière elle – profonde, un peu voilée et douce mais néanmoins sans chaleur – n'était pas celle de Josh. Elle se retourna lentement et vit Tate Jordan. Les yeux de Samantha se mirent à lancer des éclairs :

— Et pourquoi pas ? Selon vous, Rusty serait plus mon genre, hein ?

— Ça, je l'ignore; tout ce que je sais, c'est qu'un monde sépare ces deux chevaux et qu'aucune femme ne monte aussi bien que miss Caroline. Si elle, elle a des difficultés avec Black Beauty, il est impossible que vous, vous n'en ayez pas !

— Vraiment ? Comme c'est intéressant, monsieur Jordan. Aucune femme ne monte aussi bien qu'elle ? Et les hommes là-dedans ? Ne me dites pas qu'un monde les sépare des femmes...

— Là n'est pas la question, ce n'est pas la même façon de monter.

— Pas toujours. Je parie que je dirige mieux ce cheval que vous.

— Qu'est-ce qui vous fait dire ça ? demanda Tate Jordan tandis qu'un éclair de colère passait dans ses yeux.

— Ça fait des années que je monte des chevaux pur-sang.

— Il y en a qui ont bien de la chance, répliqua-t-il d'un ton neutre. La plupart d'entre nous se contentent de ce qu'il y a.

Samantha sentit le rouge lui monter au visage. Tate Jordan la salua brièvement, et, sans même jeter un coup d'œil à l'homme qui se tenait depuis le début de la conversation à côté d'eux, mal à l'aise, s'en alla.

— Plutôt le genre énervant, non ? Il est toujours comme ça ? demanda-t-elle à Josh une fois que l'autre eut disparu.

– Probablement. Avec les femmes en tout cas. La sienne l'a quitté il y a des années. Elle s'est enfuie avec le fils du propriétaire du ranch pour lequel il travaillait à l'époque. Par la suite, elle l'a épousé. Il avait même adopté le fils de Tate. Ç'a duré jusqu'à leur mort à tous les deux. Dans un accident d'auto. Tate a repris son gosse avec lui, quoiqu'ils ne portent toujours pas le même nom. Tate adore son fils, mais il ne parle jamais de sa femme. M'est avis qu'il a gardé un goût amer pour les femmes. Sauf les femmes... faciles. Son fils a vingt-deux ans maintenant.

– Vous le connaissez ?

Josh haussa les épaules.

– Non. Je sais que Tate lui a trouvé du travail dans la région, l'année dernière, mais comme il est plutôt silencieux et réservé, j'en sais pas beaucoup plus. Il va lui rendre visite une fois par semaine. Au Bar Three.

« Encore un solitaire », se dit Samantha. Mais il y avait pourtant quelque chose qui l'intriguait en cet homme. Les propos de Josh ne faisaient que renforcer sa curiosité.

– Il ne faut pas avoir peur. Il n'est pas vraiment méchant. En fait, sous son côté porc-épic, c'est un bon bougre. Il faut le voir jouer avec les gosses du ranch. Il a dû être un bon père pour son fils. Et puis il a de l'éducation. Son père avait un ranch et l'a envoyé à l'Université, il a une licence de je ne sais plus quoi. Malheureusement, à la mort du vieux, la famille a dû vendre le ranch et Tate s'est mis à travailler dans un ranch voisin. C'est à cette époque que sa femme s'est tirée avec le fils du patron. À mon avis, il s'en est jamais remis. Je dirais même que ça l'a brisé. Il n'a plus d'ambition. N'empêche qu'il sera un jour contremaître, ici ou ailleurs. C'est l'intelligence qui veut ça.

Samantha ne répondit pas, trop absorbée par

les réflexions qu'avait entraînées ce qu'elle venait d'apprendre.

— Prête à rentrer à la maison ? demanda Josh en regardant tendrement la jeune femme au beau visage fatigué. D'attaque ?

— La prochaine fois que vous me posez cette question, je vous donne un bon coup de pied dans les tibias, répliqua-t-elle d'un ton faussement fâché.

— Ah ! s'exclama-t-il. Tu serais bien incapable de lever la jambe assez haut pour flanquer un coup de pied à un basset !

Ils se dirigèrent en riant vers la maison. Caroline, qui attendait Samantha, leur ouvrit la porte. Josh leur souhaita une bonne soirée et disparut. La cavalière laissa sa veste mouillée dans le vestibule et se dirigea en titubant vers le salon où elle s'écroula, exténuée, sur le sofa.

— Alors, fourbue ? demanda Caroline en souriant, amusée par le manège de sa jeune amie. Mais pourquoi ne pas être rentrée quand tu en as eu assez ?

— Pour ne pas avoir l'air d'une chiffe molle !

— Oh ! Samantha ! Quelle idiote tu fais ! Tu ne vas plus pouvoir bouger demain, dit Caroline en s'asseyant auprès de la jeune femme.

— Non, mais je serai quand même sur mon cheval.

— Lequel t'a-t-on donné ?

— Une rosse, Rusty, dit Samantha en regardant son amie d'un air dégoûté.

Caroline éclata de rire.

— Ça alors ! Ils ont fait ça ? Mais qui ? Je leur ai pourtant bien dit que tu montais aussi bien qu'eux.

— Eh bien, ils ne t'ont pas crue. En tout cas pas Tate Jordan. Il a failli me donner Lady, mais ensuite il a changé d'avis.

— Demain, demande-lui Navajo. C'est un

magnifique Appaloosa. Personne n'a le droit de le monter, sauf Bill et moi.

– Tu crois qu'ils vont m'en vouloir pour ça ?

– Est-ce qu'ils t'en ont voulu aujourd'hui ?

– Je n'en sais rien. Ils n'ont pas dit grand-chose.

– Ils ne disent jamais grand-chose. En tout cas, je me demande comment ils pourraient t'en vouloir après ce que tu as fait ! Quand je pense ! Onze heures d'affilée ! Et le premier jour !

– N'aurais-tu pas fait de même ?

Caroline fit oui de la tête.

– Au fait, j'ai vu Black Beauty ! s'exclama à brûle-pourpoint Samantha.

– Alors ? Qu'en as-tu pensé ?

– J'ai eu envie de le voler... mais je me contenterai de le monter. Envers et contre M. Jordan évidemment. Imagine-toi qu'il estime que Black Beauty n'est pas un cheval pour une femme !

– Et moi, alors ?

– Oh ! toi, ce n'est pas la même chose. Aucune femme ne monte aussi bien. Il n'a pas parlé d'homme, non, pour rien au monde Monsieur n'aurait dit : personne ne monte aussi bien que miss Caroline...

– Hé oui, dit Caroline en riant.

– Ça te fait rire ?

– Je suis habituée. Bill King dit exactement la même chose.

– Je vois qu'ils ont beaucoup entendu parler de la libération des femmes dans le coin, dit Samantha en se levant dans l'intention de monter se changer. En tout cas, demain, il faudra qu'il me donne un meilleur cheval ! Une grande victoire pour la cause des femmes ! Quel est le nom déjà de cet Appaloosa ?

– Navajo. Il suffit que tu dises à Tate Jordan que c'est moi qui l'ai demandé.

Dans sa chambre, tandis qu'elle se préparait

pour le dîner, elle pensa que c'était la première fois depuis des mois qu'elle n'allait pas regarder le magazine d'informations de John. Ce monde-là avait en quelque sorte glissé dans un autre temps, un autre univers. À présent, absorbée par la vie du ranch, ses problèmes se résumaient à montrer à un assistant de contremaître tyrannique qu'elle était capable de monter un étalon pur-sang comme Black Beauty.

Ce soir-là, elle se coucha heureuse et fourbue, et tandis qu'elle sombrait doucement dans un profond sommeil elle entendit une porte claquer quelque part dans la grande maison.

5

Le lendemain matin, Samantha s'éveilla pour constater qu'elle était percluse de courbatures. Péniblement, elle sortit du lit et se dirigea d'un pas lourd et chancelant vers la salle de bains. Là, elle resta plus d'un quart d'heure sous la douche, laissant couler l'eau chaude le long de ses membres endoloris. L'intérieur de ses cuisses était si rouge qu'en s'habillant elle prit soin de mettre une culotte à jambes longues en coton doux avant d'enfiler précautionneusement son jean. Sa seule consolation, c'était qu'il ne pleuvait plus et que la nuit était belle.

C'est d'un pas beaucoup plus décidé – quoique douloureux – qu'elle fit son entrée dans la salle commune. Elle suspendit sa veste à une patère puis se dirigea sans hésiter vers la machine à café. Une fois sa tasse remplie du liquide fumant, elle se retourna vers l'assemblée et aperçut Josh à l'autre bout de la salle.

– Alors, comment te sens-tu, Samantha ?

demanda-t-il tandis qu'elle approchait, le sourire aux lèvres.

Au lieu de répondre, elle s'assit à côté de lui et lui murmura à l'oreille :

– Heureusement que je monte à cheval aujourd'hui.

– Ah ! pourquoi ?

– Parce que je serais bien incapable de marcher, pardi !

Les deux hommes qui étaient attablés auprès de Josh lui firent des compliments.

– Pour sûr que vous êtes bonne cavalière, dit l'un d'eux.

– Je l'étais autrefois. Mais ça fait longtemps que je ne monte plus.

– Ça ne fait rien, dit Josh. Quand on a une bonne assiette, de bonnes mains, on les a pour la vie. Tu vas de nouveau prendre Rusty ?

– On verra. Mais je ne pense pas.

– Au fait, qu'as-tu pensé de notre phénomène ?

– Black Beauty ? Je n'ai jamais rien vu d'aussi beau ! répondit-elle tandis que son visage s'illuminait à la pensée de l'étalon.

– Miss Caro va te permettre de le monter ?

– J'arriverai à la persuader – vous en faites pas !

Samantha se leva pour aller prendre son plateau de petit déjeuner. Quand elle revint quelques minutes plus tard avec les saucisses et les œufs frits, les deux hommes avaient disparu et Josh s'apprêtait à partir.

– Vous sortez en avance ? lui demanda-t-elle.

– J'ai promis à Tate de lui donner un coup de main avant le départ.

Vingt minutes plus tard, lorsque Samantha se rendit aux écuries pour seller son cheval, elle ne put s'empêcher de se sentir de nouveau intimidée : comment allait-elle annoncer à Tate Jordan qu'elle refusait de prendre la rosse et qu'elle désirait monter l'Appaloosa ? Pourtant, tandis qu'un des groupes d'hommes la saluait, elle se dit que l'atmosphère était bien moins hostile que la veille. Sa performance n'avait finalement pas été inutile; elle avait peut-être une chance de faire partie des leurs. N'avait-elle pas déjà attiré au moins un regard admiratif lorsque, au retour de la longue chevauchée sous la pluie, elle avait défait son chignon et secoué sa longue chevelure argentée ?

– Bonjour, mademoiselle Taylor.

La voix de Tate Jordan interrompit sa rêverie. Dès qu'elle le vit, elle sut que rien, ni propos désagréables ni attitude méprisante, ne l'empêcherait de prendre Navajo.

– Fatiguée ? demanda-t-il.

– Pas vraiment.

Pour rien au monde, Samantha n'aurait avoué à ce futur contremaître qu'elle, une faible femme, souffrait un tant soit peu. Elle finissait par le détester. Et dire qu'il va prendre la place de Bill King ! pensa-t-elle. Il n'en avait certainement pas l'envergure ! Ni l'intelligence, ni la sagesse, ni la bonté…

– Oh !… Monsieur Jordan.

– Oui ?

– Je crois que je vais essayer un autre cheval aujourd'hui.

– Lequel ?

– Navajo, c'est Caroline qui l'a suggéré.

Il eut l'air agacé puis il hocha la tête et lui tourna le dos en lançant un :

– Allez-y !

Une fois devant Navajo, Samantha sentit fondre toute son irritation; le cheval était réellement beau : la tête tachetée de noir et de crème, les flancs bruns, les postérieures blanches à grosses taches brunes. C'est avec un réel plaisir qu'elle lui mit la selle et le sangla – il se montrait d'ailleurs extrêmement docile. Une fois en selle cependant, elle sentit combien il était nerveux. Au début, elle eut même du mal à le retenir et tandis qu'il sautillait derrière le groupe qui se dirigeait vers les collines, elle croisa un moment le regard désapprobateur de Tate Jordan.

– Vous allez y arriver, mademoiselle Taylor ?

Il passait auprès d'elle et Samantha eut soudain envie de le frapper.

– En tout cas, je vais essayer !

– À mon avis, on aurait mieux fait de vous donner Lady.

Une demi-heure plus tard, ils étaient déjà en plein travail, occupés à chercher des bêtes égarées et à vérifier l'état des barrières. Ils trouvèrent une génisse malade qu'un des hommes attrapa au lasso et conduisit jusqu'à l'une des principales étables de la propriété. Quand ils s'arrêtèrent au milieu de la campagne pour déjeuner, ils avaient déjà six heures de dur labeur derrière eux. Ils attachèrent leurs montures aux arbres les plus proches et s'assirent en rond. Tate Jordan fit la distribution rituelle des sandwiches. Peu de paroles furent échangées, mais l'atmosphère était détendue : on se reposait. Samantha ferma les yeux et leva son visage vers le pâle soleil d'hiver. Elle se laissait aller à la rêverie lorsque, une fois de plus, une voix à présent familière s'éleva à côté d'elle :

– Vous devez être fatiguée, mademoiselle Taylor.

– Pas vraiment, dit-elle en ouvrant les yeux et en baissant la tête pour le regarder. Ça vous ennuie ?

– Pas du tout. Alors, Navajo vous plaît ?

— Beaucoup... mais je crois que je préférerais quand même Black Beauty, dit-elle avec un sourire narquois.

— J'espère que vous ne vous y risquerez pas. Je n'ai pas du tout envie que vous vous fassiez mal. Il est vicieux, vous savez. Même miss Lord doit faire attention. En tout cas, ça n'est pas un cheval pour quelqu'un qui monte irrégulièrement comme vous.

— Et vous, vous l'avez monté ? demanda Samantha, de plus en plus agacée.

— Une seule fois.

— Et qu'en avez-vous pensé ?

— Une bête magnifique. Là-dessus, il n'y a aucun doute. Rien à voir avec Navajo. Au fait, il vous a donné du fil à retordre au début, n'est-ce pas ?

— Et vous avez cru que je ne m'en sortirais pas ?

— À vrai dire, j'étais un peu inquiet. Après tout, si vous êtes blessée, c'est moi qui suis responsable, mademoiselle Taylor.

— Voilà le contremaître qui parle ! Cela m'étonnerait fort que miss Lord vous rende responsable de ce qui peut m'arriver à cheval. Elle me connaît trop bien !

— Ce qui signifie ?

— Que je n'ai pas l'habitude de monter des Rusty mais...

— Mais des Black Beauty, ha !

— Oui, répondit calmement Samantha, je suis sûre que j'y arriverai.

— Et qu'est-ce qui vous rend si sûre ?

— Je sais ce que je vaux sur un cheval ! Je sais ce que je fais et puis je sais quels risques je peux prendre. Je monte depuis que j'ai cinq ans, vous savez !

— Tous les jours ? À New York aussi ?

— Évidemment pas !

Sur ce, il se leva et donna aux autres le signal du départ. Il avait encore eu le dernier mot et Samantha se jura une fois de plus qu'elle monterait Black Beauty.

Comme la veille, Josh attendait Samantha devant la porte des écuries.

– Alors, Sam, tu crois que tu peux marcher ?

– J'en doute !

Il l'aida à descendre de cheval puis, s'appuyant au chambranle de la porte de la stalle, il resta là à l'observer, amusé par la raideur de chacun de ses mouvements tandis qu'elle rangeait la selle et bouchonnait Navajo.

– Alors, comment ça s'est passé ?

– Pas trop mal.

Samantha se rendit compte tout à coup qu'elle se mettait à adopter le langage laconique des cowboys. Seul Tate Jordan s'exprimait différemment, et encore, seulement lorsqu'il était avec elle; sinon, il se comportait exactement comme les autres.

– New York est loin, non ?

– Ah ! que oui ! C'est pour ça que je suis venue, d'ailleurs.

Josh acquiesça d'un signe de tête. S'il ne comprenait pas très bien les raisons de la présence de la jeune femme ni en quoi consistaient ses activités à New York, il avait la profonde conviction que la vie au ranch était la meilleure qui soit, la plus saine, la plus équilibrée, bref la seule et unique vie qui puisse avoir un sens. Il en avait vu certains partir vers d'autres horizons, la ville, les mines, etc., mais ils étaient toujours revenus. Il remarquait que les cernes sous les yeux de Samantha s'estompaient déjà.

En sortant des écuries, ils passèrent devant la stalle de Black Beauty et Samantha ne put s'empêcher d'aller le flatter, frappant du plat de sa main son col de velours noir. L'étalon piaffa et émit un petit hennissement doux, comme en signe de reconnaissance.

Elle entra dans la maison pour trouver Bill et Caroline assis dans le salon en train de bavarder. En la voyant, ils interrompirent leur conversation.

— Bonsoir, Bill, bonsoir, Caroline, dit-elle d'un air légèrement embarrassé. Je ne vous dérange pas ?

— Bien sûr que non, ma chérie, dit Caroline en l'embrassant.

Bill King se leva, souhaita une bonne soirée puis sortit rapidement de la pièce. Samantha se laissa tomber en soupirant sur le sofa auprès de Caroline.

— Dure journée ? demanda celle-ci. Fatiguée ?

— Fatiguée ? Dis plutôt éreintée ! Après ces années passées derrière un bureau ! Heureusement que Josh est là pour me faire descendre de cheval chaque soir, sinon je crois que je dormirais à l'écurie !

— C'est à ce point ?

— Pire que ça !

Les deux amies étaient encore en train de rire lorsque la domestique mexicaine annonça que le dîner était servi dans la cuisine.

— Mmmm... ça sent bon, qu'est-ce que c'est ? demanda Samantha.

— Un dîner entièrement mexicain : enchiladas, chiles rellenos, tamales; tout ce que j'aime. J'espère que tu aimes ça aussi ?

— Oh ! moi, après une pareille journée, on pourrait me faire avaler n'importe quoi ! Du moment qu'il y a un bain et un bon lit douillet qui m'attendent à la fin du repas.

— On s'en souviendra ! Et à part ça, comment s'est passée cette journée ? Tout le monde a été aimable, j'espère.

– Tout à fait, sauf que...

– Que ?

– Tate Jordan et moi ne serons jamais les meilleurs amis du monde. Mais il est tout à fait poli, ne t'en fais pas. Simplement, il n'apprécie pas beaucoup les gens qui montent à cheval irrégulièrement.

– Ça ne m'étonne pas. C'est un curieux personnage. D'une certaine façon, il raisonne comme un propriétaire de ranch; tout en étant parfaitement content de son travail de simple cowboy, de vrai cowboy, comme il n'y en a plus beaucoup; de ceux qui sont capables de se tuer au travail pour un ranch. Il prendra certainement un jour la place de Bill... s'il reste.

– Pourquoi ne resterait-il pas ? Ça va bien ici pour lui. Tu as toujours été si généreuse avec tes employés.

– Oui, mais je ne crois pas que ça compte beaucoup à leurs yeux. Ce sont de drôles de zèbres, va, presque tous leurs actes sont dictés par l'honneur. Ils sont capables de travailler pour rien parce qu'ils sentent qu'ils vous sont redevables de quelque chose ou parce qu'ils ont une raison quelconque de vous admirer. Et ils vous quittent pour des raisons tout aussi obscures. Il est impossible de prévoir ce qu'ils vont faire. Même Bill.

– Ça doit être sacrément dur de diriger un ranch dans ces conditions.

– Mais c'est passionnant.

Caroline sourit, les yeux perdus dans le vague, puis elle remarqua que Samantha jetait un coup d'œil anxieux à sa montre et demanda :

– Quelque chose ne va pas, Sam ?

– Non, non. Il est six heures, voilà tout.

– Six heures ? Ah oui ! Les informations. Tu les regardes tous les soirs, d'habitude ?

– J'essaie d'éviter. Mais je ne résiste pas.

– Tu en as envie maintenant ?

– Oui.

– Tu veux que je demande à Lucia-Maria d'apporter la télévision ici ?

– Non. Il faudra bien que j'arrête un jour. Autant commencer la cure de désintoxication aujourd'hui.

– Tu veux quelque chose pour combler ton manque ? De l'alcool ? Un bonbon ?

Elles rirent et Samantha se dit qu'elle avait là une amie très précieuse, capable de comprendre ce qui se passait en elle.

– Non, non, mais... il y a autre chose.

Son visage aux traits fins, encadré par ses longs cheveux défaits, sembla tout à coup plus jeune. On eût dit une adolescente sur le point de demander à sa mère si elle pouvait lui emprunter son manteau de fourrure pour la soirée.

– Oui ? Je ne vois pas ce que je pourrais te refuser.

– Moi si.

– Et c'est quoi ?

– Black Beauty, dit Samantha dans un souffle.

– Black Beauty ! C'était donc ça...

– Tante Caro... dis oui !

– Oui à quoi ? demanda Caroline en se renfonçant dans son siège et en prenant un air taquin.

– Est-ce que je peux le monter ?

– Mais es-tu prête ? Ça me semble quelque peu précipité.

– Je suis prête, répondit Samantha d'une voix solennelle en se remémorant les paroles de Josh (« Quand on a une bonne assiette, on l'a pour la vie. »)

Caroline demeura silencieuse. Elle réfléchissait. Elle et Bill avaient observé Samantha de la baie vitrée du salon. Il était indéniable que Samantha connaissait les chevaux. Pour gagner du temps, elle demanda :

68

– Pourquoi veux-tu le monter ?

– Je ne sais pas exactement, avoua Samantha, mais c'est plus fort que moi, il *faut* que je le monte. Ce cheval a quelque chose…

– Je sais, dit Caroline, j'ai eu exactement la même impression. C'est ce qui m'a poussée à me donner tant de mal pour l'avoir. Même si c'était de la folie pour une femme de mon âge…

Les deux femmes échangèrent un long regard et Samantha se sentit une fois de plus comprise.

– Alors ? demanda-t-elle d'une voix où pointait l'impatience.

– Tu as mon feu vert.

– Pour quand ?

– Demain, si tu veux.

6

Tout comme la veille, la première chose que Samantha sentit en s'éveillant, ce furent les courbatures. Elle eut tôt fait cependant de se rappeler que la journée qui s'ouvrait devant elle était autrement plus excitante que les deux précédentes. Alors, oubliant les douleurs dans ses jambes, elle s'élança d'un bond vers la salle de bains, avec la légèreté d'une ballerine. Ce matin, elle allait se passer de petit déjeuner et se contenter d'un café qu'elle préparerait elle-même dans la grande cuisine de Caroline; il n'y avait pas de temps à perdre, il fallait se rendre aux écuries le plus vite possible. À cette pensée, elle ne put s'empêcher de sourire. Elle était si heureuse qu'elle sentait des ailes lui pousser; après s'être habillée rapidement et avoir avalé son café bouillant, elle traversa la cour à grandes enjambées.

À part deux hommes qui bavardaient dans un

coin, il n'y avait personne. Il était encore trop tôt. Tout le monde était dans la salle commune.

Doucement, presque furtivement, Samantha saisit la selle de Black Beauty et se glissa jusqu'à son box en saluant d'un signe de tête les deux hommes qui, stupéfaits, s'étaient tus et l'observaient d'un air alarmé.

À son approche, l'étalon donna des signes d'inquiétude et s'agita nerveusement. Pour le calmer, elle se mit à lui parler doucement à mi-voix tout en flattant son long col et ses flancs de velours. Petit à petit, il se calma et finit même par s'approcher de Samantha en ouvrant les naseaux, comme pour humer son parfum. Se sentant adoptée, elle lui passa la bride et le mena devant son box. Elle s'apprêtait à le seller lorsqu'un des hommes – qu'elle reconnut alors pour être un ami de Josh – s'avança vers elle :

– Mademoiselle Taylor ?

– Oui, qu'est-ce qu'il y a ?

– Euh… c'est-à-dire…

Embarrassé, il ne savait trop comment lui expliquer qu'elle n'était pas censée sortir Black Beauty. Elle était si belle auprès du grand cheval noir – les cheveux flottant dans le dos, le visage rosi par le froid, les yeux brillants – qu'il en était tout troublé et ne cessait de tourner son chapeau entre ses mains.

– Ne vous en faites donc pas, dit-elle, devançant l'objection. J'ai la permission de miss Lord.

– Mais… et Tate Jordan ? Est-ce qu'il est au courant ?

– Non. Et pour quelle raison devrait-il l'être ? Black Beauty n'appartient-il pas à miss Caroline ? L'homme acquiesça d'un signe de tête et Samantha lui adressa son sourire le plus enjôleur :

– Alors, vous voyez bien, il n'y a aucun problème.

70

– Puisque vous le dites... mais vous n'avez pas peur ? c'est qu'il est sacrément fougueux !

– J'espère bien !

D'un geste ferme, Samantha souleva des deux bras la selle et la planta, bien calée, sur le dos de l'étalon qui, aussitôt, fit un écart. Comparée à la lourde et énorme selle western que l'on utilisait au ranch, la selle anglaise achetée spécialement pour Black Beauty semblait ne rien peser du tout. Tandis qu'elle le sanglait, elle caressa le cuir doux du quartier. Elle éprouvait une certaine volupté à retrouver une selle qui lui était familière comme l'était d'ailleurs ce type de cheval – quoique Black Beauty fût le plus beau spécimen qu'elle eût jamais vu.

Plusieurs minutes s'écoulèrent avant qu'elle ne resserrât la sangle. Cela fait, l'un des deux cowboys s'avança pour l'aider à mettre le pied à l'étrier. Sentant le poids de la cavalière sur son dos, le splendide étalon noir fit de nouveau un écart et se mit à sautiller nerveusement. Samantha ajusta ses rênes, salua brièvement les deux hommes d'un petit signe de tête et s'éloigna rapidement. En traversant la cour principale, elle eut du mal à retenir sa monture qui faisait écart sur écart. Mais, une fois passé le portail, elle lui fit prendre le trot, lequel se transforma vite en galop tandis qu'ils se lançaient à travers champs. L'aube pointait et tout alentour baignait dans une luminosité d'un gris pâle qui virait lentement au doré. Tout de suite, Samantha fut envahie par un grand bonheur et elle laissa l'étalon partir au grand galop. Tandis qu'ils fendaient l'air froid de ce matin d'hiver, Samantha se sentait libre et heureuse; comme dans un rêve, elle avait l'impression de voler.

Au bout d'un moment qui lui parut infiniment long, Samantha se souvint du travail qui l'attendait. À contrecœur, et ralentissant l'allure, elle tourna bride et se dirigea vers le ranch pour rejoindre les autres. Mais à cinq cents mètres du portail, apercevant un petit ruisseau, elle ne put résister à la tentation de faire sauter le puissant animal. Elle avait encore le sourire aux lèvres lorsqu'elle aperçut Tate Jordan monté sur son beau Pinto noir et blanc. Il était assez proche d'elle et l'observait intensément. Tirant légèrement sur les rênes, elle fit faire une volte à Black Beauty et se dirigea vers l'assistant du contremaître dans un galop joyeux.

— Bonjour ! cria-t-elle de loin. Vous voulez vous joindre à nous ?

Telle une enfant, Samantha jubilait; elle avait gagné ! elle était sur Black Beauty !

— Que faites-vous sur ce cheval ?

— Caroline m'a donné la permission de le monter. Pas mal, non ?

— Ouais. Et s'il avait fait un faux pas au bord de ce ruisseau, hein ? S'il s'était cassé une jambe ! Vous n'avez pas vu qu'il y a de gros cailloux sur la berge, et que ça glisse ?

Sa voix forte résonnait dans le silence de la prairie. Samantha lui jeta un coup d'œil irrité.

— Je sais ce que je fais, Jordan.

— Permettez-moi d'en douter. Des fanfaronnades, oui, qui ne nous impressionnent absolument pas. En tout cas, vous connaissez le moyen de bousiller un cheval ! Et vous-même par la même occasion !

— Vous feriez mieux, vous ?

— J'aurais peut-être la sagesse de ne pas essayer. La place d'un cheval comme celui-ci est sur un champ de courses, non dans un ranch. Il ne devrait être monté que par des gens dont c'est le métier, pas par vous ni moi, ni par miss Lord d'ailleurs.

— Je vous répète que je sais parfaitement ce que je fais ! cria-t-elle d'une voix aiguë.

Brusquement, avançant la main, il se saisit des rênes de Samantha; presque aussitôt, les chevaux s'immobilisèrent.

— Je vous ai dit hier que vous n'avez pas à monter ce cheval. Vous allez l'abîmer et vous tuer par-dessus le marché.

— Ah ? Et qu'est-ce qui est arrivé aujourd'hui ?

— Ça peut très bien se produire la prochaine fois.

— Vous ne pouvez l'admettre, n'est-ce pas, qu'une femme puisse monter aussi bien que vous... c'est ça qui vous embête ?

— Ah ça, oui ! On vient de la ville, on veut jouer les cowgirls et on se croit tout permis, y compris de monter un cheval comme celui-ci et de prendre des risques inadmissibles, faute de connaître le terrain ! Et après, on voudrait des compliments, eh bien, non ! Moi, je vous dis que vous n'auriez jamais dû venir au ranch, votre place n'est pas ici ! Vous comprenez ?

— Parfaitement; maintenant, laissez-moi.

— D'accord, s'écria-t-il en lui lançant les rênes et en s'éloignant au galop.

Samantha était blessée dans son amour-propre. Les durs propos de Tate Jordan l'avaient touchée au vif, d'autant qu'elle tombait de haut; n'avait-elle pas connu un grand moment d'exaltation et de bonheur suprême ? Pourtant, dans le secret de son cœur, elle reconnaissait ses torts : elle n'aurait jamais dû sauter ce ruisseau.

Voyant les hommes se rassembler dans la cour, elle se dépêcha de rentrer. Elle avait l'intention de conduire Black Beauty dans son box, de le bouchonner un peu et de lui mettre une couverture jusqu'à son retour. Tate Jordan l'attendait devant la porte de l'écurie; ses yeux lançaient des éclairs et son visage était plus dur que jamais. Mais il était très beau et une idée saugrenue traversa l'esprit de Samantha : voilà l'homme qu'il lui fallait pour sa campagne de voitures !

— Qu'avez-vous exactement l'intention de faire avec ce cheval ? gronda-t-il.

— Le bouchonner et le couvrir.

— Et c'est tout ?

— Écoutez, dit-elle en rougissant jusqu'à la racine des cheveux, à mon retour, je ferai tout le nécessaire.

— Ah ! Et c'est quand ça ? Dans douze heures peut-être ? Il n'en est pas question, *mademoiselle* Taylor. Si vous voulez monter un cheval comme Black Beauty, il faut en assumer toutes les conséquences. Faites-le marcher, se rafraîchir, bouchonnez-le, etc. Je ne veux pas vous voir avant une heure, compris ?

Samantha avait envie de le gifler, mais elle devait admettre qu'il avait entièrement raison.

— Bon. D'accord.

— Vous êtes sûre ?

— Oui, et merde !

Elle s'était détournée et s'apprêtait à rentrer dans l'écurie lorsqu'elle pensa à lui demander :

— Où serez-vous ?

— Je n'en sais rien. Vous n'aurez qu'à nous chercher.

— Comment ?

— Il suffit de lancer votre cheval au grand galop et de faire le tour du ranch. Vous êtes sûre de ne pas nous louper ! dit-il avec un sourire sarcastique.

En fait, il lui fallut errer pendant deux heures dans la propriété avant de les retrouver. À un moment donné, elle se demanda même si Tate Jordan n'avait pas choisi exprès une activité qui les mènerait vers un endroit impossible à dénicher. Mais en fin de compte ses recherches finirent par aboutir. Tate l'accueillit d'un air amusé :

– Alors, bonne promenade ?
– Excellente, merci.

Descendant de cheval, Samantha se mit immédiatement au travail, aida à transporter dans une couverture-civière un veau nouveau-né dont la mère était morte quelques heures auparavant. Un des hommes hissa le jeune animal sur le devant de sa selle et partit d'un bon pas en direction de l'étable, dans l'espoir d'y trouver une mère adoptive. Une demi-heure après, c'est Samantha qui repérait le second veau, celui-là encore plus petit que le premier. Sans demander aucune aide, elle se débrouilla pour fabriquer une litière avec la couverture de Navajo et hissa elle-même le petit veau sur le devant de sa selle. Après quoi, sans attendre les ordres, elle s'éloigna au galop en direction de l'étable.

– Vous allez pouvoir vous débrouiller toute seule ?

C'était Tate Jordan. Il chevauchait tranquillement à ses côtés et l'espace d'un instant elle se dit que le Pinto et l'Appaloosa formaient vraiment un beau couple.

– Oui, je crois. À votre avis, il s'en tirera ? demanda-t-elle en regardant le jeune animal d'un air inquiet.

– Ça m'étonnerait, mais on peut toujours essayer, dit-il en tournant bride.

Samantha livra son précieux fardeau aux mains expertes du vétérinaire. Malgré tous les efforts déployés, le veau mourut une heure après. Tandis qu'elle se dirigeait vers Navajo, qui attendait patiemment dehors, les larmes lui montèrent aux yeux; des larmes de colère : pourquoi n'avait-on pas pu sauver cette pauvre petite chose ? se demanda-t-elle en enfourchant son cheval. Pourquoi certains êtres devaient-ils mourir si jeunes, là-bas, dans les collines; car celui qu'elle avait trouvé n'était pas le seul, il y en avait bien d'autres qui ne survivraient pas à la mort de leur mère. Surtout en hiver, avec ce froid... Samantha refusait de se résigner, d'une façon ou d'une autre, ces jeunes bêtes abandonnées par le sort symbolisaient ses propres enfants; ceux qu'elle ne pourrait jamais avoir.

Son chagrin décuplant ses forces et sa détermination, elle réussit à trouver trois autres veaux. Ses compagnons, la voyant parcourir les environs à bride abattue et passer devant eux à plusieurs reprises avec un veau enveloppé d'une couverture et blotti contre son ventre, étaient partagés entre l'admiration et la crainte. Car elle était bien étrange, cette belle cavalière qui semblait voler en rasant les collines penchée sur l'encolure de son cheval brun. Elle montait mieux que quiconque, mieux que Caroline Lord elle-même.

Ce soir-là, tandis qu'ils rentraient tous ensemble au ranch, Samantha sentit que l'atmosphère était plus chaleureuse. On échangea des plaisanteries.

– Vous montez toujours comme ça ?

C'était Tate Jordan. Sous le chapeau noir, les yeux vert émeraude brillaient d'une lueur moqueuse au-dessus de l'ombre bleue d'une barbe naissante. Il était de ce type d'homme qui attire le regard des femmes. Loin d'être béate, Samantha se sentait au contraire irritée par la mâle assurance de ses gestes. Il était trop sûr de lui, de son monde, de ses hommes, de ses chevaux et, pourquoi pas, de ses femmes...

– Quand c'est pour la bonne cause, répondit-elle.

– Et ce matin ? C'était aussi pour la bonne cause ?

– Oui.

– Vraiment ?

– Oui, vraiment, monsieur Jordan, ne put-elle

76

s'empêcher de dire. Je me suis sentie de nouveau revivre, libre... ça ne m'était pas arrivé depuis longtemps.

Sans mot dire, Tate Jordan hocha lentement la tête et, après lui avoir jeté un dernier coup d'œil, s'éloigna.

7

– Vous ne montez pas Black Beauty ce matin ? demanda Tate Jordan.

– Non, je le laisse se reposer, répliqua-t-elle. Et vous ?

– Oh ! moi, je ne monte pas de pur-sang, mademoiselle Taylor !

– Dommage, ça vous ferait peut-être du bien !

Dédaignant de répondre, il partit au galop rejoindre ses hommes. Samantha le suivit. Ce matin, ils étaient plus nombreux que d'habitude : Bill et Caroline étaient des leurs. Mais Samantha n'eut guère le temps d'apprécier leur compagnie, car elle allait de-ci, de-là, obéissant aux ordres, prenant des initiatives, sans s'accorder une minute de repos. Elle ne ménageait pas sa peine, de peur de perdre la confiance des hommes qu'elle avait eu tant de mal à gagner. Tandis qu'elle éperonnait allégrement son cheval, elle entendit crier son nom : « Sam ! viens nous donner un coup de main... Sam ! viens voir ça... » Finis les « mademoiselle Taylor »; elle avait réussi à instaurer des relations de franche camaraderie avec ces hommes qui, après tout, pour la plupart, étaient plus jeunes qu'elle. La journée passa avec la rapidité de l'éclair.

– Je dois dire, Sam, que tu es une fille vraiment extraordinaire, dit Caroline en versant à Samantha une tasse de café dans la vaste cuisine confortable. Quand je pense que tu pourrais être tranquillement assise derrière un bureau à concevoir d'exotiques campagnes publicitaires et mener une vie très élégante, partagée entre les cocktails les plus chics de Manhattan et ton appartement de rêve, je me demande ce que tu fabriques ici à courir après des veaux, à réparer des clôtures et à obéir aux ordres d'hommes qui n'ont guère dépassé le certificat d'études !

– À vrai dire, il y a bien longtemps que je n'avais fait quelque chose d'aussi raisonnable... et puis, peut-être pourrais-je remonter sur Black Beauty, un de ces jours.

– J'ai entendu dire que Tate Jordan n'avait guère apprécié ta cavalcade.

– Je ne crois pas qu'il apprécie grand-chose chez moi.

– Mais tu lui as fait une peur bleue !

– Mais non... arrogant comme il est, il en faudrait bien davantage pour l'effrayer.

– Je n'en suis pas si sûre. En tout cas, je sais qu'il te considère comme une bonne cavalière, et ça n'est pas rien, je t'assure.

– Ah ! mais il mourrait plutôt que de l'admettre devant moi.

– Tu n'as donc pas encore compris qu'il est comme les autres ? Les femmes ne sont pas des citoyennes à part entière dans un ranch; elles sont tolérées, un point c'est tout. Ce sont eux les rois.

– Et ça ne t'horripile pas ?

Samantha, qui fixait intensément son amie, vit celle-ci devenir pensive, puis tendre, tandis que lentement, avec beaucoup de douceur, elle disait :

– Non, c'est bien ainsi.

Pendant un bref instant, Samantha comprit la

nature des relations de Caroline Lord et de son contremaître. À sa manière, si invraisemblable que cela puisse paraître, il la dominait totalement et elle, elle était heureuse de se soumettre. N'admirait-elle pas la force mâle de Bill King, son habileté à gérer le ranch et à diriger les hommes ? Ces hommes qui la considéraient avec respect certes, mais qui ne lui avaient jamais reconnu la moindre parcelle de pouvoir réel. Quoique propriétaire du ranch, elle était une femme avant tout. Bill King avait toujours été leur véritable chef, le meneur. Il y avait là quelque chose de primitif, un monde attaché aux lois de l'instinct que l'on aurait aimé défier, mais qui vous submergeait.

— Tate Jordan t'est-il sympathique ? demanda abruptement Caroline.

— Sympathique n'est pas exactement le mot, répondit Samantha, un peu surprise, mais il est dévoué à son travail. Et je le respecte, quoiqu'il n'ait pas un caractère particulièrement facile. À part ça, je n'ai pas l'impression qu'il me porte dans son cœur. Il a de l'allure, mais d'un autre côté il est d'une telle froideur... c'est un homme bien étrange. Pourquoi cette question ?

— Oh ! comme ça. En fait, tu te trompes, je crois qu'il t'aime bien.

— Ah ! ça m'étonnerait ! De toute façon, je ne suis pas à la recherche d'un amant, j'ai suffisamment de mal à oublier mon mari ! Et puis, si je devais prendre un amant, ce ne serait certainement pas ici.

— Qu'est-ce qui te fait dire ça ?

— Parce que, pour eux, je suis une étrangère. Ils ne me comprennent pas plus que moi je n'arrive à les comprendre. Non, tante Caro, je suis ici pour travailler avec les cowboys, non pour jouer avec eux.

— C'est pourtant de cette façon que ça commence souvent... on n'y pense pas, et puis...

Caroline fit un geste qui signifiait « On n'échappe pas à son destin ». Samantha se demanda si son amie n'avait pas été sur le point de lui parler de Bill King. Mais elle avait rassemblé les assiettes et s'était dirigée vers l'évier pour faire la vaisselle.

– Je vais t'avouer une chose, tante Caroline : je suis déjà amoureuse.

– Vraiment ?

– Oui, vraiment.

– Mais de qui, grand Dieu ?

– De Black Beauty, pardi !

Elles rirent toutes les deux et peu après, éteignant les lumières de la cuisine, se souhaitèrent bonne nuit.

Allongée entre ses draps, Samantha entendit le bruit maintenant familier d'une porte qui s'ouvre et qui se referme dans la nuit. Elle était désormais certaine que c'était Bill King qui venait passer la nuit auprès de Caroline. Elle se demanda pourquoi ils ne s'étaient jamais mariés. Peut-être avait-il une autre femme ? Ensuite, elle se prit à réfléchir à la question que lui avait posée son amie à propos de Tate Jordan. Comment pouvait-on la soupçonner d'être attirée par cet homme ? Certes, il était très beau, presque trop, un peu comme s'il sortait d'une affiche publicitaire... ou d'un rêve. Mais il était si sombre... si différent de John. John ! Elle revoyait les grands yeux bleus de son mari, la masse blonde de ses cheveux ondulés; elle sentait sous ses doigts les muscles lisses de ses bras. Comme ils s'étaient aimés ! Et dire qu'après tant de bonheur il l'avait quittée pour une Liz Jones... Samantha sentit la rage et le désespoir la submerger.

Du moins, depuis une semaine qu'elle était arrivée, n'avait-elle pas regardé l'émission de

John. C'était déjà un progrès. Elle avait réussi à résister à la fascination de cette grossesse qui paradait devant des millions de téléspectateurs. Du moins échappait-elle à la stupidité du visage de la femme qui avait pris sa place et remerciait d'un sourire niais et fade les « gentils parrains et marraines » de son petit pour la layette que le courrier déposait chaque jour dans son bureau; elle devait bien avoir de quoi vêtir une armée de nourrissons ! Samantha serra les dents. La vie était si cruelle... Dans une semaine, Noël serait là, le premier Noël passé loin de John depuis onze ans ! Mais elle allait vivre ! Ne revivait-elle pas déjà lorsque, sur Navajo, elle se sentait bercée par la cadence du galop ? Ou lorsque son cœur battait à la vue d'un veau abandonné ? Elle pensait à celui qu'elle avait laissé en fin d'après-midi à l'étable. Serait-il vivant demain ? Et elle s'endormit.

Elle rêva. Au commencement, elle vit des visages : ceux, lointains et muets, de Liz et de John; ensuite celui de Harvey Maxwell se superposant à la figure pâle de Caroline qui tentait de lui dire quelque chose. Et tout le temps, Josh qui riait, riait... Puis, tout à coup, l'angoisse la quitta et elle se retrouva à cheval. Elle montait à cru un énorme étalon noir et luisant qui avait une étoile au front. Mais elle n'était pas seule. Devant elle s'élevait le dos droit et musclé d'un homme très brun dont elle ne connaissait pas le visage. Elle ne s'était jamais sentie aussi calme et confiante et, tandis qu'ils galopaient vers l'horizon, elle eut l'impression qu'homme, femme et cheval ne faisaient plus qu'un.

Lorsque le réveil sonna à quatre heures du matin, Samantha s'éveilla et se sentit étrangement reposée. Elle avait oublié son rêve.

8

Un peu avant l'heure du déjeuner, Tate Jordan signala que la journée était finie ; les hommes poussèrent des hourras en tournant bride vers le ranch.

Samantha rentrait, escortée de plusieurs cowboys. Les plaisanteries fusaient : l'un d'eux l'accusait d'avoir fui un amant qui la battait « et avec raison si j'en juge d'après toutes les bêtises que tu sors ! » ; l'autre criait haut et fort qu'elle était la mère de onze enfants « qui t'ont foutue dehors parce que tu étais trop mauvaise cuisinière ! ».

— En fait, j'ai quinze enfants illégitimes. Et comme ils me battaient, je me suis fait la malle.

L'atmosphère était gaie et détendue. Ce soir, c'était la veillée de Noël, la fête dans la salle commune, réunissant toutes les familles des employés du ranch. C'était le seul jour de l'année où l'on voyait des femmes dans cette pièce. Tous étaient excités à l'idée de ces réjouissances. Chaque année, c'était avec plaisir que l'on retrouvait cette sensation d'appartenir à une grande famille : la famille du ranch Lord.

— Quoi ? Ne me dis pas que tu n'as pas de petit ami ? Non sans blague, un beau petit Palomino comme toi !

Palomino. C'est ainsi que l'appelaient de plus en plus souvent ses compagnons. Il ne lui déplaisait d'ailleurs pas du tout de porter un nom de cheval ; elle aimait trop les chevaux pour ça. Quand elle se regardait dans la glace, le soir, dans sa chambre, elle voyait ses cheveux argentés encore éclaircis par les rayons du soleil qui entouraient d'un halo son visage hâlé, presque doré. Le contraste était frappant. Personne ne pouvait manquer de remarquer sa beauté.

– On ne me fera pas croire que t'as pas d'homme, Sam !

– C'est pourtant vrai. Bien entendu, il y en a eu un pour chacun de mes quinze enfants ! mais à présent je suis si méchante que personne ne veut plus de moi.

Voyant que Josh la regardait d'un air attendri, son voisin se pencha vers lui et demanda à voix basse :

– Quelle est son histoire, Josh ? A-t-elle des enfants ?

– Pas que je sache.

– Mariée ?

– Plus maintenant.

Autant par pudeur que par ignorance, Josh s'en tint à cette réponse laconique.

– À mon avis, elle fuit quelque chose, avança un jeune cowboy, et aussitôt il rougit jusqu'aux oreilles.

– Peut-être, répondit Josh un peu sèchement.

Malgré les bavardages et potins inhérents à toute vie collective, il régnait au ranch un respect et une relative discrétion à l'égard de la vie privée de chacun. On chérissait sa solitude et on avait trop conscience de son autonomie pour être tenté de critiquer la façon dont les autres menaient leur vie. Il en résultait une certaine atmosphère d'indifférence, mais en compensation la vie au ranch était calme et pacifique. On parlait peu, et presque exclusivement des activités journalières. Samantha était en sécurité parmi ces hommes, elle le savait. Personne n'allait, comme à New York, venir lui demander d'une voix haut perchée : « Eh bien, madame Taylor, quel effet ça vous fait d'être seule ? »... « Vous n'avez donc pas d'enfants, madame Taylor ? »

– À tout à l'heure ! cria-t-elle joyeusement à Josh en prenant tranquillement le chemin de la maison.

Elle avait hâte de se mettre sous la douche et d'enfiler des jeans propres. Ensuite, elle irait donner un coup de main à la décoration de l'arbre de Noël. Tout était soigneusement organisé et chacun avait une tâche bien précise à remplir. La veillée de Noël était la plus grande fête du ranch.

Caroline était penchée sur un grand livre de comptes. Samantha s'approcha d'elle sur la pointe des pieds et lui posa un baiser sur la joue.

– Oh ! tu m'as fait peur !

– Arrête donc de travailler, c'est Noël !

– Ça n'est pas le bagne, tout de même.

– Non, mais presque.

– Tu as raison, dit Caroline en refermant le grand cahier.

En voyant le visage fatigué de son amie, Samantha pensa à la vie facile que cette femme avait menée autrefois à Hollywood auprès d'un mari qu'elle adorait et elle ne put s'empêcher de se demander si celui-ci lui manquait encore aujourd'hui, après toutes ces années :

– Tu ne regrettes jamais le passé ?

– Non. À partir du moment où j'ai mis les pieds dans ce ranch, je me suis sentie en paix avec moi-même. Ma vie est ici maintenant. J'ai trouvé mon équilibre. J'appartiens au ranch.

– Oui, je comprends, répondit Samantha.

– Et toi, New York te manque ?

– Non, pas New York précisément. Mes amis, oui, Charlie et Melinda, leurs enfants. L'un d'eux est mon filleul. Et peut-être aussi mon patron : Harvey Maxwell. Il est un véritable père pour moi... et puis il y a John...

Elle fondit en larmes. Caroline prit ses mains dans les siennes :

– Là, là, je comprends, tu sais… j'étais comme toi après la mort de mon mari. Cette année-là a été terrible. Mais avec le temps, tu verras, les choses s'arrangent.

– Je suis désolée, dit Samantha en souriant à travers ses larmes. Je ne sais pas ce qui m'a pris.

– C'est Noël, et vous êtes restés mariés pendant presque dix ans. C'est tout à fait normal, Sam. Tu ne peux traverser une tempête pareille sans risquer de chavirer une ou deux fois.

Caroline n'arrivait pas à comprendre ce qui avait poussé John à quitter une femme aussi exquise que Samantha. Ayant regardé l'émission de John quelques jours auparavant à la télévision, elle avait bien observé l'autre femme. Elle l'avait trouvée plutôt antipathique malgré sa joliesse. Le fait que John allait avoir un enfant n'était évidemment pas négligeable, mais de là à quitter une femme comme Samantha !

– Tu vas décorer l'arbre ?

– Oui, répondit Samantha en souriant courageusement. J'ai aussi promis que je ferais quelques gâteaux. Mais ils risquent de le regretter ! On m'a tellement taquinée sur le fait que je ne pouvais être bonne cavalière sans être une exécrable cuisinière… Le pire, c'est que c'est vrai !

Elles rirent toutes les deux et Samantha, entourant de ses bras Caroline, lui chuchota à l'oreille :

– Merci.

– Mais de quoi ?

– D'être mon amie.

– Que tu es bête !

Une heure après, Samantha était dans la salle commune, juchée sur un escabeau, occupée à suspendre des boules éclatantes aux branches du grand sapin. Les enfants étaient chargés de décorer les branches les plus basses et les plus petits y accrochaient les animaux en papier qu'ils avaient découpés. Un peu plus loin, autour d'une table, un groupe d'adultes, plus bruyants que les enfants, s'extasiaient en déroulant des guirlandes multicolores. La salle bourdonnait joyeusement et sur les tables s'empilaient de grands bols de pop-corn et des plats débordant de biscuits et de gâteaux de toutes sortes. Tous participaient aux préparatifs, même Tate Jordan à qui l'on avait confié la tâche, eu égard à sa taille, de planter l'étoile en haut du sapin.

Il approchait de l'arbre, un enfant rieur perché sur chaque épaule, lorsqu'il aperçut Samantha en haut de son escabeau. Posant les enfants à terre, il leva les yeux vers elle et sourit :

— Alors, on vous a mise au travail, à ce que je vois.

— Hé oui, répondit-elle simplement.

Il prit sa place sur l'escabeau, planta l'étoile au sommet de l'arbre, ajouta quelques boules et deux ou trois angelots vers le haut du sapin que Samantha avait eu du mal à atteindre.

— Très joli, fit-elle.

— Quelquefois, c'est pratique d'être grand. Vous voulez un peu de café ? demanda-t-il comme s'ils étaient les meilleurs amis du monde.

— Oui, merci.

Il reparut quelques minutes après avec deux tasses de café et des biscuits qu'ils savourèrent tout en terminant la décoration de l'arbre. À un moment, comme il lui indiquait où elle devait suspendre un angelot, elle répliqua, légèrement agacée :

— Dites-moi, monsieur Jordan, vous êtes toujours aussi autoritaire ?

— Oui, toujours.

— Et ça ne vous fatigue pas ?

— Non, mais je dois dire que vous ne vous défendez pas mal non plus de ce côté-là.

— D'accord. Mais moi, ça me fatigue.

– C'est la raison pour laquelle vous êtes ici ? insista-t-il, car il soupçonnait une dépression nerveuse.

En tout cas, elle ne lui semblait pas du genre « jeune femme gâtée-qui-s'ennuie-et-qui-veut-changer-d'air ». Mais d'un autre côté elle ne paraissait absolument pas déséquilibrée.

– Une des raisons, oui, répondit-elle.

– Qu'est-ce que vous faites quand vous ne travaillez pas dans un ranch ?

– Je conçois des campagnes publicitaires, répondit-elle simplement, désirant éviter toute coquetterie.

Elle avait du mal à expliquer en quoi consistait son métier et ses descriptions étaient toujours trop simplistes. Cette fois-ci, il lui vint à l'esprit que sa situation chez Crane, Harper and Laub n'était pas tellement différente de celle de Tate Jordan au ranch Lord. Ils étaient tous deux des seconds.

– Qu'est-ce qui vous fait sourire ?

– Oh rien. Je viens de penser que nos situations se ressemblent d'une certaine manière. À l'agence, mon patron – Harvey Maxwell – va un jour prendre sa retraite et...

Elle se mordit la langue.

– Oui, allez-y, dites-le.

– Quoi ?

– Qu'un jour vous serez amenée à le remplacer.

– Je n'ai rien dit de pareil.

– Pas besoin. J'ai compris. Alors, vous êtes assistante de contremaître, vous aussi ? dit-il avec un sourire amusé. Et vous aimez ce que vous faites ?

– Parfois oui, parfois non.

– En tout cas, vous n'êtes pas obligée de rester douze heures d'affilée sous la pluie battante !

– Non, c'est toujours ça de gagné.

En contemplant le visage bienveillant, respirant la bonté et la générosité, de cet homme beau et imposant qui se trouvait à ses côtés, elle ne put s'empêcher de se demander comment il avait pu se montrer aussi dur envers elle les premiers jours, et elle se souvint de son regard furieux lorsqu'elle s'était approchée de lui sur l'étalon.

– Pourquoi ne vouliez-vous pas que je monte Black Beauty ? demanda-t-elle brusquement.

– Parce que je pensais que c'était dangereux, répondit-il en la regardant droit dans les yeux.

– Parce que je ne monte pas assez bien à cheval ?

– Non, j'avais vu quelle cavalière vous étiez dès le premier jour, vous étiez même arrivée à faire remuer un peu les fesses de cette carne de Rusty. Mais il en faut plus pour monter Black Beauty. Il faut être aussi prudent que costaud, et vous n'êtes ni l'un ni l'autre. Un jour, ce cheval va tuer quelqu'un. Je préfère que ce ne soit pas vous. Miss Caroline n'aurait jamais dû l'acheter. Il est mauvais, Sam. Je le sens dans mes tripes. Il me fait peur. Je ne *veux pas* que vous le montiez. Évidemment, vous n'aurez cure de mon interdiction, surtout en ce moment.

– Que voulez-vous dire ?

– J'ai l'impression que vous avez perdu quelque chose – quelqu'un – que vous aimiez beaucoup. Je ne crois pas que vous teniez beaucoup à votre peau. Ce n'est certainement pas le moment de monter un étalon aussi fougueux que Black Beauty. Les autres, oui, tous les autres, mais pas celui-là.

– Il y a beaucoup de vrai dans ce que vous dites, répondit Samantha après un temps de réflexion. J'ai eu tort de le monter – de cette façon en tout cas. Je ne peux pas vous promettre de ne plus le monter pourtant, mais je serai plus prudente. Je le ferai en plein jour, en terrain connu...

— Mon Dieu, que vous êtes raisonnable ! Vous m'impressionnez, vraiment !

— Si vous saviez toutes les folies que j'ai faites dans ma vie !

— Vous devriez laisser tomber, Samantha, ça peut vous coûter très cher; certains ont même fini sur une chaise roulante, vous savez, tout ça pour sauter une barrière, ou un ruisseau... Je n'ai jamais compris l'intérêt de tous ces concours hippiques, c'est de la folie pure ! Vous pourriez vous tuer, Sam. Est-ce que ça en vaut la peine ?

— Qu'est-ce que ça peut faire ?

— Ça vous est égal aujourd'hui, mais un de ces jours ça peut être grave. Ne faites donc pas l'imbécile !

Quel homme étrange, pensa Samantha. Au début, elle l'avait pris pour une brute, un homme dur et froid, mais à présent elle voyait que c'était un être sensible. Il avait des choses et des gens une perception extrêmement juste.

— Un peu plus de café ? demanda-t-il en abaissant le regard vers elle.

— Non merci, Tate, répondit-elle, surprise elle-même de la résonance de ce nom qu'elle prononçait pour la première fois. Il faut que j'aille donner un coup de main aux cuisines. Et vous, que faites-vous ?

Il se pencha vers elle et lui murmura à l'oreille :

— Je suis le Père Noël.

— Le Père Noël ?

— Oui.

— Ça alors ! s'exclama-t-elle. Vous !

— Je suis le plus grand ici, non ? Ça n'est pas tout à fait aberrant ! Les enfants sont tellement contents ! Vous avez des enfants ?

Elle fit non de la tête, puis ajouta :

— Et vous ?

— Oui. Un garçon. Il travaille dans un ranch proche d'ici. C'est un brave petit, j'en suis très fier.

— Il vous ressemble ?

— Pas du tout. Il est plutôt mince et il est roux, comme sa mère.

— Vous avez beaucoup de chance.

— C'est aussi mon avis, dit-il. (Et il baissa soudain la voix :) Mais ne t'en fais pas, petit Palomino, un jour, toi aussi, tu auras de la chance.

Elle frissonna. Il disparut.

9

— Père Noël... Oh ! Papa Noël ! Et moi ? Et moi ?

— Attends ton tour, Sally.

Tate Jordan, plus impressionnant que jamais, arborait une longue barbe blanche et un costume de velours rouge. Méconnaissable sous ce déguisement, il se dressait au milieu d'une nuée d'enfants criant de ravissement tandis qu'il sortait un à un de sa botte des cadeaux, des sucres d'orge et autres friandises et les distribuait méthodiquement en posant chaque fois deux gros baisers sur les joues rebondies et rouges de bonheur. Mis à part ceux, bien entendu, qui le voyaient officier chaque année, personne n'aurait pu se douter que cet homme si distant dans la vie de tous les jours cachait un cœur de papa-gâteau. Il suffisait de le regarder sortir de son gros sac les sucreries si convoitées, et l'on avait envie de croire au Père Noël ! « Même sa voix a changé, se disait Samantha, elle est plus profonde, plus chaude, avec des intonations plus tendres. » Il avait un mot pour chacun, savait les noms des frères et des sœurs, des chiens même, et les enfants, bouche bée, levaient de grands yeux fascinés vers ce géant rouge qui les connaissait si bien. La séance dura près d'une heure. Puis le Père Noël disparut dans un dernier « Ho ! Ho ! Ho ! » en emportant quelques gâteaux.

Tate Jordan revint quelques minutes plus tard, et passa inaperçu. En traversant la longue pièce, il taquina quelques enfants, lesquels, penchés sur leurs nouveaux jouets – ou ceux des autres –, levèrent un instant vers lui des sourires radieux : « Regarde ce que le Père Noël m'a apporté ! » Il chercha des yeux Bill et Caroline et se dirigea vers l'endroit où ils se tenaient. Samantha était debout auprès d'eux, vêtue d'une jupe en velours noir et d'un chemisier blanc en dentelle. Ses cheveux tombaient souplement sur ses épaules, retenus par un ruban de velours noir. C'était la première fois, depuis son arrivée au ranch, qu'elle se maquillait.

– Samantha ! Je ne vous aurais pas reconnue ! dit Tate Jordan après avoir salué Caroline et Bill et accepté un verre de punch.

– Je vous renvoie le compliment ! C'était magnifique. Vous êtes toujours aussi bon ?

– D'année en année, je m'améliore.

– Votre fils est ici ?

– Non. Il n'a pas un patron aussi généreux que le mien. Il travaille.

– Dommage.

– Oh ! mais je le verrai demain. De toute façon, ce n'est plus un enfant. Il n'a pas beaucoup de temps à consacrer à son vieux père, dit-il en riant.

Comme il remarquait le regard tendre que Samantha posait sur les enfants, il se demanda pourquoi elle n'en avait pas et faillit lui poser la question. Craignant de commettre une indiscrétion, il se retint et dit :

– Il fait plus froid à New York qu'ici, il neige peut-être là-bas, mais ici c'est tout de même un vrai Noël, le plus vrai que je connaisse.

– Mais pas à cause de la Californie; grâce à Caroline Lord.

Ils se regardèrent et se sourirent.

Un peu plus tard, on la présenta à la famille de Josh, puis, les uns après les autres, les cowboys avec lesquels elle passait ses journées à cheval depuis quinze jours vinrent timidement lui présenter leur femme ou leur petite amie. Elle se sentait enfin totalement acceptée.

– Eh bien, Sam ? Ça te change, non ? demanda Caroline.

– Oui, beaucoup. C'est merveilleux.

– J'en suis heureuse.

Après lui avoir souhaité un joyeux Noël, Caroline s'éloigna, suivie de Bill. Quelques minutes plus tard, ils avaient disparu. Elle se demanda si d'autres qu'elle avaient remarqué leur absence et se souvint qu'au ranch elle n'avait jamais rien entendu dire à leur propos. Une fois de plus, elle se demanda si ses conclusions n'étaient pas erronées, et pourtant...

– Fatiguée ?

Cette fois-ci, au lieu de l'irriter, ce mot prononcé tant de fois par Tate Jordan versa un baume sur son cœur.

– Je m'apprêtais à rentrer. Je cherche tante Caroline, mais je ne la vois nulle part.

– Oh ! elle file toujours à l'anglaise. Pour ne pas interrompre la fête. Vous voulez y aller ? Je vous accompagne, conclut-il en la voyant étouffer un bâillement.

– Est-ce ma faute si mon patron est un tyran ? Je me demande comment je tiens encore sur ma selle en fin de journée.

– À vrai dire, je me suis demandé une ou deux fois si je n'allais pas devoir aller vous cueillir. Et le premier jour, j'ai bien cru que vous ne pourriez jamais descendre de cheval.

– Vous n'aviez d'ailleurs pas tort. Josh a presque dû me porter jusqu'à la maison.

– Et après ça, vous avez quand même monté Black Beauty ! Décidément, vous êtes folle !

– De Black Beauty, ça, oui.

Ils étaient à présent dehors dans la nuit froide.

– On dirait qu'il va neiger.

– Ça m'étonnerait, pas en Californie.

Ils levèrent ensemble les yeux vers le ciel sans étoiles, puis ils se dirigèrent vers la grande maison sombre. Une fois arrivée devant la porte d'entrée, Samantha se retourna :

– Entrez donc prendre un peu de café, ou un petit verre de quelque chose.

Il fit signe que non. Elle insista :

– Je vous promets de ne pas vous attaquer, de ne pas m'asseoir sur le même sofa que vous !

– Ah ! dit-il en riant, ça n'est pas de ça qu'il s'agit. Ceci est la maison de miss Caroline et selon les règles du ranch... euh...

– Vous voulez que j'aille lui demander si elle peut vous accueillir en personne ?

– Non, mais merci tout de même. Une autre fois.

– Trouillard ! s'écria-t-elle tandis qu'il s'éloignait dans les ténèbres.

10

Comme à l'accoutumée, Samantha s'éveilla le lendemain à quatre heures. Elle n'avait pourtant pas à se lever. Elle resta un long moment allongée dans le noir, les yeux grands ouverts, incapable de se rendormir. Dehors, le ciel s'était dégagé et les étoiles scintillaient. Dans un peu plus d'une heure, le ranch allait lentement sortir de sa torpeur nocturne : les chevaux commenceraient à s'agiter dans les boxes, piaffant et hennissant à l'approche des hommes venus pour les nourrir et les étriller. Car, si le jour de Noël personne ne travaillait, il fallait néanmoins s'occuper des bêtes.

Pieds nus, Samantha trotta silencieusement jusqu'à la cuisine pour se faire un café. Le silence n'était interrompu que par le cliquetis de la cafetière électrique. Assise dans la pénombre, elle pensa à la soirée de la veille, à l'atmosphère chaudement familiale de cette réunion, à tous ces rires, et se souvint que cette année elle n'avait pas donné de cadeaux aux enfants de Charlie et Melinda. Tout à coup, elle se sentit terriblement solitaire. Accablée, elle se dirigea d'instinct vers le téléphone comme vers une bouée de sauvetage et composa un numéro. Quelques instants après, la bonne voix de Charlie résonnait à son oreille. Il hurlait un chant de Noël. Profitant d'un moment où il reprenait son souffle avant le refrain, Samantha réussit à dire :

– Tais-toi, Charlie ! C'est moi, Samantha !

– Sam ! Joyeux Noël !

Puis il reprit son chant d'une voix plus tonitruante encore et Samantha, à l'autre bout du fil, se sentit soudain très loin. Elle aurait souhaité se trouver parmi eux. Mais elle n'avait d'autre choix que d'attendre qu'il ait terminé sa ritournelle.

– Joyeux Noël, Sam !

– Ne me dis pas que tu as fini ! Et *Douce Nuit* alors ?

– Si tu veux, Sam, mais c'est bien pour toi... Ô Douce...

– Charlie, sois sérieux une minute, veux-tu ?

Je voudrais dire un mot à Mellie et aux garçons… et, au fait, comment ça va au bureau ? Comment se portent mes chers budgets ? Vous les avez tous perdus, je parie.

— Ouais, tous, répondit Charlie. Mais, dis donc, s'écria-t-il, qu'est-ce que tu fais debout à cette heure ? Le soleil ne doit même pas encore être levé en Californie ! Où es-tu ? Pas à New York, j'espère ?

— Non, non. Je suis encore au ranch. J'ai tellement l'habitude maintenant de me lever à quatre heures du matin que j'ai l'impression que nous sommes déjà en fin de matinée. Mais, dis-moi, comment vont les enfants ?

— Très bien. Toi, comment te sens-tu ? Ils ne t'épuisent pas trop dans ton ranch ?

— Si, je suis perpétuellement sur les genoux. Alors, tu ne m'as pas donné les derniers potins de l'agence…

Y a pas grand-chose à en dire. New York n'a pas beaucoup changé en deux semaines, tu sais. Et toi ? Tu es heureuse là-bas ?

— Oui, ça va, Charlie. Je dois avouer que c'était une très bonne idée. Il me fallait probablement un changement radical de vie. Je n'ai pas regardé une seule fois l'émission de John !

— C'est toujours ça de pris. Si tu te lèves si tôt, le soir à six heures tu dois déjà être en train de dormir.

— Pas tout à fait, mais presque.

— Et ton amie… Caroline, et les chevaux ? En forme ?

Cette façon de passer sa vie en revue parut tellement new-yorkaise à Samantha qu'elle sourit et imagina Charlie enveloppé dans sa robe de chambre, renversé sur une chaise, le cigare à la bouche et une casquette de base-ball, cadeau de ses fils, perchée sur le crâne.

— Tout le monde va bien, Charlie. Pourrais-je dire un mot à Mellie ?

En dépit de toutes les grimaces que lui adressa son mari, Mellie annonça tout de go à Samantha qu'elle attendait un autre enfant. Pour le mois de juillet. Elle-même venait d'apprendre la nouvelle. Pendant un bref instant, il se fit un profond silence sur la ligne puis la voix de Samantha jaillit de nouveau, gaie et chaleureuse, pour féliciter son amie. Charlie ferma les yeux et poussa un grognement.

— Pourquoi le lui as-tu dit ? murmura-t-il à l'oreille de sa femme.

— Pourquoi pas ? De toute façon, elle l'aurait appris à son retour, répondit-elle à voix basse après avoir appliqué la paume de sa main contre l'appareil. (Puis, retirant sa main, elle répondit à la question de Samantha :) Les enfants ? Oh ! ils voudraient encore un petit frère. Mais si cette fois ça n'est pas une fille, j'abandonne !

Lorsque Charlie reprit l'appareil, Samantha lui demanda d'une voix qu'elle voulait calme :

— Pourquoi ne m'avoir rien dit ? La peur que je sois incapable d'encaisser ? Tu sais, je ne suis pas folle, mais simplement divorcée. C'est pas tout à fait la même chose.

— Ça ne me semblait pas de première importance, c'est tout.

— Pas de première importance ? Ça l'est pour vous, ne le nie pas. Par conséquent, ça l'est aussi pour vos amis, et j'en suis, non ? Alors, n'attrape pas trop Mellie quand je raccrocherai.

— Et pourquoi pas ? Il faut la faire marcher droit, dit-il, refusant de se sentir coupable.

— Tu me fais rire. Heureusement que tu es grassement payé à l'agence, sinon comment ferais-tu avec toutes ces bouches à nourrir ?

— Ouais, ouais, ma vieille, occupe-toi bien de tes chevaux et... Samantha... n'oublie pas que l'on t'aime ici et que tu nous manques. On pense beaucoup à toi, tu sais.

À ces mots, elle sentit sa gorge se serrer; ses yeux se remplirent de larmes. Elle put à peine lui répondre :

– Moi aussi, vous me manquez. Joyeux Noël !

Après avoir raccroché, elle resta un long moment assise devant la table de la grande cuisine, sa tasse de café froid à la main, les yeux fixés dans le vide, droit devant elle, l'esprit à cinq mille kilomètres de là, à New York. Lorsqu'elle revint à elle, le jour se levait déjà : le ciel passait du bleu foncé au gris pâle. Elle se leva et se dirigea vers l'évier pour rincer sa tasse. Là, immobile, les mains sous le jet d'eau tiède, elle sut tout à coup ce dont elle avait besoin. Sans hésiter une seconde, elle retourna à sa chambre où elle enfila des jeans, deux gros chandails et sa veste puis, se coiffant du chapeau de cowboy que Caroline lui avait donné quelques jours auparavant, elle se glissa silencieusement hors de la maison.

Elle traversa rapidement la cour et s'arrêta devant le box. Il régnait un tel silence qu'elle se demanda si le cheval dormait encore, grande masse noire et brillante animée par le rythme profond de sa respiration. Elle ouvrit l'un des deux battants de la porte et entra dans le box à pas feutrés. Lentement elle caressa l'encolure et les flancs duveteux de l'animal qui frémit légèrement tandis qu'elle chuchotait des paroles tendres. Il était calme et la fixait d'un regard doux entre ses longs cils. Samantha sentit que l'étalon l'attendait. Elle sortit du box pour aller chercher la selle anglaise. Les écuries étaient désertes; personne ne saurait ce qu'elle comptait faire.

Quelques minutes plus tard, elle était dehors, à califourchon sur le fougueux cheval noir. Ayant ajusté ses rênes, elle se dirigea vers les collines, dans la direction d'une piste qu'elle avait repérée plusieurs jours auparavant. Elle commença par un petit galop, puis, sentant que le puissant animal n'y tenait plus, elle relâcha un peu les rênes et le laissa filer au grand galop vers le soleil levant. Tout comme la première fois, elle avait l'impression de voler tandis que la prairie semblait glisser sous eux. À deux reprises, resserrant l'étreinte de ses cuisses autour de ses flancs, elle le fit sauter; des buissons puis un ruisseau. Mais aujourd'hui, elle ne prenait pas de risques, non, elle connaissait trop bien le terrain. Ne faisant plus qu'un avec le cheval, elle grimpa sans effort la pente abrupte d'une colline. Arrivée au sommet, elle serra un peu les rênes et Black Beauty s'immobilisa. À l'horizon, le disque flamboyant du soleil commençait son ascension et le paysage vallonné se découpait contre le ciel doré. Elle eut soudain l'impression de se trouver dans un pays lointain et exotique, l'Inde par exemple. C'est alors qu'elle entendit le martèlement d'un galop derrière elle. Tournant vivement la tête, elle vit Tate Jordan monté sur son beau Pinto noir et ivoire. Curieusement, elle ne fut pas surprise, peut-être même l'avait-elle attendu...

Il se dirigea droit sur elle au grand galop, et au dernier moment fit faire un écart à son cheval qui pila à la droite de Black Beauty. Pendant un bref instant, elle eut peur de regarder ce visage qui s'était tant de fois montré mécontent, peur que la belle amitié nouée la veille au soir ne s'effaçât devant la colère, mais ce qu'elle lut dans les yeux vert émeraude qui se fixèrent intensément sur les siens était autrement plus doux. Sans mot dire, il lui fit un signe de tête puis passa devant elle. Elle le suivit. Ils descendirent la colline puis empruntèrent des sentiers inconnus d'elle jusqu'à un coin de la propriété où elle n'était jamais allée. À un moment donné, alors qu'ils arrivaient en haut d'une côte, un paysage d'une beauté irréelle apparut devant eux : un petit lac bordé d'arbres dont les eaux calmes, pareilles à un miroir, reflétaient un ciel sans nuages, d'un bleu foncé. Près de la rive se dressait une petite maison de bois. Tate se tourna vers elle, et ils se sourirent.

– C'est encore le ranch ici ?

– Oui. Mais la propriété se termine au bout de ce champ, derrière la petite maison.

– À qui appartient cette maison ? demanda Samantha, inquiète à l'idée qu'elle puisse être habitée.

– Oh ! je l'ai découverte il y a longtemps. J'y viens de temps à autre. Quand je veux être seul. Elle est fermée à clef et personne ne sait que j'y viens.

Samantha comprit qu'il lui demandait de garder le secret.

– Vous avez donc les clefs ?

– Oui et non. Bill King en a une qui ouvre cette porte. Je la lui ai empruntée une fois.

– Et vous l'avez fait reproduire ? fit Samantha d'un air légèrement scandalisé.

Tate Jordan fit signe que oui. C'était un homme foncièrement honnête. Si Bill King lui avait posé la question, il le lui aurait dit. Mais il ne l'avait jamais fait, si bien qu'il en avait conclu que cela lui était égal. Tate ne voulait pas attirer l'attention sur la petite maison apparemment oubliée. Il tenait beaucoup à cette retraite.

– J'y garde toujours du café. J'espère qu'il est encore bon. Que diriez-vous d'une petite halte ?

Ce qu'il ne lui dit pas, c'est qu'il y gardait aussi une bouteille de whisky. Non pour s'enivrer, mais pour se réchauffer un peu le cœur et détendre son esprit. Il venait là lorsqu'il était inquiet ou que quelque chose le tracassait. Il pouvait y rester seul toute une journée – habituellement le dimanche.

– Alors, mademoiselle Taylor ?

– Avec plaisir; il ne fait pas chaud ce matin.

Après l'avoir aidée à descendre et à attacher le bel étalon, il se dirigea vers le chalet, sortit la clef de sa poche et ouvrit la porte. Il la laissa passer devant. Comme tous les cowboys, Tate Jordan pratiquait la galanterie – dernier vestige de l'Ouest d'autrefois.

Il flottait dans la grande pièce une légère odeur de moisi. Samantha s'avança, et peu à peu, ses yeux s'accoutumant à la pénombre, elle découvrit avec surprise un mobilier très élégant. Il y avait là un petit sofa et des fauteuils en osier recouverts de chintz à fleurs, un énorme fauteuil en cuir près de la cheminée, une chaise à bascule ancienne, un secrétaire, une radio et un électrophone, plusieurs étagères de livres et un certain nombre d'objets auxquels devait tenir le maître ou la maîtresse de ces lieux : deux beaux trophées, la tête empaillée d'un sanglier, une collection de vieilles bouteilles et quelques photographies d'autrefois dans des cadres dorés. Devant l'âtre, on avait étendu une énorme peau d'ours. C'était presque un conte de fées : la cabane mystérieuse cachée au fond des bois. Samantha se rendit compte qu'il y avait une pièce attenante : une chambre à coucher. Un grand lit en cuivre recouvert d'un plaid aux harmonies bleues et blanches trônait au milieu de la petite pièce bleu pâle. Au mur, au-dessus du lit, on avait accroché un tableau représentant une autre partie du ranch.

– Tate, à qui appartient cette maison ?

– Jetez un coup d'œil là-dessus, dit Tate en indiquant les trophées qui étaient posés sur une étagère.

Obéissante, elle tourna vers Tate Jordan un regard stupéfait. Le premier trophée portait l'inscription : William B. King 1934, le second datait de 1939.

– C'est à lui ? Mais devrait-on être ici ?

– J'ignore si cette maison lui appartient, et, pour répondre à votre deuxième question, je dois dire qu'à mon avis l'on ne devrait certainement pas y être. Mais c'est plus fort que moi, conclut-il d'une voix grave et légèrement voilée tandis qu'il cherchait à croiser le regard de Samantha.

– Je comprends, dit-elle.

Pendant que Tate était à la cuisine, occupé à préparer le café, Samantha se mit à inspecter les vieilles photos accrochées au mur. Elles lui rappelaient vaguement quelque chose, mais elle ne savait plus quoi. Ensuite, elle entra dans la chambre et s'approcha du tableau. En bas, à droite de la toile, il y avait une signature : C. Lord. À cette vue, Samantha tressaillit et s'apprêtait à s'élancer hors de la chambre lorsque la haute stature de Tate Jordan lui bloqua le passage. Une tasse de café fumant à chaque main, il observait son visage.

– C'est à eux, n'est-ce pas ? N'est-ce pas, Tate ?

– Je crois, répondit-il lentement en lui tendant une tasse jaune vif. Merveilleux endroit, non ? Et ça leur ressemble tellement...

– Est-ce que d'autres que nous le savent ?

– Personne n'en est sûr. Ils ont toujours été extrêmement prudents. Lorsqu'il est avec nous, même devant elle, il l'appelle toujours « miss Caroline ». Je ne l'ai jamais vu trahir le moindre sentiment à son égard.

– Je me demande pourquoi, dit rêveusement Samantha en s'asseyant sur le bord du lit. Pourquoi ne pas s'être mariés ?

– Ça n'était peut-être pas ce qu'ils voulaient. Bill King est un homme fier. Il n'aurait pas voulu qu'on le soupçonne d'avoir épousé miss Caroline pour son argent, ou pour son ranch.

– Alors, ils ont... une petite maison dans les bois !

– C'est peut-être pour ça que leur amour a duré si longtemps, dit Tate Jordan en s'asseyant auprès d'elle. Vous savez, vous ne verrez pas tous les jours deux personnes qui s'aiment, qui s'harmonisent parfaitement : leurs vieilles photos, son tableau, ses trophées. Le gros fauteuil confortable et l'élégante chaise à bascule près du feu. Regardez, Sam. C'est ça l'amour; deux personnes qui s'aiment depuis longtemps.

– Ils viennent encore ici à votre avis ? demanda Sam à voix basse, comme si elle craignait de rompre un enchantement.

– Ça m'étonnerait. Et s'ils viennent, ce n'est en tout cas pas souvent. Je crois que je suis là plus souvent qu'eux. Depuis quelques années, Bill souffre d'arthrite, vous savez. Ils restent dans la grande maison.

– Mais pour quelle raison gardent-ils leur liaison secrète ?

Tate la contempla pendant un long moment :

– Nous ne sommes pas à New York, Samantha. On n'est pas tout à fait dans le coup ici.

Mais Samantha était révoltée : pourquoi, grand Dieu, ne pas s'être mariés ? Décidant qu'il valait mieux changer de sujet de conversation, elle se leva et, se dirigeant vers la salle de séjour, demanda :

– Comment avez-vous découvert cet endroit, Tate ?

– Par hasard. Un jour en promenade. Ils ont dû y passer de longs moments autrefois. La maison donne l'impression d'être habitée, n'est-ce pas ?

– Oui.

Samantha était à présent assise dans la jolie

chaise à bascule et se balançait en regardant l'âtre vide. Elle pensait à l'appartement qu'elle avait laissé à New York, désormais inhabité, froid et sans vie.

– On a envie de s'y installer, n'est-ce pas ? demanda-t-il en s'asseyant dans le gros fauteuil en cuir. Vous voulez que je fasse une flambée ?

– Non, j'aurais trop peur de laisser le feu tout seul ensuite.

– Je l'éteindrai, n'ayez crainte.

– Je sais. N'empêche que je ne serais pas tranquille. Sait-on jamais, une étincelle suffit pour provoquer un incendie. Je ne pourrais jamais me pardonner d'avoir provoqué un tel malheur. En fait, je sens que notre présence même est indiscrète.

– Pourquoi ?

– Parce que nous ne sommes pas chez nous. Nous violons leur jardin secret. À mon avis, ils ne seraient pas ravis d'apprendre que nous sommes là, et encore moins de savoir que nous sommes au courant de ce qu'il y a entre eux.

– Mais vous le saviez déjà, non ?

– Autrefois, nous en parlions pendant des heures avec Barbara, la nièce de Caroline. Nous n'en étions jamais certaines pourtant.

– Et plus tard ? Quand vous avez grandi ?

– Plus tard, dit-elle en souriant, je l'ai senti, mais il planait toujours un doute dans mon esprit.

– Dans le mien aussi. Jusqu'au jour où j'ai découvert cet endroit. Leur histoire y est inscrite en toutes lettres. Et c'est une belle histoire ! dit-il en regardant alentour.

– C'est vrai, ce serait merveilleux d'aimer quelqu'un de cette façon. De l'aimer assez fort et assez longtemps pour construire quelque chose ensemble, quelque chose de durable.

– Et votre mariage à vous, Samantha, combien de temps a-t-il duré ?

C'était la première fois qu'il lui posait une question sur sa vie privée. Elle tourna la tête vers lui et le regarda droit dans les yeux.

– Sept ans, et vous ?

– Cinq. Mon fils était encore tout petit quand sa mère est partie.

– Je parie que vous avez été heureux de le récupérer.

Puis, se souvenant de ce que Josh lui avait raconté, de l'accident, de la mort de sa femme, elle sentit ses joues s'enflammer.

– Pardonnez-moi, je ne voulais pas...

– Vous avez raison, j'étais heureux de l'avoir de nouveau auprès de moi, mais évidemment la mort de sa mère a été un terrible malheur.

– L'aimiez-vous encore ?

La question paraissait plus qu'indiscrète, presque inconvenante, mais assis tous les deux là, dans ce havre de paix, l'amour de Caroline et Bill semblait les convier aux confidences.

– Oui. Je l'aimais, et d'une certaine façon je l'aime encore aujourd'hui, alors qu'elle est morte il y a quinze ans. Chose curieuse, je la revois telle qu'elle était au début de notre mariage ; est-ce la même chose pour vous, Sam, avez-vous oublié qu'à la fin votre mari s'est conduit comme un salaud ?

– Qu'en savez-vous ? dit-elle en riant de sa franchise. Oui, en effet. Je me souviens de lui à l'Université, lors de nos fiançailles, pendant notre lune de miel, le jour de notre premier Noël ensemble... mais jamais de l'homme qui m'a tourné le dos et qui est sorti de notre appartement, sa valise à la main...

– Il vous a laissée tomber ?

– Oui.

– Pour quelqu'un d'autre ? (Elle fit un signe de tête affirmatif.) C'est ce qui m'est arrivé à moi aussi. Ça vous brise le cœur, n'est-ce pas ? J'avais vingt-cinq ans, j'ai cru mourir.

– Moi aussi, dit-elle en le fixant intensément. Les gens de l'agence l'ont cru aussi. C'est pourquoi je suis ici. Pour me remettre.

– Ça fait combien de temps ?

– Depuis août dernier.

– Longtemps alors.

– Vous trouvez ? Assez longtemps pour l'avoir oublié ? Pour avoir laissé tout ça loin derrière moi ? Eh bien, vous vous trompez, j'ai l'impression que c'était hier.

– Vous pensez continuellement à lui ?

– Non. Mais trop souvent.

– Vous êtes divorcée ou séparée ?

– Divorcée. Et il est déjà remarié. Ils attendent un enfant pour le mois de mars.

– Et ça vous fait de la peine ?

– Quoi ?

– À propos de l'enfant, je veux dire. En vouliez-vous ?

Après un instant d'hésitation, elle se mit tout à coup debout :

– Oui, j'en voulais. Mais je suis stérile, monsieur Jordan. Mon mari a été chercher ailleurs ce qui lui manquait.

Elle était à présent devant la fenêtre et contemplait le lac tranquille. Elle ne l'entendit pas approcher. Il fut soudain derrière elle et il l'enlaça.

– Quelle importance, Sam ?... tu n'es pas stérile. Être stérile, c'est ne pas pouvoir aimer, être incapable de donner, être replié sur soi-même sans regard vers les autres. Ça ne vous ressemble pas, Sam.

Il la fit se retourner et, voyant ses yeux embués de larmes, posa un baiser sur chaque paupière puis appliqua longuement ses lèvres sur les siennes. Si bien qu'à la fin, à bout de souffle, elle dit d'une voix suppliante :

– Tate... oh non...

Elle se débattait faiblement et il la serra plus fort contre lui. Les narines de Samantha s'emplissaient de son odeur de cuir et de tabac et, tandis que sa tête roulait contre sa poitrine, elle sentit contre sa joue le contact rugueux de sa chemise en laine.

— Pourquoi pas ?

Puis, glissant un doigt sous son menton et levant le visage de la jeune femme vers le sien :

— Sam ? Tu m'entends ?

Elle ne répondit rien et de nouveau il l'embrassa.

— Sam, Samantha, tu ne peux pas savoir combien je te désire. De ma vie, je n'ai tant désiré une femme…

Au son de cette voix douce et grave, Samantha frissonna et son cœur cogna plus fort.

— Non, ce n'est pas assez.

— Je comprends, mais je ne peux plus rien offrir d'autre.

— Pourquoi ? dit-elle en souriant doucement.

— Parce que… comment dire… c'est moi qui suis stérile, je n'ai plus grand-chose à donner.

— Comment le savez-vous ? Avez-vous essayé récemment ?

— Pas depuis dix-huit ans.

— Et, à votre avis, il est trop tard pour aimer ?

Comme il se taisait, Samantha regarda vers le mur et ses yeux rencontrèrent les trophées :

— Et lui, Tate, est-ce qu'il ne l'aime pas ?

Il fit signe que oui.

— Je le crois aussi. Vous ne pouvez être tellement différent de lui. C'est un homme merveilleux… vous l'êtes aussi, ajouta-t-elle en levant les yeux vers lui.

— Cela veut-il dire, demanda-t-il en mordillant ses lèvres, que si je te déclarais : « Je t'aime » à l'heure qu'il est on serait en train de faire l'amour ?

Elle fit un signe de tête négatif.

– Je m'en doutais. Mais qu'essayais-tu de me dire ?

– Qu'il n'est pas trop tard pour tomber amoureux. Regardez Bill et Caroline, ils devaient être plus âgés que nous.

– Oui, et alors ?

– J'aimerais avoir la preuve que c'est possible.

– Et pourquoi donc ? Ça fait partie de votre programme de recherches scientifiques ?

– Non, murmura-t-elle, c'est pour moi.

– C'était donc ça !

Il caressa ses cheveux, enleva les épingles et la lourde chevelure argentée se déroula tout d'un coup.

– Mon Dieu, Sam, qu'ils sont beaux... Palomino... comme tu es belle...

– Nous devrions rentrer, dit-elle doucement quoique d'une voix ferme.

– Vraiment ?

– Oui.

– Pourquoi ?

Ses lèvres caressaient son menton, sa joue, puis descendaient le long de son cou pour se nicher dans le creux de son épaule. Elle ne protestait pas et elle sentit son sang bouillonner dans ses veines.

– Pourquoi partir ? Tu es si belle, Samantha... si belle...

Elle le sentit frissonner et elle s'écarta doucement.

– Non, Tate.

– Si.

Les yeux émeraude s'enflammaient et pendant un bref instant, elle eut presque peur.

– Ça n'est pas bien.

– Ça n'est pas bien ! Mais nous ne sommes

plus des enfants, Sam. Qu'est-ce que tu cherches ? Que je te fasse la cour, te passe la bague au doigt avant de te porter jusqu'au lit conjugal ?

– Et toi, cowboy, que cherches-tu ? À t'envoyer en l'air ?

Un coup de pistolet n'aurait pas produit d'effet plus spectaculaire. Il eut d'abord l'air stupéfait, puis son visage s'assombrit :

– Je suis désolé, dit-il sèchement.

Il la lâcha et se détourna pour aller laver leurs tasses.

– Moi, pas. En fait... (Elle posa sa main sur son bras.) Je vous aime beaucoup. Mais on m'a fait trop de mal et...

– Dans la vie, les garanties, ça n'existe pas, Sam, pour personne. Si on vous en donne un jour, soyez certaine que ce ne sont que mensonges.

– Vous ne comprenez pas. Je ne cherche pas des promesses, mais quelque chose de vrai, comme ce qu'il y a autour de nous : plus de vingt ans d'un amour toujours renouvelé.

– Et, selon vous, ils en étaient sûrs depuis le départ ? Vous croyez qu'ils avaient deviné où ils en seraient aujourd'hui ? Eh bien, non. Elle était la propriétaire du ranch et il était son employé. Voilà tout ce qu'ils savaient.

– Vous croyez ? Eh bien, je vais vous apprendre quelque chose, Tate.

– Quoi donc ?

– Ils savaient qu'ils étaient amoureux l'un de l'autre. Et tant que je n'aurai pas cette certitude, je resterai sur mes gardes.

Il ouvrit la porte d'entrée, la laissa passer et referma à clef derrière lui. Il n'avait pas l'air mécontent; il avait compris. Elle se demanda ce que leur réservait l'avenir. Elle avait failli céder et se laisser aller entre ses bras mais, prenant sur elle, elle l'avait repoussé. Non pas parce qu'elle ne le désirait pas : au contraire, elle le désirait trop.

— Pourrons-nous revenir ? demanda-t-elle tandis qu'il l'aidait à grimper sur l'étalon.

— Vous en avez envie ?

Lentement, elle acquiesça d'un signe de tête.

Quelques minutes après, côte à côte, ils traversaient la prairie au grand galop.

11

— Bonne promenade, ma chérie ? demanda Caroline en posant un regard plein de tendresse sur Samantha qui entrait d'une démarche souple dans le salon, les cheveux défaits flottant sur ses épaules, les yeux brillants, l'image même de la jeunesse et de la beauté.

— Merveilleuse, tante Caro, répondit-elle en l'embrassant.

Samantha se pelotonna dans un fauteuil, ramenant ses longues jambes sous elle et Caroline ne put s'empêcher de lui envier sa fraîcheur et son éclat. Elle ignorait que la jeune femme brûlait de lui dire qu'elle venait de découvrir son secret, et qu'elle gardait sur les lèvres le goût du baiser que Tate et elle avaient échangé quelques minutes avant dans l'écurie.

— Tu n'as vu personne ? demanda Caroline négligemment.

C'était une question quasi automatique. Après tout, le ranch était si vaste et le personnel si nombreux que la plupart des informations circulaient ainsi, de bouche à oreille. Samantha était tentée de répondre par la négative, puis, jugeant le mensonge ridicule :

— Si, Tate Jordan.

– Ah ! et comment va notre Père Noël, ce matin ? Les enfants l'adorent.

– Ça n'est pas surprenant, c'est un homme très bon.

– Tu t'es laissée attendrir, ma parole... Tu ne le détestes donc plus ?

– Mais je ne l'ai jamais détesté, protesta Samantha en se versant une tasse de café. Nous avions juste un petit différend sur mes talents de cavalière.

– Et il a changé d'avis ? Eh bien, voilà qui explique tout. Qui ne respecte pas celui qui le respecte ? Mais je plaisante, c'est un homme tout à fait remarquable, tu as raison. Et il connaît le ranch aussi bien que Bill et moi... de fond en comble.

« Votre petite maison aussi », pensa Samantha en portant la tasse à ses lèvres pour dissimuler son sourire.

– Quels sont tes plans pour aujourd'hui, tante Caro ?

– La comptabilité, comme d'habitude.

– Le jour de Noël ?

– Oui.

– Pourquoi ne pas faire une petite fête ?

– Si je me souviens bien, c'est ce qu'on a déjà fait hier soir, n'est-ce pas ?

– Oh ! mais ce n'est pas la même chose. Si on fêtait ça entre nous ? Nous pourrions par exemple préparer un petit dîner pour Bill et Tate.

Caroline eut l'air un peu surpris, puis, doucement, répondit :

– Je ne crois pas que ça soit une bonne idée.

– Pourquoi ?

– Parce qu'ils sont des employés, dit-elle en soupirant. Et nous pas. Tu sais, il y a une hiérarchie très stricte au ranch.

– Vous ne dînez jamais ensemble, Bill et toi ?

– Très rarement, et toujours en des occasions

officielles, lors de mariages ou d'enterrements. Les barrières ne tombent que de temps à autre, comme hier soir. En général, ils prennent soin de les maintenir bien hautes.

– Mais pour quelle raison ?

– C'est ainsi, voilà tout.

– C'est idiot, quelle différence cela fait-il ? Qui a encore envie d'entendre parler de classes sociales ?

– Eux. C'est très important à leurs yeux; qui on est, ce que l'on représente. Comment ils doivent se comporter en telle et telle circonstance. Moi, par exemple, en tant que propriétaire d'un ranch, je suis mise immédiatement sur un piédestal et ils veillent à ce que je n'en descende pas, crois-moi ! C'est quelquefois fatigant, mais on n'y peut rien changer. Il faut se plier à la règle, à leur règle... Si je proposais à Bill et Tate de venir dîner ce soir en tête à tête avec nous, ils seraient terriblement choqués.

Samantha avait du mal à croire que le même homme qui avait essayé de l'entraîner dans un lit quelques heures plus tôt allait être scandalisé à l'idée de dîner avec elle.

– Je ne comprends toujours pas.

– Moi non plus, mais il faut l'accepter, Sam. C'est plus simple. Ils sont comme ça, il n'y a rien à faire. Il y aura un buffet dans la salle, tu peux y aller te servir de la dinde. Là-bas tu pourras bavarder avec qui tu voudras. Quant à moi, j'ai encore quelques petites choses à régler avec Bill. Je suis désolée de ne pas pouvoir m'occuper de toi un jour de Noël, mais c'est urgent.

Samantha avait conscience que leur centre de préoccupation au fil des années avait toujours été le ranch, mais elle ne put s'empêcher de se demander si leur petite maison dans les bois ne leur manquait pas. C'était une retraite idéale.

Depuis combien de temps n'y avaient-ils pas été ?... Quand y retournerait-elle en compagnie de Tate ?

– Ne t'en fais pas. J'ai quelques lettres à écrire. J'irai dans la salle commune quand j'aurai faim.

En réalité, elle voulait revoir Tate. Elle ne pouvait penser à autre chose, et revoyait sans cesse ses yeux, sentait ses mains, ses lèvres...

Lorsqu'elle se rendit au buffet, elle ne le vit nulle part et Josh, au cours de la conversation, lui apprit qu'il était parti pour le ranch Bar Three, à une quarantaine de kilomètres de là, rendre visite à son fils.

12

Dans la lumière argentée de l'aube, Tate Jordan donna le signal du départ et, d'un seul mouvement, la troupe de cowboys s'élança derrière lui. Ce jour-là, la plupart étaient chargés de la castration de jeunes taureaux. Quant à Tate Jordan, en compagnie de son petit groupe, il devait se rendre dans un coin reculé du domaine – un canyon étroit – pour vérifier l'état d'un pont après l'orage de la veille. Ils firent plus d'une heure de route pour constater que tout était en ordre, mais sur le chemin du retour ils découvrirent qu'un arbre abattu par la foudre était tombé sur le toit d'une grange, endommageant légèrement un tracteur. Les hommes se mirent à retirer les branches, à débiter le tronc de l'arbre à la scie électrique, puis à essayer de réparer le tracteur... Deux heures après, épuisés, ils s'arrêtèrent pour le déjeuner. Samantha se sentait presque aussi fourbue que lors de son premier jour au ranch : ses cheveux étaient humides de transpiration et son chemisier de flanelle collait à son dos.

– Du café, Sam ?

Rien dans l'attitude de Tate Jordan ne trahissait la moindre familiarité. Comme vis-à-vis des autres, il était poli, mais distant. À un moment donné, elle crut déceler dans son regard la flamme du désir, mais l'instant d'après elle était persuadée d'avoir rêvé. Leurs relations avaient repris leur cours normal; après tout, ils étaient étrangers l'un à l'autre et la seule chose au monde qui les rapprochait était le travail. Il ne lui adressa plus la parole de tout l'après-midi, et une fois terminée la réparation de la grange, lorsqu'ils furent rentrés aux écuries, il se dirigea vers son logement sans même lui souhaiter le bonsoir.

– Alors, rude journée, hein, Sam ? cria Josh tandis qu'il rangeait la selle de son cheval.

Elle hocha la tête en signe d'assentiment, mais son esprit était ailleurs. Les yeux fixés sur la silhouette de Tate qui s'éloignait, elle décida que l'incident dans la petite maison du lac était aberrant, un simple moment d'égarement. Elle se trouvait heureuse d'avoir repoussé Tate. Sinon, à l'heure qu'il était, il serait probablement en train de se moquer d'elle.

– Tu as l'air crevée !

– Oh ! je ne suis sûrement pas la seule. Ce ne sont pas des journées de tout repos.

Elle était heureuse de n'avoir pas participé à la castration des taureaux, besogne, à ses yeux, aussi rebutante que sanglante.

– À demain ! fit-elle en faisant à Josh un signe de la main.

Elle avait hâte de se plonger dans un bain chaud, de manger quelque chose et de se glisser dans un lit douillet. De jour en jour, sa vie devenait plus simple. Elle dormait, mangeait, travaillait et pensait de moins en moins. La cure de désintoxication lui réussissait d'ailleurs : elle était éblouissante.

Rentrée dans la grande maison, elle appela Caroline, mais personne ne répondit. Dans la cuisine, elle trouva un mot de son amie lui expliquant qu'elle était partie en compagnie de Bill discuter de certains problèmes avec le comptable qui habitait à deux cents kilomètres du ranch. Elle annonçait son retour pour tard dans la soirée ou même le lendemain matin et signalait à Samantha qu'il y avait un poulet rôti et une grosse pomme de terre qui l'attendaient dans le four ainsi qu'une salade dans le frigidaire. Mais à l'idée de prendre son repas seule Samantha perdit son bel appétit. Elle se dirigea nonchalamment vers le salon où, sans penser, d'un geste automatique, elle alluma la télévision. Il lui sembla recevoir un choc électrique : la voix de John résonna dans la grande pièce et quelques secondes plus tard le gros ventre de Liz et son visage souriant apparurent à l'écran. Tout à coup, Samantha oublia la vie en plein air, le ranch, le beau salon où elle se tenait, Caroline, Tate... et se retrouva à New York. Elle sentit un énorme poids s'abattre sur ses épaules. Comme si on lui avait jeté un sort, elle fixait le petit écran, la tête vide, incapable d'enregistrer ce qui se disait. Quelqu'un frappa à la porte; elle finit par l'entendre. Alors, s'arrachant à sa douloureuse torpeur, elle ferma le bouton de la télévision et se dirigea vers la porte d'entrée. Elle se retrouva devant Tate Jordan, vêtu d'une chemise à carreaux bleu marine et de sa grosse veste en daim.

— Bonsoir, Tate, dit-elle d'une voix qui trahissait la fatigue et le chagrin.

— Quelque chose ne va pas ? Des mauvaises nouvelles ?

– Non, répondit-elle vaguement. Pas vraiment. Juste un peu lasse, c'est tout.

– Tu as trop travaillé aujourd'hui, petit Palomino.

Le sourire de Tate était si franc, si chaleureux que Samantha se sentit un peu rassérénée.

– Tu as donc remarqué ? Décidément, rien ne t'échappe. Tu entres ?

– Je ne voudrais pas te déranger, Sam. J'ai appris que Bill et Caroline étaient partis voir le comptable, alors je passais voir comment tu allais. Tu veux venir prendre quelque chose avec nous ? Mais tu as peut-être déjà dîné ?

– Non, Caroline m'a laissé un poulet, mais je n'avais pas... je n'ai pas eu le temps de...

Elle avait honte d'avouer sa faiblesse, d'admettre qu'elle avait regardé l'émission de John, et, penchant la tête de côté, elle regarda Tate Jordan d'un air mi-interrogateur, mi-suppliant.

– Tu veux rester dîner, Tate ? Il y en a bien assez pour deux, tu sais.

– Ça ne t'ennuie pas ?

– Ne fais donc pas l'idiot ! Caroline a préparé de quoi nourrir une armée !

Quelques minutes après, ils étaient installés autour de la grande table de la cuisine et dévoraient le poulet.

– Comment est-ce, New York ? demanda-t-il.

– Oh ! c'est une ville de fous. Le bruit, la foule, la crasse, la tension perpétuelle, en un mot l'enfer, dit-elle en souriant, mais la vie y est follement excitante. Tout le monde a quelque chose de très important à faire. Parfois, on échoue, mais ce mouvement perpétuel est exaltant.

– Tu aimes New York ? demanda-t-il en l'observant attentivement alors qu'elle se levait pour aller chercher du café.

– Il y eut un temps où j'adorais New York,

dit-elle en posant deux tasses fumantes sur la table. Maintenant, je n'en suis pas si sûre. Tout ça me semble lointain, et finalement peu important. Il y a trois semaines encore, je souffrais d'avoir à m'absenter de l'agence, ne serait-ce qu'une heure, même pour aller chez le coiffeur ! À présent, j'ai l'impression que tout ça n'a jamais existé, que j'ai rêvé. Mais si j'y retournais tout recommencerait comme avant. New York est une espèce de drogue. Une fois que l'on est désintoxiqué, on oublie tout.

— J'ai déjà rencontré des femmes qui m'ont dit ce genre de choses, dit-il avec une lueur de malice dans les yeux.

— Tiens, tiens, vous m'en direz tant, monsieur Jordan. Vous allez me raconter ça, j'espère.

— Pas question. Et quelqu'un t'attend à New York, je suppose, ou est-ce que tu l'as fui, lui aussi ?

— Je ne me suis pas enfuie, Tate, dit-elle en le fixant très sérieusement. J'ai quitté New York pour prendre des vacances. Et j'ai gardé mon cœur avec moi, je croyais t'avoir fait comprendre ça, l'autre jour...

— Ça ne coûte rien de demander...

— Je ne suis sortie avec personne depuis que mon mari est parti.

— Depuis le mois d'août ?

(« Ah ! il se souvient ! » pensa-t-elle.)

— Tu ne crois pas qu'il serait temps ?

— Peut-être. Mais il ne faut jamais rien forcer.

— En es-tu si sûre ?

Il se pencha vers elle et l'embrassa à pleine bouche; son cœur se mit à cogner dans sa poitrine et elle se sentit défaillir tandis qu'il l'attirait contre lui et lissait sa chevelure soyeuse en murmurant :

— Tu es belle, Samantha, si belle... tu ne peux pas savoir comme je te désire...

Puis il écrasa sa bouche sur la sienne et, repoussant les assiettes qui encombraient la table, la serra plus fort contre lui. Leur baiser se prolongea indéfiniment dans le silence. Finalement, Samantha le repoussa mollement :

– Tante Caroline désapprouverait.

– Tu crois ça ?

Ils pensèrent à Caroline et Bill s'arrêtant pour la nuit dans un motel, quelque part au bord de la route, et tout naturellement songèrent à la petite maison du lac.

– S'il ne faisait pas si noir, nous pourrions y aller.

– Tu penses à la maison du lac ?

– L'autre jour, j'ai eu l'impression qu'elle avait été construite spécialement pour nous.

Elle sourit et, doucement, il la fit se mettre debout devant lui. Elle semblait petite et frêle à côté de ce colosse et tandis qu'il la pressait contre son cœur elle leva sa jolie tête et entrouvrit les lèvres. Se penchant vers elle, il les lui prit tout en effleurant lentement du plat de la main sa chevelure argentée. Puis, rapprochant sa bouche de son oreille, il chuchota :

– Samantha, je t'aime, je l'ai su dès que je t'ai vue. J'aurais voulu te caresser, te serrer dans mes bras et passer mes mains dans cette chevelure de Palomino. Tu me crois, Samantha ?

– Je ne sais pas, dit-elle en levant ses grands yeux bleus vers son visage. J'ai peur que ça ne soit à cause de ce que j'ai dit l'autre jour. C'est pour coucher avec moi que tu dis tout ça ?

– Non, je suis sincère. J'ai beaucoup réfléchi depuis notre conversation. Je m'étais mal exprimé. Tu sais, dans un ranch, on n'a pas souvent l'occasion d'avoir à chercher des mots pour exprimer ses sentiments. Et il est plus facile de dire « J'ai envie de te faire l'amour » que

« Je t'aime ». Je n'ai jamais désiré autant une femme que toi, Samantha.

– Pourquoi ?

– Parce que tu es merveilleuse...

Il caressa ses seins.

– Parce que j'aime ton rire, ta façon de parler... et ta façon de monter ce foutu cheval... J'aime ton acharnement au travail... J'aime...

Ses mains glissèrent le long de son corps jusqu'à sa taille.

– J'aime tes hanches, j'aime tes fesses, j'aime... (Elle prit ses mains dans les siennes.) Vous ne trouvez pas mes raisons très bonnes, à ce que je vois, mademoiselle Taylor.

– Des raisons pour quoi faire, monsieur Jordan ?

Elle lui tourna le dos et se mit à débarrasser la table. Mais avant qu'elle ait pu atteindre l'évier il lui avait pris les assiettes des mains et les avait posées sur le buffet. Ensuite, la prenant dans ses bras, il l'avait soulevée de terre et portée jusqu'au salon, puis dans le long corridor qui menait à sa chambre.

– Dis-moi si je me trompe de chemin.

Elle fit un vague signe de tête en indiquant le bout du couloir. Une fois arrivée devant la porte entrebâillée, elle pouffa de rire :

– Allez, pose-moi, c'est ridicule.

– C'est ça, ta chambre ?

– Oui, mais je ne t'y ai pas invité, dit-elle d'un air boudeur en croisant les bras.

– Ah non ?

Il entra dans la pièce blanche et, sans autre forme de procès, la déposa sur le lit et l'enlaça. Tandis qu'il la serrait passionnément contre lui, l'ardeur de sa passion la déconcerta. Son être tout entier semblait avoir soif de ses mains, sa bouche, ses cheveux... et elle sentit fondre en elle toute volonté de lutte; ses vêtements se détachaient de son corps comme des pétales au vent, laissant sa peau nue frissonner sous la caresse des mains tendres et fortes. Ses longues jambes s'enroulèrent autour de celles de Tate et elle arqua le corps avec un doux gémissement. C'est alors que, s'écartant un peu, il la regarda dans les yeux : il voulait être certain que c'était ce qu'elle désirait. Elle remua la tête en guise d'assentiment et il la pénétra d'un coup, presque brutalement. Elle cria de plaisir et il s'enfonça plus profondément dans sa chair. Elle se laissa emporter par une extase qui n'en finissait pas.

Repus, ils étaient allongés dans la nuit l'un auprès de l'autre. Ses lèvres étaient contre son cou :

– Je t'aime, Palomino, je t'aime.

Une larme roula le long de sa joue. Il la regarda tristement et, hochant doucement la tête, la prit dans ses bras et la berça en lui murmurant des mots tendres comme à un animal blessé ou un enfant.

– Là, là, ne pleure pas, je suis là.

– Excuse-moi…

Elle se mit à sangloter. On eût dit que tout le chagrin accumulé en elle jour après jour jaillissait comme l'eau d'une source. Elle pleurait et il la tenait serrée contre sa poitrine. Puis elle sourit et leur étreinte se resserra.

– Tu vas mieux ? demanda-t-il d'une voix légèrement voilée. Réponds-moi.

– Oui.

– Tu es sûre ?

– Oui.

Rien n'existait plus que ce fol amour, ce don de soi sans retenue ni limite, cette volupté dans laquelle ils sombraient corps et âme. Il lui semblait découvrir un pays inconnu, qui attendait sa visite depuis toujours.

Lorsque le réveil sonna, elle ouvrit les yeux,

radieuse, le sourire aux lèvres, sûre de le voir auprès d'elle. Mais il n'y avait qu'un bout de papier sur l'oreiller. Son cœur se serra. Tandis qu'elle dormait, il s'était échappé à deux heures du matin et tout ce qu'il avait laissé était un mot : « *Je t'aime, Palomino.* » Elle abandonna sa tête sur l'oreiller et sourit.

13

À la fin de la journée, Samantha était aussi fraîche et dispose qu'à l'aube et Josh fit remarquer, d'un air faussement dégoûté :

– Bon Dieu ! regarde-toi ! Y a à peine trois semaines, tu n'arrivais même pas à marcher ! Rien que de te voir tellement en forme, ça me rend malade ! C'est toi qui vas devoir me porter ! J'ai mal aux fesses et puis aux bras à force de me débattre avec ces putains de taureaux ! Peut-être que tu travailles pas assez dur ?

– Tu parles ! J'ai travaillé plus dur que vous aujourd'hui !

– Ah ouais ?

Elle était plus belle que jamais et sa longue chevelure resserrée en une queue de cheval brillait intensément. Toute la journée, alors qu'elle chevauchait comme une diablesse, elle n'avait pu penser à autre chose qu'à Tate Jordan. Pourtant, ni l'un ni l'autre n'avaient trahi quoi que ce soit. Elle avait même évité à une ou deux reprises de se retrouver seule avec lui. Il lui avait un peu parlé à l'heure du déjeuner mais s'était empressé d'aller bavarder plus loin tandis qu'elle restait en compagnie des cowboys qu'elle connaissait le mieux. Et pourtant, sans cesse, la nuit précédente lui revenait à l'esprit, en flashes :

le galbe de sa cuisse émergeant des draps froissés, l'étincelle au fond de ses prunelles au moment où il se penchait vers elle pour l'embrasser, le mouvement de sa nuque tandis qu'elle glissait un doigt le long de son épine dorsale.

À présent, la tête en feu, elle courait vers la grande maison, ignorant quand, où et comment allait se passer leur prochaine rencontre, et cependant confiante. À la pensée que, désormais, deux portes allaient peut-être claquer dans la nuit, elle sourit.

– Eh bien, on m'a l'air bien épanouie ce soir ! s'exclama Caroline en la voyant.

– Je viens dans une minute, tante Caro.

Samantha fila dans sa chambre pour prendre un bain. Pendant le dîner, rêveuse, elle se demanda où Tate se trouvait, ce qu'il faisait. En train de dîner comme les autres dans la salle commune ? Chez lui occupé à faire lui-même la cuisine ? C'était peu probable; la plupart des cowboys, même ceux qui avaient une femme et des enfants, préféraient prendre leurs repas en commun. Soudain, elle eut envie de se joindre à eux. Mais on n'allait pas manquer de se poser des questions sur la cause de sa présence. Le soir, sa place était en compagnie de Caroline, dans la grande maison. Et on aurait vite deviné le but de sa visite. Elle commençait à comprendre la prudence extrême de Bill et Caroline, pourquoi ils vivaient leur amour dans la clandestinité. Mais elle brûlait de le revoir, de se promener avec lui, étroitement enlacés dans la nuit étoilée, de s'allonger contre lui et de sentir sa peau contre la sienne.

– Encore un peu de salade, Samantha ?

Depuis le début du repas, Caroline se demandait ce qui se passait, pourquoi la jeune femme avait l'air aussi préoccupée.

– Quelque chose ne va pas, Sam ?

– Quoi ? Ah oui ! pardonne-moi, je suis distraite. Ç'a été une belle journée, un peu fatigante, c'est tout.

– Qu'est-ce que tu as fabriqué ?

– Rien de particulier. La routine : le bétail, la réparation des barrières tombées… une bonne journée, bien pleine, quoi.

– Tu ne peux pas savoir le plaisir que ça me fait de te voir si heureuse ici, Sam.

– Oui, je suis très heureuse, très heureuse, répondit Samantha l'air rêveuse.

Cette nuit-là, elle ne dormit pas très bien. Elle entendit Bill entrer dans la maison, et ressentit un peu de jalousie. Elle attendait Tate, elle désirait Tate. Mais il ne vint pas et elle finit par sombrer dans un profond sommeil.

Elle se réveilla à sept heures; on était dimanche. Après avoir rapidement avalé un café et s'être habillée, elle courut jusqu'aux écuries, espérant le trouver là. Mais il n'y avait personne. On s'était déjà occupé des chevaux et tout le monde était dans la salle commune pour le petit déjeuner. Les bêtes étaient calmes dans leurs boxes. Samantha s'approcha de Black Beauty. Elle caressa ses naseaux et le cheval enfouit ses lèvres duveteuses et mobiles dans le creux de sa main.

– Je suis désolée, mon vieux, mais je n'ai rien pour toi ce matin.

– Et pour moi ? gronda une voix derrière elle.

– Oh !

Elle fit volte-face et avant qu'elle ait pu reprendre son souffle il l'avait enlacée et l'embrassait passionnément. Puis il la lâcha.

– Bonjour, Palomino, chuchota-t-il.

– Bonjour… tu m'as manqué.

– Toi aussi. Tu veux aller à la maison du lac ?

Samantha, les yeux brillants, acquiesça vivement.

– Bon, je t'attends dans la clairière du sud. Tu te souviens de l'endroit ? ajouta-t-il d'un air légèrement inquiet.

– Tu plaisantes ? À quoi croyais-tu que je pensais tous ces jours-ci ?

– Je ne sais pas. À la même chose que moi, je suppose.

Puis, la prenant par la manche, il murmura :

– Je t'aime, Palomino. (Sa bouche effleura ses lèvres.) Je t'aime. Rendez-vous à dix heures.

Sur ce, il lui tourna le dos. Elle entendit ses bottes cliqueter sur le plancher de l'écurie puis, une fois dans la cour, il souhaita le bonjour à deux hommes qui s'avançaient à sa rencontre. Une minute plus tôt, ils auraient pu les surprendre en train de s'embrasser.

14

Ils se retrouvèrent un peu avant l'heure dite au milieu de la clairière du sud. Leurs beaux chevaux piaffaient, leurs yeux brillaient et le ciel était bleu. Tout semblait en harmonie avec cette grande passion qui les habitait et Samantha savait déjà qu'elle était prête à tout abandonner pour Tate Jordan.

Un peu plus tard, allongés l'un auprès de l'autre – le corps fatigué et le cœur léger – dans la chambre bleu pâle, elle tenta de le lui faire comprendre.

– Tu sais, Tate, c'est comme si je t'avais attendu depuis toujours. Comme si j'étais née pour...

– Baiser ? fit-il en l'ébouriffant.

– Quel horrible mot !

– Pardonne-moi, dit-il en l'embrassant sur la

joue. Faire l'amour. Mais, tu sais, les mots ne changent rien à la chose.

— Je sais. Mon bonheur est presque indécent, dit-elle en se pelotonnant contre lui, telle une enfant.

— Indécent ? Grand Dieu ! Pourquoi ? Le bonheur n'est pas un crime.

— Je n'en suis pas si sûre. Mais j'espère que ça durera.

— Ça semble invraisemblable, n'est-ce pas ? On se connaît depuis quelques semaines à peine et j'ai l'impression que je t'aime depuis le commencement des temps.

— Non, ça me paraît tout à fait logique. Mais si tu ne fais pas gaffe, je vais te traiter comme si on se connaissait depuis vingt ans !

— Et alors ?

— Je ferai comme si tu n'existais pas.

— Essaie un peu.

Elle remonta sa main le long de sa cuisse.

Ils passèrent leur matinée à se taquiner et à faire l'amour. Leur bonheur était à son comble.

— Tu connais les albums de photos, chérie ?

Elle était dans la cuisine occupée à préparer des sandwiches. Tate, assis sur le sofa, se réchauffait à la chaleur du feu, une couverture posée sur ses épaules nues.

— Oui, ils sont beaux, n'est-ce pas ?

La plupart des photos dataient des années 50. Il y en avait non seulement de Caroline et Bill, mais aussi des autres gens du ranch. À celles-ci s'ajoutaient quelques photos de rodéos et du ranch avant la construction des nouveaux bâtiments.

— Oh ! comme le ranch était petit à l'époque !

— Un jour, le ranch tel que nous le connaissons paraîtra petit à son tour. Ce sera le plus beau ranch de toute la Californie ! Malheureusement,

Bill King vieillit et je crains qu'il n'ait plus assez d'énergie pour changer quoi que ce soit.

– Et toi ? Est-ce que tu aurais cette énergie ?

– Oui. Un jour, j'en ferai quelque chose d'extraordinaire, si miss Caroline me laisse faire, bien entendu. Tant que le vieux Bill est dans les parages, ça m'étonnerait.

– J'espère qu'il le sera toujours, Tate.

– Moi aussi. Mais un jour viendra où... il y a certaines choses que j'aimerais changer.

Il ferma l'album de photos et lui raconta ses projets par le menu. Une heure après, jetant un coup d'œil à la pendule électrique de la cuisine, il s'excusa :

– Écoute, je pourrais continuer comme ça pendant des jours et des jours, tu sais. Ça ne doit pas être très drôle pour toi.

– J'aime bien t'écouter. Pourquoi ne pas fonder notre propre ranch ?

– Et avec quoi, Palomino chérie ? dit-il en riant. De la bonne volonté et quelques canettes de bière ? Sais-tu seulement ce que vaut un ranch ? Une petite fortune ! Et avec mon salaire... Non, ce que je veux, c'est être contremaître. La plupart des propriétaires de ranch n'y connaissent strictement rien. C'est le contremaître qui dirige les opérations.

– Mais c'est ce que tu fais ici, non ?

– C'est ce que j'essaie de faire, tu veux dire, quand je ne fais pas l'école buissonnière comme aujourd'hui, Palomino. Tu me ferais presque regretter d'avoir à travailler. Toute la journée d'hier, je n'ai eu qu'une idée en tête : venir ici, auprès du feu, auprès de toi.

– Moi aussi, dit Samantha en regardant rêveusement le feu. Qu'est-ce qu'on va faire, Tate ?

– À propos de quoi ?

– Ne me taquine pas. Tu sais très bien ce dont il s'agit... oh ! l'autre jour, je vous ai imaginés, Bill et toi, vous heurtant dans l'obscurité au milieu de la nuit.

Il éclata de rire et la prit dans ses bras.

– Ce serait plus facile si nous étions en été. Nous pourrions venir ici tous les soirs et rentrer à minuit sous un beau clair de lune... Mais en cette saison il fait tellement noir qu'on n'y voit goutte et j'ai peur que les chevaux ne se fassent mal.

– Nous pourrions utiliser des lanternes.

– Et pourquoi pas louer un hélicoptère ?

– Arrête ! Alors, qu'est-ce qu'on décide ? Tu veux essayer de venir me rejoindre dans la grande maison ?

– Non. Ils nous entendraient. Et chez moi on serait trop exposés aux regards indiscrets. Il suffit qu'un des hommes t'aperçoive une seule fois et ce serait terminé pour nous.

– Terminé ? Vraiment ? Ce serait donc si terrible que notre amour soit découvert ? Je ne comprends pas.

– Palomino chérie, tu es Samantha Taylor, l'amie de la propriétaire de ce ranch, et moi, je suis l'assistant du contremaître. Tu n'as pas envie que l'on dise du mal de toi ?

– Oh ! je m'en fiche, les autres peuvent penser ce qu'ils veulent. Je n'ai pas du tout envie de prendre le chemin de Caroline et de Bill. Je veux crier sur les toits que je t'aime, Tate. Je suis fière de notre amour, je n'ai aucune envie de le garder secret.

– On verra ça plus tard, dit-il d'un air absent.

– Plus tard ! Pourquoi pas maintenant ?

– Parce qu'un de ces jours tu vas rentrer à New York.

Ces mots eurent l'effet d'une douche froide.

– Qu'est-ce qui te fait dire ça ?

– Ta place est là-bas tout comme la mienne est ici, au ranch.

126

– Tu crois ça ? Comment peux-tu en être si sûr ? Comment sais-tu que je ne suis pas comme Caroline, que je n'ai pas décidé de changer de vie ?

– Tu veux vraiment que je te le dise ? Eh bien, lorsque Caroline est arrivée ici, elle était veuve et elle ne voulait plus de la vie qu'elle avait menée avec son mari. Et elle avait déjà quarante ans. Mais toi, toi, tu es jeune, belle, tu as encore des tas de choses à faire, des campagnes publicitaires à concevoir; une vie trépidante, passionnante, t'attend à New York.

– À ton avis, ma vie ici ne serait donc pas passionnante ?

– Non, Palomino chérie, dit-il en caressant ses cheveux argentés, ici il n'y a rien de tout cela. Tu es là pour te remettre et c'est ce que tu es en train de faire. Je suis là pour t'aider à guérir, Sam. Je t'aime, je sais que je t'aime, je l'ai su dès le premier jour. Et j'espère que toi aussi, tu m'aimes. Mais l'histoire de Bill et Caroline tient du miracle, tu sais, une chose pareille ne se reproduit pas. Ils appartiennent à des mondes différents. Elle a mené une vie élégante et raffinée, quant à lui, il aura toujours du noir sous les ongles. C'est ainsi. Elle a de la fortune, un ranch et lui n'a pas un radis. Pourtant, ils s'aiment et ça dure depuis vingt ans. Selon moi, Caroline a un grain, mais après tout elle avait déjà une vie derrière elle. Pour toi, ce n'est pas la même chose. Tu mérites davantage que ce qu'il est en mon pouvoir de t'apporter.

Ils étaient amants depuis deux jours et déjà faisaient des plans pour l'avenir. C'était insensé.

– C'est toi qui es fou, je t'adore, dit-elle en l'embrassant. Mais si je décide de rester, que j'aie trente ans, cinquante ou quatre-vingts ans, cela revient au même, je resterai. Tu n'es pas Bill King ni moi Caroline Lord, et je ne veux pas que tu te sacrifies ! De toute façon, je n'en ferai qu'à ma tête. Tu ne pourras pas me forcer à rentrer à New York contre mon gré. Et je te préviens, je n'aurai de cesse que tu n'annonces au monde entier notre amour. On ne se débarrasse pas si facilement de Samantha Taylor, monsieur Jordan. Tu piges ?

— Je pige, je pige, répondit-il distraitement en l'enlaçant, et il la fit taire en posant sa bouche sur la sienne.

Il rabattit la grosse couverture sur leurs têtes et ils s'unirent encore une fois. Puis leurs lèvres se séparèrent. Reprenant leur souffle, ils entendirent le feu crépiter. À six heures, ils s'aperçurent que la nuit était tombée. Ils avaient fait l'amour toute la journée. Tate se leva pour faire couler un bain. Ils le prirent ensemble et elle lui raconta ses séjours au ranch du temps de Barbara. Ensuite, elle lui demanda :

— Alors, tu as pensé à notre problème ?

— Quel problème ? dit-il en appuyant sa tête contre le rebord de la baignoire.

— L'organisation de nos futurs rendez-vous, voyons !

— J'avoue que je donne ma langue au chat. Et toi, qu'en penses-tu ?

— Tu pourrais venir dans ma chambre ? Par la fenêtre ? Ou moi chez toi ?

— Je ne vois pas d'autre solution en effet... sauf, bon Dieu, mais oui ! J'y pense, Hennessey nous fait braire depuis des mois avec son histoire de logement trop petit, trop éloigné des autres, et que sais-je encore...

— Et alors ?

— Je vais faire un échange. Il est tout au bout des bâtiments, derrière la grande maison. Personne ne pourra te voir quand tu traverseras le jardin.

— Tu crois qu'ils se douteront de quelque chose ?

– Il n'y a aucune raison. Il n'est pas dans mes intentions de te pincer les fesses tous les matins au petit déjeuner ni de t'embrasser avant de monter en selle.

– Pourquoi ? Tu ne m'aimes donc pas ?

Il se pencha en avant et l'embrassa tendrement. Puis, caressant ses seins :

– À vrai dire, je t'adore, Palomino chérie.

S'agenouillant dans la baignoire, elle se plaqua contre lui en murmurant :

– Moi aussi, moi aussi.

Quand ils rentrèrent aux écuries, sept heures avaient sonné depuis longtemps. Samantha bénissait le ciel que Caroline fût invitée à dîner ce soir-là. Sinon, elle aurait été folle d'inquiétude. Tandis qu'elle marchait tranquillement vers la grande maison, Samantha se sentit soudain très seule, Tate lui manquait déjà. En entrant, elle trouva un mot de Caroline lui indiquant une fois encore qu'elle lui avait laissé un plat dans le four. Elle dîna légèrement et alla se coucher.

Caroline et Bill rentrèrent tard et, tandis que Bill se rendait directement dans leur chambre, Caroline se dirigea sur la pointe des pieds vers celle de Samantha. Elle entrouvrit la porte et vit la jeune femme dans son lit. Le clair de lune éclairait le beau visage de Samantha et faisait briller sa longue chevelure éparse sur l'oreiller. Caroline frissonna légèrement : ce qu'elle contemplait, c'était sa propre jeunesse, perdue à jamais. Elle entra dans la pièce et s'approcha silencieusement du lit blanc. Le visage de Samantha était lisse et son expression sereine. Caroline effleura la main qui reposait sur le drap, puis s'éclipsa sans bruit.

Bill l'attendait en pyjama en fumant son éternel cigare.

– Où étais-tu passée ? Ne me dis pas que tu avais encore faim après cet énorme dîner ?

– Non, je voulais voir si Samantha allait bien.

– Alors ?

– Elle dort.

– C'est une fille formidable. Ce type qui l'a laissée tomber, ce présentateur prétentieux, eh bien, c'est un sacré connard !

Caroline acquiesça, tout en se demandant en son for intérieur s'il n'y en avait pas d'autres qui mériteraient ce qualificatif. L'homme qui se trouvait en face d'elle, par exemple; ne l'avait-il pas depuis vingt ans obligée à vivre comme une criminelle, se cachant pour l'aimer, pour lui sourire. Et Tate Jordan ! Pourquoi était-il tombé amoureux d'une femme qui n'était pas pour lui ? Car rien n'avait échappé à Caroline, ni l'étincelle dans les yeux de Samantha quand elle parlait des souffrances que lui faisait endurer l'assistant de Bill, ni la lueur de désir dans ceux de Tate le soir du réveillon. Caroline se taisait. Elle se taisait depuis vingt ans. Soudain, elle en eut assez et, se tournant brusquement vers Bill, elle dit :

– Écoute, je veux que nous devenions mari et femme.

– Bien sûr, Caroline, bien sûr, répondit-il en éteignant son cigare et en tendant la main pour caresser ses seins.

– Arrête, je parle sérieusement.

– Tu deviens gâteuse ou quoi ? À nos âges !

– Justement, à ton âge, tu ne devrais pas avoir à venir ici en catimini au beau milieu de la nuit. Ce n'est bon ni pour tes nerfs – ne parlons pas des miens – ni pour ton arthrite.

– Tu perds la boule, Caroline.

– Peut-être. Mais si tu veux savoir, à mon avis, personne ne sera surpris, et, d'autre part, qu'est-ce que ça peut bien leur faire ? Qui se souvient de celle que j'étais autrefois ? Tout ce qu'ils savent, c'est que je suis Caroline Lord et toi Bill King. Un point c'est tout.

— Ta, ta, ta, dit-il en élevant légèrement la voix. Ils savent que t'es la proprio et moi le contremaître, oui !

— Qu'est-ce que ça peut leur foutre ?

— Tu devrais pourtant le savoir après toutes ces années. Et s'il y a une chose au monde que je veux éviter, c'est qu'on se moque de toi ! Épouser son contremaître, ha !

— Très bien, alors, je te renvoie. Nous partirons d'ici et reviendrons mariés.

— Décidément, tu n'as pas toute ta tête, ce soir... allez, éteins donc la lumière. Je suis fatigué.

— Moi aussi... fatiguée d'avoir à me cacher, Bill. Je veux me marier.

— Épouse un autre propriétaire de ranch alors !

— Tu es vraiment désespérant !

Elle le fixa d'un air rageur et il éteignit la lampe de chevet. Les larmes lui montèrent aux yeux et elle resta allongée, silencieuse, dans le grand lit. Une fois de plus, elle avait perdu la bataille et elle souhaita que Samantha ne soit pas trop amoureuse de Tate Jordan; ces hommes avaient tous un point en commun : ils vivaient selon un code d'honneur. Ils ne changeraient jamais.

15

Quatre jours après, Tate Jordan et Harry Hennessey avaient échangé leurs logements. Hennessey était enchanté. Tate avait grommelé qu'il en avait par-dessus la tête de l'entendre râler et que, pour sa part, habiter ici ou ailleurs lui était complètement égal. Personne n'avait remarqué la transaction. Jeudi soir, Tate avait terminé de déballer ses affaires et Samantha, dans sa chambre blanche, attendait patiemment neuf heures, heure à laquelle Caroline s'enfermait dans ses appartements.

Samantha sortit par la fenêtre de sa chambre et traversa silencieusement le bout de jardin qui la séparait de la petite maison de Tate, située loin des regards indiscrets, derrière une rangée d'arbres fruitiers. Il n'y avait aucune chance que l'on puisse apercevoir sa silhouette courant dans la nuit.

Tate l'attendait, pieds nus, vêtu seulement de ses jeans. Ses tempes blanches brillaient dans la lumière. Il sembla à Samantha qu'elle volait dans ses bras tandis qu'il l'emportait sur son lit étroit et qu'elle sentait sa peau satinée l'envelopper tout entière.

Encore une fois ce fut l'extase, puis le retour à la réalité, dans la petite pièce peinte en blanc. Les yeux fixés au plafond, elle se dit qu'à cette heure Bill King devait être en train de se glisser dans la grande maison. Toutes ces histoires d'amour secrètes lui parurent soudain ridicules.

– Se cacher pour s'aimer, comme des adolescents, tu te rends compte ?

– Console-toi en pensant au romantisme de la chose.

Comme Bill King, Tate Jordan n'allait pas en démordre : il voulait à tout prix éviter que l'on ne se moque de Samantha. Tant qu'il vivrait, personne ne pourrait murmurer qu'elle était une fille facile. Non, il la protégerait, contre elle-même surtout. Elle ne comprendrait jamais rien aux lois qui régissent les relations entre propriétaires de ranchs et cowboys. Elle connaissait son point de vue, il connaissait le sien. Il n'y avait rien à ajouter.

Quant à Samantha, elle avait décidé que ces amours clandestines pourraient durer jusqu'à l'été, mais au plus tard. Alors, pensait-elle, après six mois, Tate serait probablement moins inquiet de la réaction des autres. C'était la première fois qu'elle envisageait de prolonger son séjour au ranch, et elle songea à son travail à l'agence. Mais elle écarta bien vite ce souci de son esprit, se disant qu'il serait toujours assez tôt pour y réfléchir. On était seulement en décembre.

– Heureuse ? dit-il en la voyant fermer les yeux.

– Mmmm… fit-elle avant de s'endormir.

Elle s'éveilla en même temps que lui, à quatre heures du matin, et après un dernier baiser, traversa le verger et se glissa dans sa chambre par la fenêtre ouverte. Elle prit sa douche, s'habilla et se rendit à la salle commune.

C'est ainsi qu'une nouvelle vie commença pour Samantha Taylor.

16

Le jour de la Saint-Valentin, elle reçut une carte de Charlie Peterson, qui évoquait la tristesse de son bureau vide. Son cœur se serra un peu. Elle en parla à Tate le soir même, alors qu'elle se blottissait entre ses bras.

– À quoi ressemble-t-il ?

– Charlie ? dit-elle en le regardant d'un air malicieux. Serais-tu jaloux par hasard ?

– Ai-je des raisons de l'être ?

– Absolument pas ! Je l'aime comme un frère et j'adore sa femme et ses enfants. Ils en attendent d'ailleurs un quatrième. C'est mon meilleur ami, nous formons une équipe de travail formidable.

– Il te manque ? Ton travail, je veux dire.

Elle ne répondit pas tout de suite, puis :

– À vrai dire, si étrange que cela puisse paraître, non. Caroline m'a dit que ça s'est passé comme ça pour elle aussi. Elle n'a jamais regretté son ancienne vie. Elle n'a jamais éprouvé le désir de revenir en arrière. Et je me rends compte que New York me manque de moins en moins.

– Mais un peu tout de même ?

– Évidemment. Je regrette parfois mon appartement, mes livres, mes bibelots. Jamais la vie que je menais là-bas. Ce qui me manque, je pourrais facilement le faire venir ici. Le plus curieux, c'est que je ne pense plus à mon travail. Pourtant Dieu sait que j'ai travaillé comme une forcenée pour devenir quelqu'un... et maintenant... je m'en fiche éperdument ! Tout ce qui me préoccupe, c'est de savoir si les veaux sont tous là, si les barrières sont en bon état, s'il faut changer les fers de Navajo. Je ne sais pas ce qui s'est passé. Je ne suis plus la Sam de New York.

– Si, quelque part dans le tréfonds de toi-même, tu aimerais continuer à gagner prix sur prix pour tes campagnes publicitaires. Un jour, tu regretteras tout ça, Samantha.

– Comment peux-tu le savoir ? Pourquoi me forcer à être ce que je ne suis plus ? Pourquoi ? Tu veux que je retourne à mon ancienne vie ? Tu as peur de t'engager, Tate ?

– Peut-être. Et il y a de quoi avoir peur, Sam. Tu n'es pas une femme comme les autres.

« Pas du genre à garder longtemps nos amours secrètes », pensa-t-elle, mais elle dit :

– Ne me harcèle donc pas. Pour le moment, je ne veux pas rentrer à New York. Si je change d'avis, je te préviendrai.

– J'espère bien.

Son congé prenait fin dans un mois et demi. Elle s'était juré de prendre une décision avant le 15 mars. Il lui restait un mois.

Quinze jours après, alors qu'ils revenaient de la maison du lac où ils passaient des dimanches idylliques, il lui annonça d'un air espiègle qu'il avait une surprise pour elle.

– Quel genre de surprise ?

– Tu verras quand nous serons rentrés, dit-il en se penchant de côté sur son cheval pour l'embrasser.

– Attends… laisse-moi deviner…

Plus belle que jamais sur l'étalon noir, elle arborait une paire de bottes de cowboy rouges en peau de serpent, toutes neuves. Tate l'avait beaucoup taquinée à leur sujet, prétendant qu'elles étaient encore plus horribles que celles de Caroline.

– Tu m'as acheté une autre paire de bottes ? Violettes ?

– Non…

– Roses ?

– Arrête, tu me donnes mal au cœur.

– Bon, alors quoi ? Un gaufrier ? Un grille-pain ? Ah ! Un petit chien ! Non ? Alors une tortue, une girafe, un hippopotame ? Je donne ma langue au chat. Qu'est-ce que c'est ?

– Tu verras.

En fait, c'était une télévision en couleurs. Il l'avait achetée au beau-frère de Josh et celui-ci avait promis de la déposer chez Tate dans la journée du dimanche.

– Tate ! Mon chéri, c'est magnifique ! s'exclama-t-elle en entrant dans la petite pièce blanche.

En réalité, elle était déçue, mais devant la joie de son amant elle n'osait le manifester.

– J'espère que ça ne signifie pas la fin de notre lune de miel ?

– Oh non !

Et il lui en donna aussitôt la preuve.

De longues minutes après, il allumait le poste de télévision. C'était l'heure du magazine d'actualités de la semaine. En général, le dimanche était le jour de congé de John, mais aujourd'hui, pour une raison quelconque, il présentait la revue de presse hebdomadaire. Samantha fixa attentivement le visage de son ex-mari. Il lui semblait le voir pour la première fois. Elle ne sentait ni haine, ni regret, ni peine, juste de la curiosité. Comment avait-elle pu aimer cet homme pendant onze ans ? Il lui parut affecté et pédant. Comment avait-elle pu aimer cet égoïste infatué de lui-même ?

– Tu m'as l'air bien intéressée par ce type !

Samantha tourna lentement la tête vers l'homme simple et rude qui se tenait à ses côtés. On n'aurait pu rêver deux hommes aussi différents.

– Mais non.

– Alors, pourquoi le regardes-tu de si près ? Allez, tu peux me le dire, il te plaît, avoue ?

Samantha éclata de rire, soulagée de se sentir enfin libre, libre d'elle-même, libre d'aimer Tate. Mais Tate Jordan était inquiet.

– Tu ne me réponds pas.

– Non, il ne me plaît pas du tout. C'est toi qui me plais, dit-elle en l'embrassant dans le cou.

– Je ne te crois pas.

– Tu plaisantes ? On a fait l'amour toute la journée et tu ne crois pas que tu me plais ? Tu es complètement fou !

– Que tu es bête ! Ce n'est pas ça que je veux dire. Je parle du blondinet, regarde-le donc ! Regarde comme il est beau, il ne te plaît pas ?

– Il met probablement un filet sur ses cheveux

136

pour dormir et je te parie qu'il a soixante berges et qu'il est passé au moins deux fois par les mains de la chirurgie esthétique.

Samantha savourait sa petite vengeance. Pendant des années, sa vie n'avait-elle pas tourné autour du bien-être de ce monsieur ? Mais son bonheur à elle, qui s'en était préoccupé ? Certainement pas lui.

– À mon avis, il te plaît, mais tu ne veux pas l'admettre.

– Tu te trompes, Tate. Je trouve que c'est un bien triste personnage.

– Alors, tu le connais ?

Elle fit signe que oui.

– Bien ?

– Je le *connaissais* bien, très bien même, nous avons été mariés pendant sept ans.

– Ne te moque pas de moi.

– Mais c'est vrai.

– Ton mari, ça ?

– Oui.

Puis elle lui parla de sa vie avec John et surtout des raisons de son abandon.

– Mais, tu sais, tout ça m'est bien égal à présent. À New York, je regardais cette émission tous les soirs en rentrant. Les minauderies de Liz à propos du bébé me rendaient folle. Tu ne peux pas savoir combien j'ai souffert. Il y a quelques semaines encore, j'ai vu l'émission ici, chez Caroline, j'en étais malade. Mais aujourd'hui, eh bien, je n'ai *rien* senti, strictement rien. Même pas du dégoût. Je m'en fiche complètement, conclut-elle avec un large sourire.

Mais Tate ne souriait pas. Il se leva brusquement pour aller éteindre la télévision. Lorsqu'il se retourna, il avait l'air furieux.

– Ça c'est un peu fort ! Tu étais mariée à l'enfant chéri de l'Amérique, au beau et riche John Taylor. Il te quitte, tu te trouves un vieux

cowboy bien tapé, sans un sou vaillant de surcroît, et tu voudrais me faire croire que ton
bonheur est parfait, que tu es comblée pour le
restant de tes jours. Tu me fais rire ! Pourquoi
m'avais-tu caché le nom de ton mari ?

— Et ç'aurait changé quoi, si je te l'avais dit ?
De toute façon, tu surestimes sa célébrité.

— Tu veux comparer mon compte en banque
au sien ?

— Et alors ? dit-elle d'une voix tremblante,
effrayée par la violence de sa réaction. Ce qui
importe, c'est ce qui s'est passé entre nous, le
fait qu'il m'ait quittée, que je l'aie haï, et qu'à
présent il me laisse indifférente. Ce qu'il gagne
ne m'intéresse pas. Et puis, regarde-le deux
minutes, et tu verras que c'est un imbécile. Un
imbécile qui a eu de la chance. Blond et mince,
les traits réguliers, il est le type même de l'homme
dont rêve la femme américaine. Mais il n'a rien
à voir avec notre vie à tous les deux, rien du
tout. C'est toi que j'aime, Tate.

— Alors, pourquoi ne m'as-tu rien dit ?
demanda-t-il, toujours soupçonneux.

— Parce qu'à mes yeux ça n'avait aucune espèce
d'importance.

— Tu parles ! En fait, tu savais que j'allais me
sentir minable à côté de lui.

— Mais tu es complètement fou ! hurla-t-elle.
Il ne t'arrive même pas à la cheville ! Tu ne
comprends donc pas que c'est John Taylor, le
minable ? Il ne m'a fait que du mal ! Et toi, te
rends-tu compte de tout ce que tu fais pour moi,
tout le bien que tu me fais ? dit-elle en jetant
un regard circulaire autour d'elle.

Elle voyait les tableaux achetés par Tate pour
égayer la petite chambre d'allure monacale, le
grand lit qu'il avait réussi à y introduire, les
livres choisis avec amour, les fleurs, les fruits
ramassés dans le verger, et à présent la télévision

138

destinée à la distraire. Depuis trois mois, il l'avait comblée d'attentions. Elle se souvint des photos qu'ils avaient prises l'un de l'autre, de son portrait qu'il avait esquissé un jour au bord du lac, et ses yeux s'embuèrent de larmes.

— Je ne te compare pas à lui, Tate. Je t'aime. Lui n'est plus rien pour moi. Essaie donc de comprendre.

Elle tendit la main vers lui, mais il ne bougea pas. Rejetant la couverture, elle s'agenouilla, nue, sur le lit et se mit à pleurer. Il la regarda plus tendrement.

— Écoute. Dans cinq ans, tu auras oublié tout ça. Moi, je serai redevenu un cowboy quelconque à tes yeux, tandis que lui comptera encore parmi les gens importants de ce pays. Je t'imagine en train de regarder cette émission chaque jour en lavant la vaisselle; non, ma chérie, c'est impossible. Il faut que tu apprennes que la vie n'est pas un rêve. Ici, on travaille comme des brutes pour des clopinettes ! La vie n'est pas un spot publicitaire, Samantha !

— Je sais, dit-elle en sanglotant de plus belle.

— Comment peux-tu savoir ? Regarde d'où tu viens ! À quoi ressemble ton appartement à New York ? Un portier t'accueille à l'entrée et un caniche t'attend sur ton sofa, je suppose.

— Pas du tout, je vis au dernier étage d'un petit immeuble sans ascenseur.

— Tu as des meubles anciens ?

— Quelques-uns, oui.

— Ils seront ravissants ici, dit-il en lui tournant le dos pour mettre ses chaussures.

— Pourquoi es-tu si dur ? cria-t-elle. Excuse-moi de ne pas t'avoir dit plus tôt que j'avais été mariée à John Taylor. En fait, je crois qu'il t'impressionne plus que moi. Je pensais que ça n'avait pas d'importance.

— Tu ne caches rien d'autre ? Un père directeur

de la General Motors ? Une enfance passée à la Maison-Blanche ?

Il la fixa d'un air féroce. Elle bondit soudain du lit, furieuse, telle une chatte en colère.

– Non ! je suis épileptique, et je suis au bord de la crise !

Sans un sourire, il alla s'enfermer dans la salle de bains. Lorsqu'il en sortit, il jeta un coup d'œil irrité du côté de Samantha et lui dit sèchement :

– Allez, habille-toi.

– Pourquoi ? Je n'en ai pas envie. Je refuse de partir.

– Si, tu vas partir d'ici immédiatement.

– Non, je reste. Je ne bougerai pas tant que nous n'aurons pas réglé cette affaire. Je t'aime, comment te mettre ça dans le crâne ?

– Et alors ?

– Je t'aime, espèce d'idiot, dit-elle d'une voix douce avec un sourire charmeur.

– Tu devrais rentrer à New York, déclara-t-il sans sourciller.

– Et pourquoi ? Pour courir après un mari que je n'aime plus ? Je te rappelle que nous sommes divorcés.

– Et ton travail ? Tu vas l'abandonner pour une vie dans un trou perdu ?

– À vrai dire... c'est exactement mon intention.

– Mais c'est absurde !

– Absurde ?

– Ta place n'est pas ici, Samantha, dit-il d'une voix lasse. Tu as un appartement, un travail, tu tomberas un jour ou l'autre amoureuse d'un homme qui appartient au même monde que toi. Tu ne vas pas rester avec un cowboy, dans une baraque sans confort à trimer tout le reste de ta vie !

– Quel romantisme !

– Le contraire du romantisme, tu veux dire. Ça n'est pas un rêve, Sam, combien de fois faut-il te le répéter ? Je n'en suis pas un non plus.

– Moi non plus, si tu veux savoir. Si tel est mon désir, pourquoi ne puis-je pas quitter New York définitivement ?

– Alors, achète-toi un ranch, comme Caroline.

– Tu me croirais si je fais ça ?

– Tu pourras peut-être me donner du boulot.

– Qu'est-ce que tu racontes ?

– Pourquoi pas ? Ainsi, je pourrais entrer et sortir furtivement de ta chambre pendant des années. C'est ça que tu veux, Sam ? Finir sans autre chose qu'une petite maison au fond des bois et un beau rêve en miettes ? Non, tu mérites mieux. Tu ne veux pas l'admettre, mais moi, je sais.

– Qu'est-ce que tu veux dire ? cria-t-elle, horrifiée.

– Rien. Habille-toi. Je te ramène.

– À New York ?

– Très drôle.

– Mais si je refuse ?

Il ramassa ses vêtements et les lui jeta sur les genoux.

– Tu vas faire ce que je te dis ! Tu as quel âge pour faire des caprices ?

– Oh ! et puis zut ! dit-elle en se levant d'un bond. Tu n'es qu'un vieux schnock plein d'idées complètement dépassées et j'en ai par-dessus la tête de tout ce baratin sur les propriétaires de ranchs et les cowboys !

Elle se pencha pour ramasser un à un ses vêtements qui avaient glissé à terre. Cinq minutes après, habillée, debout devant lui, elle le regarda d'un air suppliant et désespéré. Il était profondément triste ; il avait découvert un aspect de Samantha qu'il ne connaissait pas et à présent il la voyait différemment. Elle se dirigea lentement vers la porte.

– Tu veux que je t'accompagne ?

– Non merci, dit-elle après un instant d'hésitation. Mais tu as tort, Tate. Je t'aime.

Elle traversa le jardin en courant, et entra dans la grande maison vide – Caroline avait été invitée, comme souvent le dimanche, à dîner dans un ranch voisin –, le visage ruisselant de larmes.

17

Le lendemain matin, Samantha passa un long moment à réfléchir dans la cuisine de Caroline, en sirotant son café. Elle n'arrivait pas à décider si elle devait tenter de le raisonner ou le laisser en proie à sa mauvaise humeur en espérant qu'il changerait d'attitude. Elle se rappela la conversation de la veille et ses yeux se remplirent de larmes.

Tout comme elle s'était abstenue de se rendre dans la salle commune pour le petit déjeuner, elle fit en sorte d'arriver à l'écurie quelques minutes seulement avant l'heure du départ. Il était déjà là, comme d'habitude, à assigner à chacun sa tâche pour la journée. Il lui parut extraordinairement calme. Elle sella Navajo, puis se dirigea lentement vers la cour. Aujourd'hui, c'était Josh qui était chargé de diriger son petit groupe. Tate cherchait visiblement à l'éviter. Exaspérée, en passant près de lui, elle dit à haute et intelligible voix :

– Alors, monsieur Jordan, on fait l'école buissonnière ?

– Non, répliqua-t-il, Bill King et moi avons à discuter de certaines choses.

Samantha, ne sachant trop quoi dire, s'éloigna sans un mot au pas tranquille de son cheval. Mais arrivée à la hauteur du portail elle se retourna et vit que Tate la fixait d'un air profondément affligé. Puis il lui tourna le dos et disparut à l'intérieur des écuries. Elle se demanda s'il regretterait de s'être emporté au sujet de John. Elle fut tentée de revenir sur ses pas et de lui crier son amour, mais dans un ultime effort de volonté elle éperonna Navajo et se joignit aux autres.

Ce soir-là, lorsqu'ils rentrèrent, fourbus, après douze heures de travail, Samantha se sentit plus fatiguée qu'à l'ordinaire. Elle était molle, vidée. Toute la journée, elle avait été obsédée par la scène de la veille : les propos de Tate, son visage fermé et obstiné lorsqu'elle l'avait quitté, la profonde tristesse de son regard quand il l'avait regardée s'éloigner sur Navajo le matin même. En pleine confusion, son esprit oscillait entre la peur de le perdre et la certitude d'être aimée.

– Tu as l'air crevée, Sam. Tu es souffrante ?

Caroline s'alarmait de la mauvaise mine de Samantha. Elle lui conseilla de prendre un bain chaud avant le dîner. Lorsque Samantha réapparut, dans des jeans propres et un chemisier à carreaux, elle avait les traits moins tirés, l'air plus détendue. Soulagée, Caroline s'exclama :

– Ah ! voilà ma cowgirl !

Le dîner fut cependant moins gai que d'habitude et, lorsque, deux ou trois heures plus tard, Samantha traversa en courant le jardin pour se rendre chez Tate, elle avait la certitude que la situation était plus grave encore qu'elle ne l'avait imaginée. La petite maison était plongée dans l'obscurité. Peut-être faisait-il semblant de dormir ? Ou bien était-il resté en compagnie des autres dans la salle commune, rien que pour l'éviter ? Ça ne lui ressemblait guère. Elle frappa à la porte. Comme personne ne répondait, elle entra. La pièce était vide. Elle poussa un cri et sa voix résonna étrangement entre les murs nus. Qu'avait-il fait ? Pris un autre logement ? Elle se laissait gagner par la panique. Où était-il ? Elle n'en avait aucune idée. Elle se sentit défaillir. Puis elle se reprit et essaya de garder espoir, se disant qu'elle le verrait bien le lendemain. Et, la mort dans l'âme, elle regagna la grande maison. Que pouvait-elle faire d'autre ?

Elle passa une nuit blanche, se tournant et se retournant dans son lit, bouleversée, en proie à la peur et au désespoir. À trois heures du matin, n'y tenant plus, elle se leva, se mit sous la douche et se rendit à la cuisine pour avaler une tasse de café. Elle avait l'intention d'arriver suffisamment en avance pour provoquer un tête-à-tête.

Mais elle ne le trouva pas. Tandis qu'un peu plus tard elle faisait la queue à la cafétéria de la salle commune, elle crut entendre quelque chose qui la fit frémir. Se tournant vers Josh, elle demanda, criant presque :

— Qu'est-ce qu'ils ont dit ?

— C'est à propos de Tate Jordan.

— Oui, mais qu'est-ce qu'ils ont dit ?

— Que c'était dommage.

— Dommage ? dit-elle d'une voix aiguë.

— Oui, il est parti.

— Où ça ?

— Personne ne le sait.

— Mais ce n'est pas possible ?

— C'est pourtant vrai, il a donné son congé.

— Quand ? demanda-t-elle sur le point de défaillir.

— Hier, ce qui explique pourquoi il n'est pas venu avec nous. Il m'avait fait part de son intention hier matin d'ailleurs, quand il m'a demandé de prendre sa place. Il m'a dit qu'il y pensait depuis un bout de temps. C'est dommage, conclut-il en haussant les épaules. Il aurait fait un bon contremaître.

– Mais il n'a pas pu partir comme ça, sans préavis ?

– Tu sais, Sam, on n'est pas à New York ici, quand un homme veut s'en aller, il part. Hier matin, il s'est acheté un camion, il y a mis toutes ses affaires et puis il a fichu le camp. C'est aussi simple que ça.

– Pour de bon ?

– Je me demande bien pourquoi il reviendrait. De toute façon, ce serait très mauvais. Je l'ai fait une fois dans un autre ranch, et je me suis juré de ne pas recommencer. Ce n'est jamais la même chose. S'il n'était pas bien ici, alors, il a eu raison de partir... mais tu m'as l'air bien pâle, tu ne te sens pas bien ?

– Si, si, je n'ai pas très bien dormi, c'est tout.

Elle essayait de se raisonner, de se dire que Bill King connaîtrait sa destination, que son fils saurait inévitablement où il était allé. Tate ne pouvait lui échapper ainsi. C'était impossible.

– Tu as vraiment une mine de papier mâché aujourd'hui, Sam, aurais-tu attrapé la grippe ?

– Ça se pourrait.

– Si tu veux mon avis, tu devrais aller te recoucher.

Elle protesta mollement; comment aurait-elle pu supporter une journée à cheval en sachant que Tate Jordan avait disparu ? Quelques minutes plus tard, elle se précipitait dans la grande maison et s'écroulait en sanglotant sur le sofa du salon. Elle pleurait, la tête enfouie dans les coussins, lorsqu'elle sentit une main caresser ses cheveux. C'était Caroline. Samantha leva vers son amie des yeux hagards, rougis par les larmes. Elle ne pouvait articuler un mot. Caroline la prit dans ses bras, lui parla doucement, comme à une enfant.

Samantha pleura longtemps. Caroline était horrifiée : elle n'avait rien pu empêcher. Bill l'avait prévenue après le départ de Tate. Et de toute façon, qu'aurait-elle pu faire ?

– Il est parti, tante Caro, parti... et je l'aime... dit-elle d'une voix étranglée par la douleur et les larmes.

« J'ai pourtant essayé de lui expliquer ce genre de choses », pensa Caroline tout en demandant :

– Que s'est-il passé, Sam ?

– Oh ! je ne sais pas. Nous sommes tombés amoureux l'un de l'autre le soir du réveillon et nous sommes allés à... à la maison du lac, ajouta-t-elle, embarrassée. Nous avons trouvé votre cachette. C'est là que nous allions au début, mais pas souvent. On n'avait pas du tout l'intention d'espionner ni quoi que ce soit de ce genre, on...

– Ça n'a aucune espèce d'importance, Sam, dit Caroline d'une voix tranquille.

– Nous voulions juste un endroit où être seuls.

– Tout comme nous.

– Et ensuite il a changé de logement et je le retrouvais tous les soirs chez lui... et l'autre nuit, il... nous étions en train de regarder la télévision et il a vu John. D'abord on a plaisanté puis il a voulu savoir... et... oh ! il est devenu fou de rage, il prétendait que je ne serais jamais heureuse avec un cowboy, pas après avoir été l'épouse d'une vedette comme John, que je méritais mieux et... il est parti. Que vais-je faire ? Comment le retrouver ? Sais-tu où il est allé ? Et Bill, il le saura peut-être ?

– Je l'ignore. Je vais téléphoner à son bureau et le lui demander immédiatement.

Samantha ne perdait pas une miette de la conversation. Il était évident que Bill ne savait pas non plus ce qu'était devenu Tate. Il n'était sûr que d'une chose : Tate était parti pour toujours.

– Qu'a-t-il dit ? demanda Samantha une fois que Caroline eut raccroché.

– Pas grand-chose. Que Tate lui avait promis de lui faire signe un de ces jours, mais qu'il n'y comptait pas trop. Il est parti sans laisser d'adresse.

– Bon, alors je vais contacter son fils, au Bar Three.

– Non, Sam. Son fils est parti avec lui. Bill vient de me le dire. Ils ont chargé le camion ensemble.

– Mon Dieu ! fit Samantha en enfouissant son visage dans ses mains et en se mettant à sangloter, doucement, comme si elle était à bout de forces.

– Que puis-je faire ? demanda Caroline, les yeux embués de larmes.

Comme elle s'identifiait facilement à la jeune femme ! Cela aurait pu lui arriver quelques années plus tôt. Elle se souvenait d'une certaine conversation avec Bill... mais Tate Jordan était plus têtu que Bill King.

– Aide-moi à le retrouver, s'il te plaît. Oh ! je t'en prie...

– Mais que puis-je faire ?

– Il va sûrement s'installer dans un autre ranch. Comment pourrais-je me procurer une liste des ranchs ?

– Je peux t'énumérer ceux de la région. Les hommes peuvent sûrement t'en indiquer d'autres. Je leur demanderai, on trouvera bien quelque raison. Sam... tu le retrouveras.

– Oui, je le retrouverai.

18

À la mi-avril, Samantha avait déjà pris contact avec plus de soixante ranchs. Elle avait commencé par ceux de la région, puis avait élargi son champ d'investigation vers le nord et ensuite vers le sud. Elle avait été jusqu'à téléphoner dans le Nebraska, un des hommes ayant parlé à Tate d'un ranch là-bas. Tout cela en vain, car personne n'avait vu Tate Jordan. Partout Samantha laissait son nom et ses coordonnées. Elle avait demandé à l'agence de prolonger son congé de quelques semaines, promettant de leur donner une réponse définitive au début du mois de mai. Désormais, peu lui importaient son travail et sa vie à New York, elle ne désirait plus qu'une chose : Tate Jordan. Elle désespérait parfois de le trouver jamais, puis reprenait courage, se disant qu'il n'avait pas pu se volatiliser. Elle consacrait toutes ses journées à ces recherches, feuilletait des annuaires, passait au peigne fin les petites annonces parues dans la presse, téléphonait dans tous les États-Unis. Depuis le départ de Tate, elle ne travaillait plus.

Une fois, elle s'était rendue, seule, à la maison du lac, mais s'était empressée de rentrer, le visage ruisselant de larmes. Quant à l'étalon, elle ne le montait que rarement, sa quête de Tate l'absorbait totalement. Le pays était gigantesque, le nombre des ranchs infini, et il pouvait s'être présenté sous un faux nom... avoir passé la frontière canadienne ou mexicaine.

Le mois d'avril se termina sans autre événement marquant et Samantha devait appeler son agence. Elle ne savait que faire. Charlie ne cessait de téléphoner, la pressait de rentrer à New York, lui disait que Harvey la réclamait. Ils avaient des problèmes avec son budget de voitures. Elle pouvait difficilement leur dire qu'elle était dans un état pire qu'avant son départ.

Heureusement, Caroline veillait sur elle, lui parlait, l'écoutait, lui donnait des conseils, se montrait compréhensive au-delà de ce que l'on attend d'une amie.

– Je crois que tu devrais rentrer, tu sais, dit-elle un jour à Samantha.

– Rentrer où ?

– À New York, évidemment.

– Déjà ? Mais je ne l'ai pas encore trouvé.

– Comment peux-tu dire une chose pareille ?

– Sam, il faut que tu regardes la réalité en face. Tu risques de passer le restant de tes jours à chercher un homme qui veut être seul, et, si tu le trouves, es-tu bien sûre de pouvoir le persuader qu'il a tort et que c'est toi qui as raison ? Et puis, après tout, peut-être êtes-vous trop différents pour vous comprendre ?

– Pourquoi me dis-tu ça tout à coup ? Tu en as parlé à Bill ?

– Bill est au courant, bien entendu, et tu sais très bien combien il désapprouve ton attitude.

Caroline se souvint des propos que Bill King avait tenus quelques jours plus tôt : « Cette chasse à l'homme est ridicule, il lui a dit tout ce qu'il y avait à dire avant de partir. »

– Il va falloir que tu te décides, Sam. Tu as déjà eu un délai d'un mois.

– Je peux le prolonger encore.

– Encore et encore... et encore ? Et où cela te mènera-t-il ? Tu vas passer vingt ans de ta vie à chercher un homme que tu connais à peine ?

– Ne dis pas ça, répondit Samantha d'une voix

149

fatiguée, en fermant les yeux. Je le connais très bien, trop bien même. C'est pour ça qu'il est parti.

— C'est possible, acquiesça Caroline, mais ça n'empêche que tu ne peux pas continuer ainsi. Tu es en train de te détruire.

— Me détruire ? Après tout ce qui s'est passé, je crois que je suis indestructible !

Samantha pensait à John et à Liz qui avaient eu leur enfant. Elle avait vu le visage du nouveau-né à la télévision ainsi que celui, triomphant et épanoui, de Liz. Mais tout cela lui était égal à présent.

— Il faut que tu rentres, Sam.

— Pourquoi ? Parce que ma place est là-bas peut-être ? dit-elle en jetant à Caroline un regard furieux.

— Exactement. Ta place n'est pas ici, mais dans ton bureau, dans ton propre appartement, parmi tes vieux amis. Ne fais pas semblant d'être ce que tu n'es pas. C'est très bien d'avoir joué les cowgirls pendant quelques mois, ça t'a remise sur pied, mais à présent il faut que tu te retrouves toi, Sam... je ne veux pas te chasser, j'adore t'avoir ici auprès de moi, tu le sais très bien, mais ça n'est pas bon pour toi, tu comprends ?

— Je veux le retrouver, coûte que coûte.

— Mais lui, coûte que coûte, ne le veut pas. Admets ta défaite. Il peut rester caché pendant des années.

— Alors, selon toi, il faut que j'abandonne ? C'est ça ?

Caroline baissa la tête et se tut pendant un long moment, puis elle murmura :

— Oui.

— Mais ça fait seulement six semaines que je cherche, dit Samantha en fondant en larmes, encore un mois et...

– Tu auras perdu ton travail. Sam, il *faut* que tu retrouves une vie normale.

– Qu'est-ce qui est normal maintenant pour moi ? Tu te moques de moi ? Qu'est-ce que je vais aller faire à New York ?

– Tu vas oublier tout ce qui s'est passé ici. Mais tu pourras toujours revenir quand tu voudras.

– S'enfuir, toujours s'enfuir...

– Tu ne t'enfuis pas, tu réagis sainement. Il ne faut pas que tu restes ici, pas dans ces conditions.

Sam remua lentement la tête, se leva et se dirigea vers sa chambre. Deux heures après, elle composait le numéro de l'agence et parlait à Harvey Maxwell.

Aussitôt après, elle se rendit aux écuries et sella Black Beauty. Cela faisait trois semaines qu'elle n'avait pas monté.

Chevauchant à bride abattue dans la prairie devenue verdoyante à l'approche du printemps, elle franchissait tous les obstacles qui se trouvaient sur sa route : buissons, ruisseaux, troncs d'arbres couchés dans l'herbe haute. La tête vide, elle fendait l'air sans avoir conscience du danger.

Quand ils revinrent à l'écurie, la belle robe noire et lustrée fumait. Samantha fit marcher l'étalon pendant une demi-heure dans le corral pour le rafraîchir. Puis elle le ramena dans son box et, flattant son flanc duveteux, elle chuchota :

– Au revoir, mon ami.

19

Par une magnifique fin d'après-midi de printemps, l'avion de Samantha atterrit sur la piste de Kennedy Airport. Elle avait l'impression d'avoir laissé derrière elle Caroline, Bill et la Californie pour toujours. Elle revoyait la haute et mince silhouette de son amie auprès de celle, tranquille, du contremaître. Bill, tout au long du voyage en voiture qui les avait conduits à l'aéroport, avait à peine desserré les dents, mais à la dernière minute il avait pris Samantha dans ses bras et avait murmuré :

– Tu prends la bonne décision, Sam. Bonne chance.

Elle retira son bagage à main de sous son siège et s'avança dans l'allée. Elle était encore perplexe : Bill avait-il raison ? Avait-elle vraiment pris la bonne décision ? Elle se rassura en se disant qu'elle avait laissé ses coordonnées dans tous les ranchs contactés. Et Caroline lui avait promis de veiller. Bref, en arrivant à New York, Samantha était malheureuse mais ne s'avouait pas battue. Elle gardait espoir.

Un peu plus tard, elle se retrouva plongée dans la foule dense de l'aéroport. Après tous ces mois passés au ranch, elle avait oublié ce qu'étaient les bruits, les odeurs de la cohue citadine, son mouvement aussi, déconcertant de rapidité. Elle eut la sensation curieuse d'être une touriste dans sa propre ville. Ayant récupéré sa valise, elle se dirigea vers la station de taxis. Là, après avoir attendu plus d'une demi-heure, elle se vit obligée de partager une voiture avec deux touristes japonaises et un représentant de commerce de Detroit. Lorsque celui-ci demanda d'où elle venait, elle bredouilla vaguement quelque chose à propos de la Californie.

— Ah ! vous êtes une actrice ? dit-il en la toisant du regard.

— Non, une cowgirl, répondit-elle d'un air distrait.

L'homme posa sur elle un regard ahuri. Cette beauté aux cheveux dorés, une cowgirl ? Il n'en revenait pas.

— C'est la première fois que vous venez à New York ? demanda-t-il, plein d'espoir.

— Non, répondit-elle d'un ton sec.

L'homme se tut, les deux Japonaises poursuivirent leur conversation incompréhensible et le chauffeur du taxi son monologue, tout en injures à l'adresse des autres automobilistes. Soudain, Samantha eut envie de crier : elle ne voulait pas revoir les gratte-ciel de Manhattan, les rues encombrées, la masse compacte de la foule sur la Cinquième Avenue ; tout ce qu'elle désirait, c'était retrouver les vastes étendues californiennes, les séquoias, les granges trapues et les maisons à colonnades. Elle voulait revoir le ciel bleu.

— Une vue magnifique, n'est-ce pas ? dit le représentant qui commençait à suer à grosses gouttes.

— Pas à mon goût, dit-elle en lui jetant un coup d'œil irrité, comme s'il était responsable de la situation.

Après cet échange, l'homme reporta son attention sur l'une des jeunes Japonaises. Mais celle-ci pouffa de rire et continua de parler à son amie.

Samantha fut la première à descendre. Elle resta pendant un long moment debout sur le trottoir, fixant d'un air horrifié son immeuble, effrayée à l'idée d'entrer dans son appartement.

Tate lui manquait plus que jamais. Que faisait-elle dans cette ville qui lui était désormais étrangère ? parmi toute cette foule d'inconnus ? Dans l'appartement qu'elle avait partagé avec John ? Elle désirait par-dessus tout retourner en Californie, retrouver Tate, et vivre dans un ranch. Pourquoi devait-il en être autrement ?

Prenant son courage à deux mains, elle gravit l'escalier et ouvrit la porte de son appartement. Une forte odeur de renfermé la prit à la gorge. Elle regarda autour d'elle : c'étaient bien les mêmes meubles, les mêmes tapis, mais quelque chose, imperceptiblement, avait changé : elle ne voyait plus ces pièces de la même façon, ni avec les yeux de l'amour, ni avec ceux de l'habitude. Un charme avait été rompu. C'était la maison d'une autre.

Elle ferma la porte derrière elle et pour combler le silence murmura :

– Coucou !

Puis elle s'écroula sur un fauteuil et fondit en larmes. Elle était si seule...

Vingt minutes plus tard, la sonnerie du téléphone retentit, insistante. Après s'être mouchée, elle décrocha le combiné. Ce ne pouvait être que Harvey ou Charlie. Personne d'autre ne savait qu'elle était de retour.

– Allô ?

– Sam ?

– Non, ici le cambrioleur.

– Je n'ai jamais entendu un cambrioleur pleurer.

C'était la voix de Charlie.

– Tu te trompes, il n'y a pas de télé en couleurs à faucher !

– Viens nous voir, j'en ai une belle !

Elle fondit de nouveau en larmes et entre deux sanglots tenta de s'excuser :

154

— Désolée, Charlie, mais je ne suis pas vraiment enchantée d'être ici.

— Ça m'en a tout l'air. Pourquoi es-tu rentrée ?

— C'est trop fort ! Ça fait des semaines que Harvey et toi me bassinez et tu me demandes pourquoi je suis ici ?

— D'accord, d'accord, tu n'as qu'à nous aider à nous sortir du pétrin, ensuite tu pourras retourner dans ton ranch, et pour toujours, si ça te chante !

— Ça n'est pas si simple, Charlie.

— Pourquoi ? Écoute, Sam. La vie est trop courte pour être triste. Tu es une grande fille et libre de vivre à ta guise. Si ce que tu désires, c'est monter à cheval tout le restant de tes jours, très bien. Personne n'a rien à y redire.

— Aussi simple que ça, hein ? Je te reconnais bien là, vieux publicitaire !

— Tu restes un mois ou deux à New York, le temps de décider de ce que tu veux vraiment faire. Ensuite, tu pourras mettre les voiles.

— À t'entendre, c'est simple comme bonjour.

— Ça devrait l'être en tout cas. De toute façon, jolie petite madame, bienvenue à New York ! Ça nous fait bien plaisir de te savoir de retour !

— Merci. Comment va Mellie ?

— Grosse, mais jolie. L'accouchement est pour dans deux mois, et cette fois-ci c'est une fille.

— Oui, oui, une fille, je crois que j'ai déjà entendu ça une ou deux fois. En vérité, monsieur Peterson, j'ai la nette impression que vous allez voir trop de matchs de football, ça contamine les gènes, mon vieux, tu es incapable de concevoir autre chose que des petits footballeurs.

— Tu as peut-être raison, je devrais fréquenter davantage les strip-teases. Toujours la même logique inébranlable, Sam ?

Ils rirent tous les deux et Samantha jeta un coup d'œil aux plantes mortes dans leurs pots.

– Je croyais que tu devais venir arroser mes plantes, Charlie ?

– Tu plaisantes. Pendant cinq mois ? Je t'en rachèterai, va.

– Pas la peine, je t'adore. Mais, dis-moi, ça va vraiment si mal que ça au bureau ?

– Oui, très mal.

– Très mal ou très très mal ?

– Très très très mal. Dans deux jours, j'ai un ulcère à l'estomac ou alors je tue Harvey. Depuis quinze jours, il me rend cinglé, littéralement. Pas un projet qui plaise au client ! D'après lui, c'est trop mièvre.

– Tu n'as pas utilisé le thème équestre ?

– Bien sûr que si, on a sélectionné de belles cavalières et on a fait des photos de tous les jockeys femelles de la côte Est…

– Mon Dieu, mais ce n'est pas tout, Charlie. Ce que je voulais dire, c'était la nature, les cowboys, tu sais, un beau mâle monté sur un magnifique étalon chevauchant dans la lumière flamboyante d'un soleil couchant… (Elle songea à Black Beauty, elle pensa à Tate.) Voilà ce dont on a besoin pour ces foutues bagnoles. On n'est pas en train de vendre une petite voiture de ville, mais un gros engin, costaud et économique. Il faut donner une impression de puissance et de vitesse.

– Et à ton avis un étalon peut donner cette impression ?

– Absolument.

– Bon, je comprends à présent pourquoi nous n'arrivons pas à nous en sortir. Tu l'as trop bien dans la peau.

– Je verrai ça demain.

– D'accord, à demain, ma vieille.

– Embrasse Mellie pour moi, Charlie. Merci d'avoir appelé.

Elle raccrocha et regarda de nouveau autour d'elle en murmurant :

– Oh ! Tate... pourquoi ?

Elle défit sa valise, épousseta un peu, rangea et essaya de se convaincre qu'elle était vraiment rentrée chez elle, dans sa maison. À dix heures, elle se coucha et travailla un peu pour la campagne de voitures. Elle désirait démarrer du bon pied.

À minuit, elle éteignit la lumière et tenta de dormir. En pensée, elle était toujours au ranch. Elle attendit en vain le bruit familier d'une porte claquant dans la nuit.

20

Lorsque Samantha entra dans l'agence, elle eut l'impression de rêver, d'avoir remonté le temps. Rien n'était changé. Ses collègues la saluaient comme s'ils l'avaient vue la veille et elle était assaillie par l'odeur familière des bureaux. À présent qu'elle ne faisait plus partie de ce monde, du fait de sa longue absence, il lui semblait venir là en visiteuse. Leurs problèmes lui semblaient enfantins, les clients stupides et tyranniques, les concepts et les présentations d'une évidence déconcertante. Elle ne parvenait pas à trouver dramatique l'idée de perdre un client. Pendant toute la durée de la réunion, elle écouta attentivement, mais à la fin elle se dit qu'elle avait perdu son temps. Seul Harvey avait deviné son état d'esprit et, une fois tout le monde parti, il fixa sur elle son regard rusé et ironique et lui demanda :

– Alors, Sam, qu'est-ce que cela te fait d'être de retour parmi nous ?

– Bizarre.

– C'est tout à fait normal. Tu es partie longtemps, après tout.

– Trop longtemps peut-être... j'ai laissé une partie de moi-même là-bas.

Il soupira, hocha la tête et ralluma sa pipe.

– C'est bien ce que je pensais. Y a-t-il une raison précise à cela ? Serais-tu par hasard tombée amoureuse d'un beau cowboy ? As-tu hâte de retourner auprès de lui ?

– Non, pas exactement.

– Pas exactement ? Drôle de réponse; un peu vague, non ?

– Tu m'as demandé de rentrer, me voici. Tu as besoin d'en savoir plus ? Tu m'as permis de partir, tu m'as sauvé la vie d'une certaine manière; à présent, tu me réclames, très bien, je suis là. Pour aussi longtemps que tu le désires. Je ne te laisserai pas tomber, Harvey, tu peux compter sur moi, dit-elle en souriant.

– Mais tu aimerais repartir ?

– Éventuellement. Je ne sais pas encore ce que me réserve l'avenir. Bon, mais avec tout ça nous oublions notre campagne. Que penses-tu de mon projet sur les ranchs ? Écoute un peu : un cowboy chevauchant dans la lumière dorée d'une aube naissante, suivi d'un troupeau soulevant un nuage de poussière argentée; un homme monté sur un cheval splendide, cavalier dont la silhouette se découpe sur un ciel flamboyant, il ne fait qu'un avec le paysage, et...

– Arrête ! tu vas me faire acheter cette sacrée bagnole ! C'est très bien, Sam. Travaillez un peu ça, Charlie et toi, on va voir ce que l'on peut faire du côté client.

De toute leur carrière, Samantha et Charlie n'avaient jamais préparé une campagne aussi belle. Ils allaient sûrement recevoir un prix.

Quand ils la présentèrent au client, il se montra enchanté. Après cette réunion, Samantha se cala dans son fauteuil en soupirant : elle était satisfaite de son travail.

– Bravo, ma vieille, dit Charlie, je te félicite.

– Bravo à toi aussi, tes maquettes sont superbes.

Harvey entra dans la pièce. Il venait de raccompagner le client à l'ascenseur. Son visage rayonnait. Il jeta un regard circulaire autour de lui, contemplant avec ravissement les dessins punaisés au mur. Le client avait accepté les quatre propositions.

– Eh bien, les enfants, c'est une réussite inespérée !

Samantha ne put s'empêcher de sourire. C'était la première fois depuis son retour qu'elle se sentait heureuse et détendue.

– Quand commençons-nous ?

– Le plus vite possible. Quand peux-tu t'y mettre ? Il faut faire les repérages. Tu dois connaître assez de ranchs... celui où tu as passé tous ces derniers mois, par exemple ?

– Je téléphonerai à mon amie. Mais nous aurons besoin de trois autres... chacun doit avoir son caractère propre, ils doivent être facilement identifiables, tu comprends.

– Que suggères-tu ?

– Quatre parties différentes des États-Unis : le Nord-Ouest, le Sud-Ouest, le Midwest, la Californie, et pourquoi pas, Hawaï... ou l'Argentine ?

– Dieu du ciel, je le savais ! Bon, eh bien, essaie de ne pas dépasser le budget. J'ai l'impression que ça va nous prendre un certain temps pour trouver ces ranchs... mais téléphone tout de même à ton amie, ça en fera déjà un...

– Il faudra probablement que je fasse quelques petits voyages, Harvey, pas d'objection ?

— Aucune, dit-il, et il sortit de la pièce.

Samantha et Charlie retournèrent chacun dans leur bureau. Celui de Samantha était de conception moderne, beige et blanc. Sa table de travail avait un dessus en verre et une armature en métal chromé. Celui de Charlie présentait un véritable capharnaüm d'objets hétéroclites, de boîtes de toutes les couleurs, d'énormes plantes exotiques, et même de vieux panneaux de signalisation automobile, bref le type même du bureau d'un directeur artistique : un mur était peint en blanc, le second en jaune, et les deux autres en bleu foncé. La moquette était marron. Samantha avait préféré la sobriété, qu'elle estimait plus reposante.

Elle décida d'attendre pour appeler Caroline. Il était midi, son amie devait être quelque part dans les collines en compagnie de Bill King et des autres. Elle se pencha sur la longue liste des ranchs qu'elle avait établie en Californie. Ne connaissant personne, elle allait devoir explorer chaque région. Cela allait prendre des semaines, mais c'était indispensable, car un budget de cette importance ne permettait pas d'approximation. Ce serait la meilleure campagne que l'on ait jamais vue de mémoire de publicitaire... et puis, elle avait des chances de retrouver Tate... Tandis qu'elle composait le numéro de l'agence de voyages de Crane, Harper and Laub pour réserver des places d'avion à destination de Phoenix, Albuquerque, Omaha et Denver, son cœur cognait joyeusement dans sa poitrine.

— Repérages ? demanda la voix à l'autre bout du fil.

— Oui, confirma-t-elle en regardant rêveusement la longue liste des ranchs à visiter.

— Ça va être amusant.

– Je l'espère, répondit Samantha dont les yeux lançaient à présent des éclairs.

21

Le soir même, à six heures, Samantha, enveloppée dans sa robe de chambre et recroquevillée sur le sofa de son salon, entreprit de téléphoner à Caroline.

– Allô ? dit la voix de son amie.

– Comme c'est bon de t'entendre !

– Sam ? Tout va bien ?

– Oui, oui, je travaille beaucoup. Je te téléphone pour avoir de tes nouvelles, et aussi pour te demander un petit service. Tu peux refuser, bien entendu.

– D'accord, mais dis-moi d'abord comment tu vas, comment s'est passé ce retour ?

La voix de Caroline semblait un peu lasse, mais Samantha mit cela sur le compte d'une longue journée à cheval. Elle expliqua combien l'appartement était triste, combien il lui semblait curieux d'être de nouveau à l'agence, et elle lui expliqua d'un ton enthousiaste le thème de la campagne publicitaire.

– Je vais peut-être retrouver Tate ! Je vais ratisser le pays tout entier.

– C'est pour ça que tu te tues au travail, Sam ? demanda Caroline, visiblement inquiète.

– Évidemment pas, dit-elle d'une voix un peu morne. Mais c'est la raison pour laquelle je suis si excitée ! C'est l'occasion ou jamais !

– Du point de vue professionnel, il n'y a aucun doute. Ça va t'ouvrir quantité de portes.

– J'espère bien. Mais voici maintenant pourquoi je t'appelais. Permets-tu que l'on tourne un film dans ton ranch ?

— C'est-à-dire... j'aurais été enchantée, oui... mais il y a un problème et...

— Quelque chose ne va pas ?

— Oui, dit-elle dans un sanglot. C'est Bill, il a eu une crise cardiaque la semaine dernière, rien de grave, il est déjà sorti de l'hôpital, et les médecins disent qu'il n'y a pas à s'inquiéter, mais... oh ! Sam, si quelque chose devait lui arriver, je ne sais pas ce que je deviendrais. Je ne pourrais pas vivre sans lui.

— Mais pourquoi ne pas m'avoir téléphoné ?

— Je ne sais pas, tout s'est passé si vite. Et je suis restée auprès de lui à l'hôpital. Depuis que je suis rentrée, je n'ai pas eu une minute à moi. Il n'a été hospitalisé qu'une semaine et les médecins disent que ce n'est rien...

Elle se répétait. Samantha sentit les larmes lui monter aux yeux.

— Tu veux que je vienne ?

— Tu plaisantes ?

— Non, pas du tout. Personne n'est indispensable. Ils ont bien survécu sans moi pendant tout un hiver ! Surtout que j'ai déjà fait le gros du travail pour eux, tout ce qu'il leur reste à faire, c'est trouver les lieux du tournage et établir un contrat avec une maison de production. Je peux être au ranch demain, si tu veux, tante Caro.

— Ce serait merveilleux, ma chérie, je t'aime beaucoup, tu sais, mais tout va bien à présent. Occupe-toi donc de ta publicité. Quant à louer le ranch, tu comprends, après ce qui s'est passé... je crains que toute cette agitation ne soit pas très bonne pour Bill, ni pour moi d'ailleurs.

— Tu as tout à fait raison. Heureusement que je t'ai posé la question, sinon tu ne m'aurais rien dit ! Tu es bien certaine que ça va aller ?

162

– Absolument. Et si j'ai besoin de toi, je te téléphonerai.

– Promis ?

– Juré.

– Au fait, il est avec toi dans la grande maison ?

– Non, bien sûr que non, il est resté chez lui. À présent, c'est moi qui fais les allées et venues au milieu de la nuit.

– Mais c'est ridicule ! Tu ne peux pas faire semblant de le mettre dans la chambre d'amis ? Personne ne trouvera rien à y redire. Il est malade, après tout, et ça fait vingt ans qu'il est contremaître !

– Non, il refuse. Tu sais comme il est têtu, et je ne veux pas le contrarier...

– Ah ! ces hommes ! dit Samantha en reniflant bruyamment.

– Nous sommes bien d'accord, répondit l'autre en riant.

– Embrasse-le tout de même pour moi et dis-lui de ne pas trop se fatiguer. Je te rappellerai dans quelques jours pour prendre de ses nouvelles.

Elle allait raccrocher, lorsqu'elle chuchota dans le récepteur :

– Tu me manques.

Comme en écho, elle entendit la voix de son amie murmurer :

– Toi aussi, Sam, tu me manques.

Ne partageaient-elles pas un même secret : celui de l'absurdité des lois qui régissent l'univers mâle des cowboys ?

163

22

Pendant dix jours, Samantha passa sa vie entre les avions et les voitures de location. Elle visita des centaines de ranchs. Après avoir parlé au propriétaire, elle demandait toujours à voir les cowboys, dans l'espoir de découvrir quelque indice qui la mènerait jusqu'à Tate. Mais tout cela en vain. Elle rentra bredouille à New York, du moins en ce qui la concernait. En revanche, elle revenait avec une superbe brochette de ranchs. Tous les quatre d'architecture et de paysage entièrement différents, des ranchs de rêve, parfaits pour une publicité.

C'est ainsi que dans l'avion qui la ramenait à la vie trépidante de la ville, Sam oscillait entre la joie d'avoir découvert ce qu'elle cherchait et le désespoir de ne jamais retrouver l'homme qu'elle aimait. Heureusement, pendant ce voyage, elle n'avait pas été tout à fait seule. Chaque soir, elle avait tenu à téléphoner à Caroline; elle lui racontait sa journée par le menu. Son amie la rassurait, lui disait qu'après tous ces mois de recherche intensive elle devait avoir posé un filet des mailles duquel Tate fatalement ne pourrait échapper. N'avait-elle pas laissé sa carte dans tous les ranchs visités ? Samantha se disait parfois qu'il était peut-être en train de se reposer dans sa famille. Mais son amie ne voulait pas qu'elle se leurre et elle lui répétait qu'il pouvait être n'importe où sur le vaste continent américain. Il fallait que Samantha regarde la réalité en face.

– Je n'abandonnerai jamais, avait-elle dit la veille au soir.

– Peut-être pas, mais tu ne peux pas passer le reste de ta vie à attendre !

« Pourquoi pas ? » pensa Samantha, puis, pour changer le sujet de la conversation, elle demanda des nouvelles de Bill, qui n'était pas encore tout à fait remis.

À présent, en attachant sa ceinture pour la descente, Samantha envisagea avec effroi la tâche qui l'attendait : trouver un homme (on avait décidé d'utiliser le même pour les quatre films) capable d'incarner tout ce qu'il y a de viril, franc, sincère et naturel dans le mâle américain. Aux yeux de Sam, il ne pouvait ressembler qu'à Tate.

Ses craintes se révélèrent fondées : les essais furent un véritable supplice. Elle avait donné comme indication : la quarantaine, grand, large d'épaules, voix grave et mélodieuse, bon cavalier. Chaque fois que sa secrétaire annonçait l'arrivée d'un acteur, elle bondissait sur son siège, s'attendant à voir Tate. Aussitôt qu'elle voyait le candidat, son cœur sombrait : il était blond, trop grand, son menton trop fort, ses yeux trop petits, bref ce n'était pas l'assistant du contremaître du ranch Lord. Après un mois de défilé presque incessant, deux semaines avant le tournage, elle finit par jeter son dévolu sur l'un des candidats.

De nationalité anglaise, il imitait à la perfection l'accent du cowboy tel qu'on se l'imagine. Il avait joué Shakespeare à Stratford-on-Avon, mais, pour des raisons financières, était venu à New York pour réaliser des spots publicitaires. On le voyait faire la publicité d'une boisson non alcoolisée, de sous-vêtements masculins et d'une marque d'outils. La largeur de ses épaules était impressionnante, il avait les traits réguliers mais sans mollesse, des yeux bleus et des cheveux châtain foncé. C'était l'homme idéal, celui auquel chaque Américain voudrait s'identifier. Les voitures allaient se vendre comme des petits pains. Mais ce qui amusait Samantha au plus haut point, c'est que ce nouveau héros était sans aucun doute possible homosexuel.

— Il a l'air pédé ? demanda Charlie, inquiet.

— Absolument pas, c'est un acteur, souviens-toi. Il est splendide !

— S'il te plaît, ne tombe pas amoureuse de lui.

— Je vais essayer.

En fait, elle sympathisa rapidement avec Henry Johns-Adams qui était très bien élevé, cultivé et possédait un solide sens de l'humour.

— Tu nous accompagnes, Charlie ?

— Je ne sais pas, Sam. Je n'ai pas très envie de quitter Mellie en ce moment. Si elle accouche avant le départ, je viendrai sûrement, sinon je préfère envoyer deux de mes assistants. Tu pourras te débrouiller ?

— Il le faudra bien, dit-elle. (Puis en souriant :) Comment se sent Mellie ?

— Grosse, moche, épuisée, déprimée, irritable... mais je l'aime. Et puis, c'est presque la fin. Le bébé devrait être là la semaine prochaine.

— Vous lui avez trouvé un nom ?

— Ce sera une surprise ! C'est un nom de fille, évidemment.

— Charlotte ?

Il rit, hocha la tête et disparut.

Son souhait fut exaucé : ce fut une fille, et ils l'appelèrent Samantha. Lorsque Charlie annonça la nouvelle à la jeune femme, les yeux de celle-ci s'embuèrent de larmes :

— C'est vrai ?

— Bien sûr. Tu veux venir la voir ?

— Quelle question ! Mais Mellie n'est pas trop fatiguée ?

— Pas du tout. On dit toujours que le quatrième

arrive comme une lettre à la poste, et c'est la vérité : elle est sortie de la salle d'accouchement en marchant ! J'étais horrifié, mais le médecin a dit que c'était tout à fait normal.

Ils se rendirent ensemble à la clinique pendant l'heure du déjeuner. Mellie rayonnait, ravissante dans sa robe de chambre rose, et regardait, les yeux brillant d'une joie intense, le petit visage fripé qui émergeait d'un paquet de laine douce. Samantha resta un long moment silencieuse, à fixer le petit être qui bougeait à peine, puis elle murmura :

– Comme elle est jolie, Mellie.

– Ouais, tonna la voix de Charlie derrière elle, mais même si elle avait été moche nous l'aurions appelée Samantha !

La jeune femme se sentit tout à coup submergée par le grand chagrin de ne pouvoir avoir d'enfants.

– Tu veux la prendre dans tes bras ? dit la voix douce de Mellie.

– Non, répondit-elle en s'asseyant au bord du lit, les yeux encore fixés sur le nouveau-né. J'aurais peur qu'elle ne se casse.

– Ils sont plus solides qu'ils n'en ont l'air. Allez... essaie.

Mellie déposa l'enfant dans les bras de Samantha et celle-ci sentit le petit être s'étirer puis se recroqueviller à nouveau, confortablement, entre ses bras. Le bébé se rendormit et Samantha sourit.

– Elle est minuscule !

– Pas du tout ! Elle pèse trois kilos huit cents ! C'est énorme !

Quelques minutes plus tard, la nouvelle Samantha s'éveilla pour découvrir qu'elle avait extrêmement faim. Elle se mit à hurler et son aînée la rendit à sa mère.

De retour à l'agence, elle se sentit déprimée. Puis elle avisa Charlie et demanda à brûle-pourpoint :

– Tu m'accompagnes, alors ?

– Oui, dit-il en souriant. Mais je serais venu de toute façon.

– Comment ça se fait ? demanda-t-elle, surprise.

– Pour empêcher que tu ne violes notre pauvre cowboy, pardi !

– Pas de danger !

23

– Tout le monde est prêt ?

Charlie avait l'impression d'être à la tête d'un groupe de touristes. Ils étaient tellement nombreux qu'ils monopolisaient presque la première classe du DC 10 : les techniciens de la production, Samantha, Charlie, leurs deux assistants, Henry Johns-Adams... et son ami. Plus une montagne de bagages et de matériel cinématographique ! Et le caniche de l'acteur anglais qui répondait au nom de Georgie.

En Arizona, un coiffeur et une maquilleuse venant de Los Angeles se joindraient à eux.

Une fois à Tucson, ils avaient près de trois cents kilomètres de route à faire avant d'arriver au premier ranch.

Dès le lendemain, ils devaient se lever à quatre heures et demie du matin et commencer à tourner. Samantha prévoyait de passer ses soirées à bavarder avec les cowboys du ranch : peut-être l'un d'eux aurait-il croisé Tate quelque part, ou entendu parler de lui... elle n'avait pas l'intention d'abandonner ses recherches. Elle revoyait sa haute stature, ses yeux verts, son sourire si doux... cette bouche qu'elle aimait tant...

— Ça va, Sam ? dit Charlie en lui tapotant le bras. Ça fait dix minutes que j'essaie de communiquer avec toi !

— Comme c'est gentil à toi !

Elle expliqua à Charlie que le voyage s'effectuerait dans les trois énormes breaks que l'agence avait loués de New York. Une fois à l'aéroport de Tucson, elle répartit rapidement les membres de l'équipe entre les voitures, distribua sandwiches et réservations d'hôtel; en un mot se montra la parfaite organisatrice qu'elle avait toujours été. Puis, en compagnie de Charlie, du coiffeur, de la maquilleuse, de la star, du petit ami, du caniche et des bagages, elle s'engouffra dans son propre break.

— Tout le monde est prêt, dit Charlie en lui tendant une canette de jus de fruits glacé.

La chaleur était infernale en Arizona. Par bonheur, le break était climatisé. Le voyage fut très agréable : Henry amusa ses compagnons en racontant ses tournées en Angleterre; le petit ami les fit tordre de rire en leur expliquant comment on se découvre homosexuel en Iowa, au beau milieu du Midwest, et le coiffeur et la maquilleuse leur décrivirent la Californie des stars d'où ils revenaient.

À l'hôtel, le patron fit la grimace en voyant la chevelure rouge vif du coiffeur rehaussée d'une mèche verte sur le devant et refusa l'entrée au caniche. Sur ce, le petit ami menaça de dormir dans la voiture, déclarant tout net qu'il ne pouvait pas quitter son « Georgie chéri ». Finalement, cent dollars glissés dans la paume moite du gros bonhomme arrangèrent bien des choses et la petite troupe entra dans la fraîcheur du palais de vinyle turquoise.

– Tu m'as l'air bien fatiguée, Sam, dit Charlie affalé sur le sofa de la chambre de Samantha en observant son amie occupée à feuilleter un bloc-notes.

– Tu plaisantes ? répondit-elle en lançant dans sa direction une boulette de papier. Je n'ai aucune raison d'être fatiguée.

– Moi, en tout cas, je suis en pleine forme.

– Pas étonnant, tu ne fais jamais rien !

– À qui la faute ? Je ne suis qu'un pauvre directeur artistique venu là pour authentifier la beauté d'un film fait par une ambitieuse qui veut devenir directrice de création !

– Tu plaisantes ?

– Oui, ma chérie, dit-il en souriant, toujours. Mais tu deviendras tout de même directrice de création, ambition ou pas ambition. Tu as vraiment un talent fou. J'en suis parfois époustouflé, et Harvey aussi. Un jour viendra où l'on te proposera un salaire mirifique ailleurs, ou bien tu prendras la place de notre cher et honoré directeur de création, le grand Maxwell !

– Je ne sais pas si c'est vraiment ça que je veux, Charlie. Plus maintenant.

– Ah ! mais ça ne dépend pas de toi, et si tu veux empêcher la gloire de venir, tu ferais mieux de te grouiller. Et que souhaites-tu à la place ?

– C'est une longue histoire, dit-elle en soupirant.

– J'imagine. Quelqu'un dans ce ranch, hein ? Que s'est-il passé ?

– Il m'a quittée.

– Décidément ! Pour toujours ?

– Je l'ignore. Je le cherche encore.

– Tu ne sais pas où il est ? Que vas-tu faire ?

– Continuer à chercher.

– Ah ! je te reconnais bien là, Sam. Tu veux que je te dise quelque chose ?

– Oui ?

– Eh bien, tu es capable d'encaisser des coups vraiment rudes, de ceux dont la plupart des gens ne se relèveraient pas. Souviens-toi de ça.

– Rappelle-le-moi à l'occasion.

– Je n'y manquerai pas.

Ils se sourirent tendrement. Leur amitié était solide, et sous la taquinerie se cachaient une profonde affection et un grand respect mutuel. Samantha se leva et posa un baiser sur la joue de Charlie.

– Tu ne m'as pas donné de nouvelles de ma petite homonyme. Comment va-t-elle ?

– Elle se porte à merveille, fait des claquettes, se brosse les dents, fait la lessive…

– Que tu es bête ! Non, sérieusement ?

– Adorable. Une fille, c'est vraiment différent d'un garçon.

– Quel observateur tu fais. Décidément, rien ne t'échappe ! Dis donc, je meurs de faim. Les autres doivent être en train de s'impatienter. Nous allons prendre d'assaut la gargote du coin.

– Tu crois que Georgie chéri va apprécier ?

– Ne sois pas méchant; à mon avis, je crois qu'il n'y a rien d'autre dans ce bled.

– Oh ! mais j'adore les gargotes !

La soirée fut très réussie. Tout le monde s'amusa et les rires fusèrent dans le petit restaurant mexicain où ils s'étaient attablés. On rentra tôt à l'hôtel, pour aller se coucher immédiatement.

24

Le lendemain à six heures, toute l'équipe se retrouva dans la salle à manger pour le petit déjeuner. Ils tourneraient en plein jour et peut-être au coucher du soleil. Il était déjà midi passé lorsque tout fut prêt pour le tournage proprement dit. Installation de la caméra, angle de prise de vues, éclairage, maquillage de l'acteur, étrillage de la jument, tout avait pris un temps infini.

En voyant l'acteur anglais recommencer cent fois son petit parcours au galop entre deux collines, monté sur la belle jument noire, le cœur de Samantha se serrait parfois et elle pensait à Black Beauty. Heureusement, cheval comme cavalier avaient un caractère en or, de sorte qu'à la fin de la journée, si tout le monde était un peu fatigué, personne n'avait perdu sa bonne humeur. C'était une excellente équipe.

Pendant que les autres se préparaient à partir et se rafraîchissaient en compagnie des propriétaires du ranch, Samantha se dirigea vers les écuries, deux bouteilles de bourbon dans les bras à l'intention du contremaître (comme l'exigeait la politesse, elle en avait déjà offert au propriétaire). Elle bavarda un long moment avec le vieux cowboy, lui raconta son séjour au ranch Lord – ce qui l'impressionna beaucoup – et lui demanda en passant s'il ne connaissait pas un certain Tate Jordan. Il répondit par la négative, mais elle lui laissa sa carte de visite, au cas où il entendrait parler de lui, en expliquant qu'elle aurait voulu le voir pour une publicité.

Pendant les trois semaines qui suivirent,

Samantha continua courageusement à interroger les employés des ranchs où ils séjournaient. Au fur et à mesure que les jours s'écoulaient, elle devenait plus préoccupée. Pourtant, le tournage se déroulait au mieux : le temps était magnifique partout où ils allaient, les paysages splendides, l'acteur parfait, l'équipe soudée et toujours de bonne humeur. Ils avaient réussi à filmer plusieurs aubes de rêve et deux couchers de soleil. Tout se passait sans la moindre anicroche… mais Samantha ne retrouvait pas Tate.

La veille du retour à New York, à Steamboat Springs, dans le Colorado, Samantha sombra dans le découragement : elle venait de bavarder avec les employés du ranch pendant une bonne heure et se disait que si elle devait un jour retrouver Tate ça n'était sûrement pas au cours de ce voyage. Elle allait devoir encore attendre une éternité à New York avant de repartir explorer les ranchs américains. Debout, silencieuse, elle regardait au loin les montagnes. C'est alors qu'elle entendit l'un des cowboys chuchoter au contremaître qu'elle avait travaillé au ranch Lord. L'homme la regarda et dit :

— C'était donc ça ! Je me disais bien ce matin en vous voyant monter que vous teniez bien en selle.

— Merci, dit-elle en souriant un peu tristement.

— Vous avez vu notre nouvel étalon ? demanda-t-il en mâchant sa chique. On l'a depuis la semaine dernière seulement.

— Non, pourrais-je le voir ? dit-elle poliment.

Elle était plongée dans l'un de ces états d'indifférence où l'on n'a le cœur à rien, où le désir n'existe plus. En suivant le cowboy dans l'écurie, elle se disait que son voyage était terminé, qu'elle n'avait plus rien à faire ici. La vue du cheval changea tout à coup son état d'esprit : c'était un gigantesque étalon, plus grand même que Black Beauty, mais gris, à crinière et queue noires. L'étoile qui marquait son front était allongée vers les yeux, ce qui rendait son regard un peu sauvage. Il piaffait.

– Mon Dieu ! Il est magnifique !

– N'est-ce pas ? Mais impossible à monter. Il vide tout le monde. Même moi, dit-il en faisant une grimace.

– Il n'y a pas que vous qui tombiez, consolez-vous, et il en vaut la peine, non ?

Du plat de la main, elle flatta l'encolure de la bête. L'étalon hennit doucement. Samantha expliqua à son compagnon qu'elle avait monté un étalon pur-sang au ranch Lord quelques mois auparavant.

– Pur-sang, dites-vous ? Gray Devil est aussi beau, à mon avis, qu'un pur-sang. Il file aussi vite qu'un cheval de course. Mais il est un peu fougueux pour un ranch. Enfin, j'espère que M. Atkins ne le vendra pas, ce serait dommage. C'est un beau cheval. Mais... que diriez-vous de le monter ? Je vous préviens, vous risquez de vous retrouver le derrière par terre. Mais d'après ce que j'ai vu ce matin, quand vous avez montré à l'acteur comment il fallait faire sauter la jument, vous devez pouvoir vous en tirer.

– Vous parlez sérieusement ? dit-elle, enchantée de la proposition autant que du compliment. Je peux le monter ?

– Allez-y. Je vais aller chercher sa selle.

Quelques minutes plus tard, le « diable gris » était sellé; le vieux cowboy ajouta :

– Allez-y doucement, il m'a l'air nerveux aujourd'hui, mademoiselle... euh...

– Sam, dit-elle avec un sourire joyeux.

Soudain, elle avait hâte d'enfourcher le monstre, comme si Tate, auprès d'elle, lui interdisait de monter l'étalon. Elle relevait un défi. Après tout, il l'avait quittée, elle était libre de n'en faire qu'à sa tête ! Le contremaître l'aida à se mettre en selle, elle ajusta ses rênes et l'énorme cheval gris se mit à sautiller. À une ou deux reprises, il tenta de la vider, mais en vain. Le cowboy regardait la cavalière d'un air admiratif.

Les hommes qui étaient rassemblés devant l'écurie l'avaient d'abord contemplée bouche bée, puis ils avaient applaudi et poussé des hourras en voyant de quelle façon elle maîtrisait le coursier à demi sauvage. Arrivant à la hauteur de l'équipe de tournage, elle croisa le regard inquiet de Charlie puis, oubliant le reste du monde, elle lâcha les rênes, et le puissant animal prit le grand galop et fila droit vers la montagne. Elle n'entendait que le sifflement du vent dans ses oreilles et le martèlement des sabots sur le tapis de verdure. Par deux fois, l'étalon fit un écart pour la désarçonner, mais elle décolla à peine de la selle. Toute l'amertume d'avoir perdu Tate remonta en elle, et elle éperonna la bête qui sembla décoller de terre. Elle livrait une bataille avec l'animal, il avait la force, elle avait l'intelligence.

Pour ceux qui étaient rassemblés auprès des bâtiments, la cavalière et sa monture offraient un spectacle magnifique : ils semblaient voler au-dessus de la prairie, chevelure blonde et crinière noire mêlées, flottant au vent pareilles à un drapeau luisant. Mais à un moment donné Samantha fit prendre à son cheval une autre direction et l'un des cowboys qui étaient assis sur la barrière du corral poussa un cri et s'élança en courant dans le champ. Elle se dirigeait vers un coin de la prairie où serpentait un ruisseau si étroit qu'il était difficile à repérer. À la vitesse où il allait, le cheval risquait de faire un faux pas et la jeune femme allait être précipitée dans le ravin caillouteux qui s'ouvrait à quelques mètres de là. Le contremaître suivit le cowboy en faisant de grands gestes et Charlie, comprenant qu'ils voulaient la prévenir d'un danger, s'élança à son tour. C'est alors que l'étalon s'arrêta net devant le ruisseau. Comme au ralenti, Samantha décolla de sa selle et, les cheveux en éventail, les bras en croix, elle fit un vol plané et sembla plonger dans les airs. Puis elle disparut de la vue des spectateurs horrifiés.

Charlie se précipita dans le break, mit les gaz et fonça droit devant lui à travers champs. Arrivé à la hauteur du contremaître, il klaxonna, et celui-ci grimpa rapidement dans la voiture. Ils croisèrent l'immense étalon qui rentrait au triple galop à l'écurie.

– Là-bas, là-bas, dit le contremaître.

– Un ravin !

– Arrêtez.

Ils se penchèrent au-dessus du ravin. Au début, leurs yeux n'arrivaient pas à la discerner parmi les broussailles. Puis Charlie la vit : sa chemise blanche était déchirée, son visage et ses seins lacérés ruisselaient de sang. Elle était horriblement immobile.

– Mon Dieu ! Oh ! Mon Dieu !... hoqueta Charlie en dévalant la pente.

Le contremaître se pencha vers elle et tâta son cou.

– Elle est vivante. Rentrez immédiatement. Il faut prévenir le shérif. Qu'il vienne la chercher le plus vite possible en hélicoptère, avec un médecin, si possible.

À voir la position anormale de ses membres, on comprenait qu'elle devait souffrir de fractures multiples.

– Allez-y, bon Dieu ! On n'a pas de temps à

perdre, hurla-t-il à Charlie qui essuya son visage en sueur du revers de sa manche et bondit vers la voiture.

– Putain de cheval ! cria-t-il en appuyant à fond sur l'accélérateur.

Après avoir demandé au propriétaire du ranch de se charger du nécessaire, il se dépêcha de retourner auprès de Samantha. Vingt minutes plus tard, l'hélicoptère atterrissait et emmenait la blessée et le directeur artistique à Denver.

Il n'y avait pas de médecin dans l'équipe de secours, mais une infirmière qui installa Samantha sous un masque à oxygène. Il semblait bien que sa vie fût en danger. Charlie se taisait et priait. Ils atterrirent précautionneusement sur la pelouse de l'hôpital Sainte-Marie. Un médecin et trois infirmières les attendaient autour d'une civière et ils se dirigèrent tout droit vers le bloc opératoire.

Sans même penser à remercier le pilote de l'hélicoptère ni l'infirmière qui les avaient accompagnés, Charlie se précipita à leur suite. Tout ce qu'il voyait de son amie était la masse argentée de ses cheveux qui dépassait des draps blancs. Juste avant que le chariot ne disparaisse dans l'ascenseur, il eut le temps de demander, d'une voix éraillée par l'angoisse qui résonna étrangement dans la grande salle blanche :

– Va-t-elle s'en sortir ?

– Je ne sais pas, dit doucement l'infirmière. Vous êtes un parent ? Le mari peut-être ?

– Non, je suis... euh... je suis son frère. Où l'emmène-t-on ?

Mais personne ne l'écoutait, la porte de l'ascenseur se referma et il éclata en sanglots.

Une heure et demie après, Charlie, qui s'était assis dans un fauteuil, n'avait pas bougé, ni fumé, ni pris de café. Il s'était figé dans l'attente.

– Monsieur Peterson ?

Il avait donné son nom au moment de l'admission.

– Je suis là, dit-il en se levant d'un bond. Alors ?

– Elle vit. Mais à peine, dit le médecin.

– Qu'est-ce que c'est ? Oh !... dites-moi.

– Son dos, monsieur Peterson, elle s'est cassé le dos, en deux endroits. La fracture à la nuque est simple, mais la plus basse exige une opération extrêmement délicate. Il faut faire vite, sinon son cerveau risque d'être endommagé, mais...

– Mais ?

– Elle risque de ne pas survivre à l'opération. D'un autre côté, si nous n'opérons pas, elle aura probablement une paralysie totale.

– Ce qui ne sera pas le cas si vous opérez ?

– Je ne peux pas vous cacher qu'elle ne marchera plus jamais. Mais on peut sauver le reste, si nous opérons... et si elle survit à l'opération.

– Tout ou rien, c'est ça ?

– Oui et non. Car je dois aussi vous dire que, même si l'on ne fait rien, elle risque de ne pas passer la nuit. Elle est au plus mal.

– Et je dois vous donner une réponse, docteur ?

– Oui.

– Maintenant ?

– Oui.

Charlie avait envie de hurler qu'il n'en savait rien, puis il s'imagina Samantha allongée immobile sur un lit, son beau visage calme mais sans vie, sans expression, incapable de bouger, de rire, de parler, incapable de penser et il répondit :

– Allez-y, allez-y, opérez-la, vite...

Le médecin s'éloigna vivement et Charlie, après s'être acheté un paquet de cigarettes, s'affaissa dans un fauteuil au bout de la salle d'attente, devant l'horloge électrique : une heure, deux heures, trois... quatre... À deux heures du matin, il la crut morte. On n'avait pas osé venir le lui annoncer. Il n'avait jamais eu si peur de sa vie, il était paralysé par l'épouvante. Comment avait-il pu prendre seul cette décision... pourquoi n'avait-il pas prévenu son ex-mari... ou sa mère ? Il en était là de ses réflexions, lorsqu'il sentit une main se poser sur son épaule. Il leva un regard terrifié vers le médecin.

– Monsieur Peterson ?

– Oui ?

– Votre sœur va bien.

Charlie fondit en larmes et, prenant la main du médecin dans les siennes, murmura d'une voix étranglée par les sanglots :

– Mon Dieu... je la croyais morte.

– Elle va bien, monsieur Peterson. Vous devriez rentrer chez vous vous reposer un peu. Mais j'oubliais que vous êtes de New York, vous avez un hôtel ?

– Non.

– Essayez donc celui-ci, dit le médecin en griffonnant quelque chose sur un bout de papier.

– Et Sam ?

– Je ne peux guère vous en dire davantage pour l'instant. Sa nuque est sauvée, mais ses jambes... eh bien... comme vous le savez déjà, elle sera paraplégique. Je ne peux rien dire de plus. Nous devons attendre.

– Combien de temps ?

– Nous en saurons un peu plus chaque jour. Pour le moment, espérons qu'elle sera encore vivante demain.

– Et si elle vit... combien de temps devra-t-elle rester ici ? demanda Charlie, soudain redevenu conscient des réalités du monde extérieur. Avant que l'on puisse la ramener à New York, je veux dire ?

– Difficile à évaluer. Si tout se passe bien, dans trois ou quatre mois, on la ramènera par ambulance aérienne.

– Trois ou quatre mois ? Et après ?

– C'est encore trop tôt pour parler de tout ça. Mais il faut compter au moins un an d'hospitalisation, monsieur Peterson. Et plus peut-être. Il va falloir qu'elle réapprenne des tas de choses. Mais si vous le voulez bien commençons par la tirer d'affaire.

Le reste de l'équipe arriva à trois heures et demie du matin pour trouver Charlie endormi, la barbe enfoncée dans la poitrine, ronflant doucement. Ils le réveillèrent. Une fois qu'il leur eut tout raconté, il se fit un profond silence. Tous se levèrent et sortirent de l'hôpital.

Ils se rendirent à l'hôtel indiqué par le médecin, et là, dans sa chambre, devant la fenêtre qui surplombait la ville sombre, Charlie, en présence de Henry et de son ami, se laissa aller à son chagrin. Il pleura à chaudes larmes et les deux autres n'essayèrent pas de le consoler.

Le lendemain matin, ce fut Henry qui téléphona à l'hôpital. Samantha était vivante. Il pleura à son tour.

25

Le jour suivant l'accident, les membres de l'équipe rentrèrent tous à New York, sauf Charlie. La nouvelle avait été un terrible choc pour Harvey et le directeur artistique n'avait eu aucun mal à le convaincre qu'il devait rester auprès de Samantha. Harvey l'encouragea néanmoins à téléphoner à la mère de la jeune femme.

Après tout, elle était en droit de savoir que sa fille unique était entre la vie et la mort dans le service de réanimation d'un hôpital de Denver. Mais lorsque Charlie téléphona à Atlanta, on lui apprit que le médecin et sa femme avaient pris un mois de vacances en Europe. De toute façon, Charlie se souvenait que Samantha s'entendait très mal avec sa mère.

Ensuite, Charlie avait appelé Mellie qui avait pleuré comme une enfant :

– Oh ! Charlie… pauvre Sam… comment va-t-elle faire… un fauteuil roulant… et si seule…

Puis il rappela Harvey : peut-être pourrait-il se renseigner sur la qualité du médecin. Mais Harvey avait déjà parlé à plusieurs sommités de New York, Boston et Chicago.

– Bénies soient tes relations, Harvey. Alors, qu'ont-ils dit ?

– Qu'il est parmi les meilleurs.

Charlie retourna à l'hôpital. Il avait l'autorisation de la voir pendant cinq minutes toutes les heures. Elle était encore inconsciente. Il passa le reste de la journée dans la salle d'attente.

Cependant, le lendemain à six heures du soir, alors qu'il se penchait sur elle pour la huitième fois de la journée, s'attendant à ne rien voir bouger dans ce corps recouvert de bandages, il remarqua que son bras n'était pas exactement dans la même position et que sa peau semblait plus rose. Il caressa la longue chevelure blonde et murmura doucement son nom, lui dit qu'il était auprès d'elle, qu'il ne la quitterait pas, qu'elle allait s'en tirer. Tout à coup les yeux de Samantha s'ouvrirent et elle dit d'une voix à peine audible :

– Charlie.

– Quoi ? fit-il d'un air ahuri, qu'as-tu dit ?

– J'ai dit Charlie, chuchota-t-elle.

– Sam ! Mon Dieu, Sam, tu vas bien, dit-il en se penchant encore davantage vers elle.

– Que… que s'est-il passé ?

– Tu as fait une chute de cheval.

– Black Beauty ? dit-elle en fermant les yeux. Non… attends… je me rappelle… l'étalon gris… le ravin, le ruisseau, oui… je me rappelle.

– Oui, mais c'est fini maintenant.

– Pourquoi suis-je ici ?

– Pour te soigner, dit-il en caressant doucement sa main.

– Je vais rentrer à la maison ? demanda-t-elle d'une voix enfantine.

– Pas tout de suite.

– Quand ? Demain ?

– Nous verrons.

– J'espère que tu n'as pas prévenu ma mère ?

– Non, mentit-il.

– Bon. Son mari est un tel connard !

Charlie vit que l'infirmière lui faisait signe de partir.

– Il faut que je m'en aille à présent, Sam. Mais je reviendrai demain. D'accord ?

– D'accord, dit-elle en souriant faiblement.

Une fois rentré à l'hôtel, il téléphona à Mellie.

– Que va-t-il se passer maintenant ?

– Je ne sais pas. Mais au moins elle est sauvée. Tu ne peux pas savoir ce que ça me fait… je la croyais perdue.

– Moi aussi, répondit Mellie.

Charlie passa ainsi deux semaines à Denver. Puis il dut se résoudre à rentrer à New York. Melinda et Harvey réclamaient sa présence. Néanmoins il n'avait pas le cœur à laisser Samantha seule. Une idée germa dans sa tête : il en fit part au médecin.

– Qu'en pensez-vous, docteur ?

– C'est un très gros risque, évidemment. Et

cela en vaut-il la peine ? Faut-il vraiment qu'elle rentre à New York ?

— Elle n'a personne ici. Là-bas, au moins, elle a ses amis.

— Et vos parents, ne pourraient-ils pas venir ?

Charlie ne comprit pas immédiatement. Il avait oublié qu'il se faisait encore passer pour le frère de Samantha.

— Ils sont en voyage, en Europe. On ne peut pas les joindre. Je ne veux pas la laisser seule ici, vous comprenez, et il faut absolument que je rentre.

— Je comprends, je comprends... mais vous savez que vous la laissez dans de bonnes mains ici.

— Bien sûr, mais... quand elle se rendra compte de ce qui lui est arrivé... c'est à ce moment-là qu'elle aura le plus besoin de quelqu'un auprès d'elle.

— Vous avez tout à fait raison. Voyons, pour le moment, elle n'est plus en danger, si ce n'est que nous devons éviter à tout prix des complications respiratoires. Bientôt, elle va être en mesure de savoir ce qui lui est arrivé, que nous le lui disions ou non d'ailleurs. Ça va être terrible pour elle, il faudrait en effet que vous soyez là.

— Mais ne pourrait-on pas la transporter ?

— Pourriez-vous louer un avion ?

— Oui (Harvey lui avait dit de ne pas lésiner sur la dépense) et avec tout le nécessaire. Vous n'avez qu'à tout organiser.

— Eh bien, d'accord, si son état n'empire pas pendant ces prochains jours, j'arrangerai ça pour le week-end prochain.

— Vous viendrez aussi ? Oui ? Oh ! merci, docteur, merci ! s'exclama-t-il en se précipitant dans le couloir.

— On rentre chez nous, mon trésor ! annonça-t-il à Samantha.

– Vraiment ? Je vais pouvoir sortir ? Et la brochette ? (C'est ainsi qu'elle avait surnommé l'appareil qui la maintenait suspendue dans un énorme moule en plâtre.) On ne l'acceptera certainement pas comme bagage à main.

Sous la plaisanterie perçait une pointe d'angoisse. Combien de temps allait durer cette torture ?

– On l'emmène, en avion privé.

– Mais c'est de la folie ! Ne pourrait-on pas me mettre sur des béquilles... ou sur un fauteuil roulant ?

Comme s'il avait vu un fantôme, Charlie frissonna.

– Écoute, Sam, tu reviens de loin, tu sais, il ne faut pas prendre de risque.

– Un avion privé, tu dis ?

– Si tout va bien, oui, dans quelques jours.

– Tout ira bien, t'en fais pas, tu ne peux pas savoir comme j'ai envie de me retrouver chez moi, dans mon propre lit.

Le visage de Charlie s'assombrit. Quand il avait dit qu'ils rentraient chez eux, il pensait à New York. Sur le moment, il ne dit rien, mais par la suite, il ne put s'empêcher d'en parler au médecin :

– Malheureusement, ce n'est pas la dernière fois que vous allez entendre ce genre de chose, monsieur Peterson. L'homme est un curieux animal, il n'accepte que ce qu'il est capable de maîtriser. Le reste, il le stocke quelque part, pour plus tard. Votre sœur est comme nous tous, l'idée de ne pas pouvoir rentrer chez elle bouleverserait trop son équilibre, mais au fond d'elle-même elle sait très bien ce qu'il en est. Le moment venu, elle y fera face, comme il faudra bien un jour ou l'autre qu'elle assume sa paralysie.

– Comment pouvez-vous être si confiant ?

– Elle n'a pas le choix.

– À votre avis, allons-nous pouvoir la ramener à New York ?

– Oui.

– Ce week-end ?

– Nous verrons.

Les deux jours suivants semblèrent durer une éternité : Samantha s'impatientait, Charlie était soucieux : son amie toussait un peu, elle avait une éruption de boutons sur les bras et à présent que la croûte de ses plaies commençait à tomber son visage la démangeait terriblement.

– Je suis monstrueuse ! dit-elle d'un ton irrité en le voyant entrer dans sa chambre.

– Mais non, mon trésor, tu es ravissante. Alors, quoi de neuf ?

– Rien, dit-elle d'un air boudeur.

Elle n'était plus en réanimation. On lui avait donné une petite chambre toute blanche qu'égayaient quantité de fleurs : celles de Henry et de son ami, de Harvey, des techniciens du film, de Charlie et Mellie.

– Tu veux entendre les derniers ragots de l'agence ?

– Non, fit-elle avec une moue dégoûtée.

– Qu'est-ce qu'il y a, mon trésor ? allez, dis-le à ton grand frère Charlie.

– L'infirmière de nuit, tu sais, celle qui a une perruque rousse... eh bien, dit-elle en fondant en larmes, elle m'a dit que lorsque je serai rentrée, j'irai dans un autre hôpital, à New York. Oh ! Charlie... c'est vrai ?

Charlie lui prit la main et la serra dans la sienne, puis il caressa doucement son visage. Il devait lui dire la vérité.

– Oui, c'est vrai.

– Mais je veux rentrer chez moi, dit-elle dans un sanglot.

– Oh ! Sam... je suis désolé. Tu sais, déjà quand tu seras à New York, ce sera mieux.

– Oui, tu as probablement raison.

– J'en suis certain.

– Je veux rentrer. Mais je ne veux pas aller dans un autre hôpital.

– Je viendrai te voir, Mellie et Harvey aussi. Tout le monde...

– Pas ma mère ! dit-elle en riant à travers ses larmes. Oh ! Charlie, pourquoi est-ce arrivé ?

– Nous t'aimons, Sam, nous t'aimons tous.

– Moi aussi, je t'aime, tu es si bon...

L'infirmière entra avec le plateau du déjeuner.

– On m'a dit que vous nous quittiez, mademoiselle Taylor ?

– J'essaie en tout cas. Mais je reviendrai, de moi-même cette fois, pour vous remercier de tout ce que vous avez fait pour moi.

– Je l'espère, dit l'infirmière avant de disparaître.

– Alors, on rentre ? demanda Samantha en regardant Charlie.

– Samedi, ça te va ?

– Tout à fait, répondit-elle en souriant. Quel hôpital ?

– Je ne sais pas. Tu as une idée là-dessus ?

– Est-ce que j'ai le choix ?

– Il faut que je voie.

– Essaie donc Lenox Hill. C'est une très jolie banlieue, et pas trop loin de la ligne de métro. Comme ça on pourra venir me rendre visite facilement. Peut-être Mellie apportera-t-elle le bébé ?

– Je dirai que c'est le tien, comme ça ils ne pourront pas lui refuser l'entrée.

186

– Pour moi, elle est un peu comme... elle porte mon nom...

Charlie se pencha vers elle et posa un baiser sur son front. Que pouvait-il ajouter ?

26

Lorsque, par un jour radieux du mois d'août, l'avion décolla de l'aéroport de Denver, Charlie retint son souffle. Pourtant Samantha, à qui l'on avait donné des tranquillisants, semblait sereine, heureuse de rentrer à New York. Ils étaient accompagnés du médecin et de deux infirmières. Toutes les précautions avaient été prises : ils emportaient assez d'oxygène pour tenir jusqu'au Mexique et une équipe de réanimation était prête à agir. Le pilote signalait régulièrement leur position aux contrôleurs du ciel : si l'état de Samantha devait exiger des soins immédiats trop délicats, ils pourraient se poser à n'importe quel moment.

Samantha, d'excellente humeur, rendue un peu groggy par les calmants, débitait des histoires drôles. Mais Charlie ne riait pas. L'angoisse lui pesait sur la poitrine. Encore une fois, il avait pris une décision qui mettait en danger la vie de son amie. Il n'aurait jamais dû insister autant, c'était de la folie de la transporter dans l'état où elle se trouvait... À un moment donné, le médecin, voyant son désarroi, posa la main sur son épaule et dit à voix basse pour que Samantha ne puisse pas entendre :

– Tout va bien, Peterson. C'est presque fini. Tout se passe pour le mieux. Elle s'en est très bien tirée.

– Je crois qu'en deux semaines j'ai vieilli de dix ans.

– Je sais, c'est extrêmement dur pour la famille.

Charlie eut tout à coup envie de pleurer : il n'était pas son frère, seulement un vieil ami, elle était seule au monde, elle n'avait ni mari, ni amant; pourquoi ce cowboy de malheur l'avait-il quittée ? Qui allait s'occuper d'elle à présent ? Personne, elle n'avait personne.

– Ne la couvez pas trop, Peterson, disait le médecin. Ce serait une erreur. Il va falloir qu'elle reprenne sa propre vie en main. Elle n'est pas mariée, je crois ?

– Non, elle l'était, mais elle ne l'est plus. C'est justement ce à quoi je pensais. Elle va être terriblement seule.

– Pendant un certain temps, oui. Mais elle s'y fera. Elle n'est pas la première à passer par là, vous savez. Elle pourra retrouver une vie presque normale, et même se remettre à travailler, tout comme avant. Le problème est plutôt psychologique, mais Lenox Hill est un excellent hôpital, ils ne la laisseront pas sortir avant qu'elle ne soit prête, physiquement et moralement. Et puis, votre sœur est une femme remarquable, belle, intelligente, sensible, volontaire. Vous verrez, elle s'adaptera très bien. (Le médecin fit une pause, puis ajouta d'un air grave :) Vous avez pris la bonne décision... chaque fois. Il aurait été criminel de ne pas l'opérer, de la laisser devenir un pauvre légume... et à présent, pour affronter les épreuves à venir, elle a besoin d'être entourée.

– Merci, dit Charlie, levant vers le médecin un regard reconnaissant.

Deux heures après, ils atterrissaient à Kennedy Airport. Le transfert de l'avion à l'ambulance se déroula très bien. Tout au long du voyage qu'ils firent d'une traite jusqu'à Lenox Hill, ils furent suivis de près par un centre mobile de réanimation. Tandis qu'ils filaient sur l'autoroute tous phares allumés, mais sans sirène, Samantha fit un grand sourire à Charlie :

– C'est la façon la plus rapide de voyager, on n'a pas à attendre sa valise, ni à faire la queue pour un taxi.

– La prochaine fois, si tu veux bien, je préférerais que ça soit un peu plus long.

Une fois arrivés à l'hôpital, son installation dura plus de deux heures. Le médecin qui allait dorénavant s'occuper de Samantha était là et il discuta longuement avec celui de Denver, qui devait rentrer le jour même par l'avion-ambulance.

– Tu es sûre que ça va aller, Sam ? demanda Charlie pendant qu'une infirmière faisait une piqûre à la jeune femme.

– Oui... ça va... très bien, murmura-t-elle en fermant les yeux, gagnée par le sommeil. Embrasse Mellie... et merci.

Lorsque Charlie rentra chez lui et qu'il prit sa femme dans ses bras, il eut l'impression de revenir de la guerre. Il se sentait vidé, épuisé, mais heureux. Après que les enfants lui eurent fait un accueil aussi bruyant que joyeux, Mellie les renvoya auprès de la baby-sitter et ferma la porte de leur chambre à clef. Il se déshabilla, s'allongea voluptueusement sur le lit conjugal et ouvrit tout grands ses bras. Elle s'y précipita. Ils s'aimèrent doucement, tendrement; il oublia ses angoisses, Samantha, tout ce cauchemar, il se retrouvait. N'était-il pas d'abord et avant tout l'amant et le mari de Mellie ?

Il se réveilla deux heures après pour découvrir debout devant lui sa femme, un plateau dans les mains. Elle apportait du champagne et un gâteau où était inscrit : *Je t'aime*.

– Oh ! Mellie, je t'aime tant.

– Moi aussi, Charlie.

Ils étaient en train de manger le gâteau lorsque Mellie demanda :

– Ne crois-tu pas que nous devrions téléphoner à Sam ?

Charlie fit signe que non. Pour l'instant, il ne pouvait plus rien donner à sa vieille amie. Il ne désirait qu'une chose : être auprès de Mellie, lui faire l'amour jusqu'à plus soif, jusqu'à s'endormir le sourire aux lèvres.

27

– Je vais très bien, maman, je t'assure. Mais non, ce n'est pas la peine que tu viennes... Oui, je suis encore dans le plâtre, mais je suis très bien soignée. Non, je ne veux pas qu'on m'emmène à Atlanta... je suis ici chez moi, et puis je ne connais personne à Atlanta... toi et George, bien entendu, mais... Maman... je t'en prie ! Je ne le déteste pas...

Mellie entra dans la chambre de Samantha. Celle-ci, mettant sa main sur l'écouteur, murmura en levant les yeux au ciel :

– Ma mère !

Puis elle reprit la conversation :

– Mais je t'assure, maman, c'est un médecin merveilleux... je sais que c'est un excellent médecin. Arrête, je t'en supplie. Rappelle-moi. Je ne peux plus te parler maintenant. L'infirmière est là... non, tu ne peux pas lui dire un mot, au revoir, maman.

Elle raccrocha et poussa un grognement :

– Salut Mellie. Seigneur, qu'ai-je fait pour avoir une mère pareille ?

– Comprends-la, elle est sûrement très inquiète.

– Je sais bien, mais elle me rend folle. Elle veut venir me voir, avec George, qui veut parler à mon médecin ! C'est bien la dernière chose dont j'aie envie; comment un oto-rhino peut-il comprendre quoi que ce soit à une fracture du dos ? Mais, et toi, comment vas-tu ?

– Très bien, merci. Comment te sens-tu ?

– Je m'ennuie. Je veux rentrer chez moi.

– Qu'est-ce que dit le médecin ?

– Oh ! il parle de patience ! Comment va ma petite homonyme ?

– Magnifique. Plus éveillée que n'étaient les garçons au même âge.

– C'est à cause de son nom. Mais fais bien attention de ne jamais la faire monter à cheval.

Un peu plus tard dans la journée, Samantha reçut la visite de Harvey. Embarrassé, il se tenait debout près du lit, et tripotait nerveusement sa pipe éteinte.

– Assieds-toi, et ne fais pas cette tête. Je ne vais pas te mordre !

– Tu peux me le garantir par écrit ?

– Avec plaisir. Alors, quand est-ce que tu me fous à la porte ?

– Jamais, Sam. Je viens de voir les films, c'est superbe, la plus belle campagne que l'agence ait jamais faite ! Tu peux être fière.

– À ce point-là ? fit-elle d'un air surpris, car Harvey n'avait pas le compliment facile.

– Mieux encore, éblouissant, étonnant, majestueux, remarquable... Je suis béat d'amiration.

Elle rit doucement.

— Je dois être sur mon lit de mort pour que tu me lances des fleurs de cette façon.

— Tu constateras de tes propres yeux. On va en faire une bande vidéo, pour que tu puisses les voir ici. Après ça, il va falloir que je prenne ma retraite pour te laisser la place !

— Ne me menace pas, Harvey. Je n'en veux pas, de ta place. Moi, je reste ici.

Ça, il n'en est pas question !

Les jours se suivirent et Samantha ne sentit pas le temps passer entre la routine de l'hôpital et les visites de ses amis. Même Henry Johns-Adams était venu la voir. Sa chambre était toujours pleine de fleurs. Puis, un beau jour, débarqua sa mère, flanquée de son mari. Ce fut la fin de sa tranquillité.

Sa mère se mit immédiatement à tempêter contre l'agence. À l'entendre, il fallait faire un procès. Il était inadmissible de l'avoir envoyée faire un tournage dangereux, que comptaient-ils faire pour la dédommager ? Son patron devait être un fou, un sadique, etc. Tant et si bien que Samantha la pria de retourner à Atlanta. Sa mère fondit en larmes, la traita de fille ingrate; cette scène laissa la jeune malade exténuée.

Le lendemain matin, Samantha appela le ranch Lord pour apprendre que Bill avait eu une nouvelle attaque. Elle se sentit terriblement déprimée à l'idée de ne rien pouvoir faire pour son amie. Immobilisée comme elle l'était, elle était inutile, une charge pour tout le monde. Les bonnes paroles de Caroline n'arrivaient pas à la consoler. Lorsque sa mère et son beau-père entrèrent dans sa chambre, un peu plus tard, elle leva vers eux un regard à la fois triste et irrité. Elle vit tout de suite que sa mère avait pleuré. C'était une femme extrêmement élégante.

Ce jour-là, elle portait un tailleur bleu marine et un chemisier blanc sur lequel scintillaient trois rangées de perles. À soixante ans, elle était un peu ronde et ses cheveux, autrefois argentés comme ceux de sa fille, étaient blancs comme neige. Son mari, mince et élancé, ressemblait davantage à un capitaine au long cours qu'à un médecin. D'ailleurs, il affectionnait les costumes blancs. Ils faisaient tous deux une mine d'enterrement.

— Oh ! Samantha… dit sa mère en soupirant et en se laissant tomber dans le fauteuil à côté du lit.

— Qu'y a-t-il ?

— Oh ! ma petite fille…

— Seigneur !

Samantha avait envie de hurler, de se lever, de taper du pied. Mais elle était immobilisée par tout ce plâtre…

— Que se passe-t-il ? Pourquoi faites-vous cette tête ? dit-elle en jetant à sa mère un regard courroucé.

Sa mère se mit à sangloter. Ce fut son beau-père qui prit la parole.

— Samantha, on a parlé longuement au médecin ce matin.

— Lequel ? Il y en a quatre.

— Pour être exact, il y en a deux, le Dr Wong et le Dr Josephs. Des hommes vraiment très humains… dit-il en l'enveloppant d'un regard plein de pitié.

— Qu'ont-ils pu vous raconter pour vous mettre dans un état pareil ?

Les sanglots de sa mère redoublèrent. Son beau-père baissa les yeux.

— Il est temps que tu saches, Samantha. Maintenant que nous sommes là… nous devons te le dire… euh…

– Dire quoi ?

– La vérité.

Le cœur de Samantha bondit dans sa poitrine et elle sentit un étau glacé lui serrer la nuque.

– La vérité à propos de quoi ?

– Oui… comme tu sais, tu as eu une fracture compliquée de la colonne vertébrale. En fait, c'est un miracle que tu aies survécu à cet horrible accident.

– Merci. Mais au fait !

– Ce que tu ne sais pas encore, et tes médecins pensent que le moment est venu de te l'apprendre, c'est que… eh bien, tu es paraplégique.

– Paraplégique…

– Tu ne marcheras jamais plus. Tes jambes sont paralysées. Il suffit de regarder les radios, ça saute aux yeux. Tu devras utiliser un fauteuil roulant pour te déplacer… mais, rassure-toi, ta mère et moi sommes là pour veiller sur toi. Tu viendras vivre avec nous, à Atlanta.

– Ça, jamais ! hurla Samantha.

– Mais si, ma chérie, susurra sa mère en posant sa main sur celle de sa fille.

Samantha la regardait d'un air ahuri, elle ne pouvait le croire, ils lui avaient menti, pour la garder auprès d'eux, pour la priver de sa liberté… ou lui faire du mal… car c'était impossible, elle allait guérir. Pourtant, au fond d'elle-même, elle savait, elle avait su depuis le jour de l'accident, que c'était la vérité : elle ne marcherait plus jamais. La voix de fausset de son beau-père résonnait encore à ses oreilles. Comment avaient-ils pu ?

– Je ne veux pas, dit-elle entre ses dents.

– Mais il faudra que l'on s'occupe de toi, ma chérie. Tu es comme une enfant.

– Non ! Je préférerais mourir !

– Samantha ! Comment oses-tu dire des choses pareilles ?

– C'est ma vie, pas la vôtre. Je ne veux pas être une pauvre infirme dépendante des autres, vivant avec mes parents à l'âge de trente et un ans ! Ce n'est pas possible, non, c'est impossible !

Sa mère se leva lentement :

– Peut-être vaut-il mieux te laisser seule à présent. Tu as besoin de réfléchir, de te rendre compte... On aura tout le temps de discuter des arrangements plus tard. Nous sommes encore ici demain, après tout, et selon les médecins, tu vas rester hospitalisée jusqu'au mois de mai ou juin prochain.

– Non ! hurla Samantha.

– Ma chérie, je vois que tu es bouleversée, murmura sa mère en se rapprochant du lit.

– Va-t'en, allez-vous-en, je vous en supplie...

Une demi-heure plus tard, l'infirmière trouva la jeune femme seule dans sa chambre, essayant en vain de s'entailler les veines du poignet avec un morceau de tasse en plastique.

Cette blessure guérit au bout de quelques jours mais celle que lui avaient infligée ses parents ne se referma jamais.

28

– Alors, comment ça va ?

Ayant épousseté la neige de son manteau, Charlie le retira et le jeta sur une chaise. Samantha l'observait d'un air boudeur.

– Hé, Sam, c'est à toi que je parle.

– À quoi est-ce que tu t'attends ? Que je me lève de ce fauteuil en faisant des pas de danse ?

– Ho, ho, on n'a pas l'air de bonne humeur aujourd'hui.

— Va te faire foutre.

— Avec plaisir, mais Mellie a une réunion de parents d'élèves.

— Très drôle !

— Plus drôle que toi en tout cas.

— Oh ! moi, de toute façon, sur mon fauteuil roulant, je suis sinistre.

— Tu ne devrais pas parler comme ça. Arrête de penser que tu es une « pauvre infirme », pour employer l'expression de ta chère mère.

Cela faisait maintenant trois mois qu'elle se savait infirme, et elle venait de commencer le plus dur : la rééducation.

— Pourquoi ? Tu crois que ça va me rendre mes jambes ?

Elle se donna de grands coups sur les cuisses, comme si ses jambes avaient été en caoutchouc.

— Non, Sam, mais tu as ton esprit, tes bras, tes mains… et ta langue. On peut en faire des choses, avec tout ça !

— Quoi par exemple ?

— Tiens, j'ai un cadeau pour toi, de la part de Harvey.

— Pas une boîte de chocolats, j'espère ?

— Mieux que ça, du boulot !

— Du boulot ?

— Oui, tes médecins sont d'accord. Voici un magnéto, du papier et des crayons, quelques dossiers…

— Et pour quelle raison devrais-je travailler ? s'écria-t-elle.

— Pour la bonne raison qu'il y a trop longtemps que tu te tournes les pouces. Parce que tu es intelligente, Sam, et que c'est dommage de gâcher tant de talent.

— Je ne dois rien à Harvey.

— Non, rien, rien du tout, cinq mois de vacances quand ton mari t'a quittée et, sans lui, tu serais peut-être encore à Denver, ma vieille ! Et puis, pourquoi crois-tu qu'il t'a mise en congé de maladie au lieu de te licencier ?

– Tu l'as dit toi-même, à cause de mon talent !

– Quelle teigne tu fais ! s'exclama Charlie dans un mouvement de colère. Il a besoin de ton aide et toi, tu la lui refuses. Pourquoi est-ce que tu crois avoir survécu à cette horrible chute de cheval ? Pour passer le reste de ta vie à t'apitoyer sur ton sort ?

– Laisse-moi le temps de décider, Charlie, dit-elle d'une voix radoucie.

– Désolé de m'être laissé emporter, Sam, tu sais combien je t'aime.

Il vit que des larmes roulaient le long des joues de son amie.

– Que vais-je devenir, Charlie ? Où vais-je vivre ? J'ai la hantise que ma mère m'emmène de force à Atlanta. Ils me téléphonent tous les jours, m'appellent leur pauvre infirme... oh ! Charlie, que vais-je devenir ?

Charlie caressa doucement son visage.

– On ne les laissera pas faire, Sam. S'il le faut, tu viendras vivre avec Mellie et moi et les enfants.

– Mais je refuse d'être une charge pour qui que ce soit. Je veux pouvoir me débrouiller toute seule.

– N'est-ce pas exactement le but de toute cette rééducation ?

– Oui, mais c'est si long...

– Six mois, un an ?

– Quelque chose comme ça.

– Tu préférerais aller vivre à Atlanta ?

– Pour rien au monde !

– Alors, applique-toi et dans quelque temps tu reviendras parmi nous. En attendant, si tu voulais bien jeter un coup d'œil à ces dossiers, tu nous rendrais un fier service, on est débordés en ce moment à l'agence.

— D'accord. Tu embrasseras Harvey pour moi.

— Tu le feras toi-même. Il viendra te voir demain.

— Dis-lui surtout de ne pas oublier mes Mickey Spillane !

Harvey et Samantha partageaient la même passion pour les romans policiers. La jeune femme en consommait une quantité affolante et était perpétuellement en train de réclamer de nouveaux arrivages.

— Qu'ai-je donc fait au Bon Dieu pour être entouré de cinglés pareils ?

Sur ce, il enfila son gros manteau, son bonnet de laine et mit ses snow-boots.

— Au revoir, Père Noël, ne put s'empêcher de dire Samantha en le voyant ainsi accoutré. Embrasse Mellie.

— Je n'y manquerai point ! dit-il en ouvrant la porte de la chambre.

Après le départ de Charlie, Samantha resta un long moment pensive, les yeux fixés sur la pile de dossiers. Noël approchait, elle avait pensé à Tate toute la matinée. Un an auparavant, elle fendait l'air frais de l'hiver californien montée sur Black Beauty.

Samantha avait téléphoné quelques heures plus tôt à Caroline. Bill s'étiolait. Ils n'avaient aucune nouvelle de Tate Jordan. Elle venait d'engager un nouveau contremaître, un jeune homme, marié, avec trois enfants. Comme toujours, ce fut Caroline qui tenta de remonter le moral à la jeune femme. Samantha lui avoua qu'elle n'avait jamais fait autant d'efforts de sa vie. Ses bras devenaient si musclés qu'elle aurait pu sauter de branche en branche à la manière des singes. On lui avait promis qu'elle pourrait devenir totalement indépendante.

Noël arriva. Un an plus tôt, jour pour jour, Tate et Samantha se rendaient à la maison du lac. Samantha regardait la neige par la fenêtre et se souvenait du beau ciel bleu californien, du sourire de l'homme qu'elle n'avait pas cessé d'aimer depuis ce jour-là. Harvey, Charlie, Mellie et les enfants vinrent lui rendre visite. Les rires fusèrent, on la couvrit de cadeaux, le plus beau étant de pouvoir tenir la petite Samantha dans ses bras. Mais leur départ laissa un grand vide. Elle resta longtemps triste et solitaire dans la petite chambre. Puis, n'y tenant plus, elle dirigea son fauteuil vers le couloir. Au bout de celui-ci, devant la baie vitrée, elle aperçut un petit garçon dans un fauteuil roulant. Elle se dirigea vers lui et se présenta :

– Bonjour. Comment t'appelles-tu ? Mon nom est Sam.

L'enfant tourna lentement la tête vers elle. Il ne devait pas avoir plus de six ans. Elle vit qu'il pleurait.

– Je ne peux plus jouer dans la neige.

– Moi non plus, tu sais. Comment t'appelles-tu ?

– Alex.

– Qu'est-ce que tu as eu pour Noël ?

– Un chapeau de cowboy et un pistolet. Mais je ne peux plus monter à cheval.

Elle hocha tristement la tête, puis, après réflexion, ajouta :

– Pourquoi ?

L'enfant lui répondit comme s'il s'adressait à une demeurée :

– Parce que je suis sur un fauteuil roulant. J'ai été renversé par une voiture en faisant du vélo et je ne marcherai plus jamais de ma vie. Et toi, qu'est-ce qui t'est arrivé ?

– J'ai fait une chute de cheval.

– C'est vrai ?

– Oui, et tu sais quoi ? Je parie que je peux encore monter à cheval, et toi aussi. Je me souviens d'avoir lu un article un jour sur des gens comme nous qui faisaient de l'équitation. Il faut des selles spéciales, évidemment.

– Et un cheval spécial ?

– Non, répondit-elle en riant, il faut juste qu'il soit gentil.

– Celui qui t'a fait tomber, il était gentil ?

– Oh ! non, pas du tout, mais c'était ma faute, j'ai fait l'imbécile. Il était très méchant, et j'ai fait des tas de bêtises.

– Comme quoi ?

– Galoper n'importe comment en prenant de gros risques.

C'était la première fois qu'elle pensait à sa chute en ces termes. Elle se sentit presque soulagée. C'était elle-même qui avait forgé son destin, non pas le hasard, et elle en ressentait moins d'amertume.

– Tu aimes les chevaux, Alex ?

– Beaucoup, j'ai même été au rodéo une fois.

– Ah oui ? Moi, j'ai travaillé dans un ranch.

– C'est pas vrai, dit-il avec une moue dégoûtée, les filles travaillent pas dans les ranchs.

– Si, quelquefois.

– Et c'était bien ? demanda-t-il d'un air dubitatif.

– Formidable !

– Alors, pourquoi est-ce que tu es partie ?

– Parce que je suis rentrée à New York.

– Pourquoi ?

– Mes amis me manquaient trop.

– Tu as des enfants ?

– Non, et toi ? dit-elle, taquine.

Le petit garçon éclata de rire et ses yeux brillèrent.

– Décidément, t'es vraiment trop bête. C'est ton vrai nom, Sam ?

– Oui. C'est le diminutif de Samantha.

– Moi aussi j'ai un petit nom. En réalité, je m'appelle Alexander.

– Tu veux aller faire un tour, Alexander ?

– Maintenant ?

– Pourquoi pas ? Tu attends quelqu'un ?

– Ils viennent de rentrer à la maison. Je les regardais justement partir.

– Bon, eh bien, allons-y.

Ils prirent l'ascenseur et arrivèrent au petit magasin du rez-de-chaussée où ils achetèrent des bonbons, et des magazines pour Samantha. Ensuite, ils remontèrent à leur étage.

– Tu veux voir ma chambre ?

– Avec grand plaisir, répondit-elle.

Dans un coin de la petite chambre, il y avait un sapin de Noël tout illuminé. Les murs étaient couverts de dessins et de photos, envoyés par ses camarades de classe.

– Je vais bientôt retourner à l'école. La même. Le docteur dit que, si je fais bien ma rééducation, je serai comme les autres.

– C'est ce qu'il me dit à moi aussi.

– Tu vas à l'école, toi ?

– D'une certaine façon, oui. C'est une agence de publicité. Je fais des films publicitaires.

– Tu veux dire que c'est toi qui essaies de nous vendre toutes ces saloperies, à nous les enfants, c'est toi qui fais ces films idiots qu'on voit à la télé ? Maman dit que c'est des irresponsables qui font des choses pareilles.

– Des irresponsables ! En réalité, c'est aux adultes que j'essaie de vendre des saloperies, comme des voitures, des pianos, des rouges à lèvres, des parfums...

– Pouah !

– Enfin, peut-être devrais-je retourner travailler dans un ranch.

– Tu es mariée ?

– Non.

– Comment ça se fait ?

– Personne ne veut de moi, je suppose. Et toi, tu es marié ?

– Non, mais j'ai deux petites amies.

– Deux ? Fichtre !

La conversation roula ainsi pendant longtemps; ils étaient devenus les meilleurs amis du monde. Ils prirent leur dîner ensemble et Samantha le borda dans son lit et lui lut une histoire jusqu'à ce qu'il fût endormi. Elle se sentait tout à coup plus calme, presque heureuse. Elle était enfin utile. Il y avait longtemps que l'on n'avait eu besoin d'elle. Ce petit garçon qui s'endormait doucement sous son regard attentif, ce petit Alex, était en quelques heures devenu un élément important de sa vie.

De retour dans sa chambre, elle était plus sereine. Elle ramassa les dossiers déposés par Charlie et s'y plongea.

29

Alex quitta l'hôpital au courant du mois d'avril. Il rentra chez lui, auprès de ses parents, et retourna à l'école. Chaque semaine, il envoyait une lettre à Samantha. À l'entendre, tout était comme avant et ses amis ne le considéraient pas du tout comme un infirme. En compagnie de son père, il allait le dimanche assister à des matchs de base-ball ainsi que tout un groupe de garçons handicapés comme lui. Samantha attendait toujours ces lettres avec impatience et elle lui répondait tout de suite, joignant à son courrier un petit cadeau – image de cheval, sucrerie, petite voiture – qu'elle achetait au magasin de l'hôpital. Cette amitié l'avait rendue plus forte, son courage en avait été comme attisé. Mais lorsque le médecin fit allusion à sa sortie prochaine elle fut prise de panique. Car un beau jour le Dr Nolan lui annonça :

– À mon avis, d'ici la fin du mois, vous pourrez nous quitter.

Elle pâlit et répondit d'une voix étouffée :

– Non, pas encore.

– Je ne vois pas de raison de retarder votre sortie.

– Non, je ne suis pas encore prête, mes bras ne sont pas assez musclés et...

Elle se cherchait des excuses. Elle était bien à l'hôpital, dans son « cocon » comme elle disait. Mais elle refusait d'avouer sa peur du monde extérieur, sa terreur devant l'inconnu, cette nouvelle vie qui l'attendait au-delà du portail de Lenox Hill. Elle aurait préféré continuer à faire ses trois heures de rééducation tous les matins et travailler tranquillement pour l'agence l'après-midi dans sa petite chambre. La campagne « western », comme on l'appelait maintenant, avait été couronnée par un des prix les plus convoités aux États-Unis, le prix Clio. Elle avait conçu deux autres projets dans la même veine. Charlie, Henry Johns-Adams et son ami devaient bientôt partir pour l'Ouest. Ils n'avaient pas encore trouvé le lieu de tournage idéal.

C'est pour cette raison que ce jour-là elle décrocha le téléphone et composa le numéro du ranch Lord. Elle se disait que la location du ranch pour un film publicitaire apporterait un peu de distraction à Caroline qui désormais ne faisait plus rien que s'occuper de Bill. Dès qu'elle entendit la voix de son amie, Samantha comprit ce qui était arrivé.

– Oh ! Sam… oh !… il m'a quittée… il nous a quittés…

Samantha ne savait que dire. Elle sentait son aînée brisée, sans force ni volonté de réagir. C'était la première fois qu'elle était celle qui prononçait des paroles d'encouragement.

– Mais je n'ai plus personne, Sam. Plus personne, tu comprends. Plus de famille… et maintenant, Bill… oh ! Sam…

– Tu as le ranch, et puis tu m'as moi. Il y a des tas de gens qui t'aiment et tiennent à toi.

– Je ne sais pas, je ne sais plus, je suis fatiguée, Sam, si fatiguée… je n'ai même plus envie de monter à cheval, je ne m'occupe plus de rien. Je laisse le nouveau contremaître se charger de tout. Sans Bill, tout ça ne veut plus rien dire…

Bill fut enterré quelques jours plus tard, dans un coin de la propriété. Il emmenait leur secret dans la tombe. Jamais il n'avait été le mari de Caroline Lord. Il ne le serait jamais. Il avait eu le dernier mot.

Malgré sa résistance et ses craintes, Samantha sortit de l'hôpital le 1er mai. Il faisait un temps radieux. Charlie et Mellie étaient venus la chercher pour l'amener dans son nouvel appartement. C'était un rez-de-chaussée dans le même immeuble que le leur, très ensoleillé, avec un petit jardin et même un portier. Enfin, comble de chance, il n'y avait aucune marche d'escalier. De sa chambre d'hôpital, Samantha avait organisé le déménagement, en se disant tristement que jamais plus elle n'escaladerait l'escalier du petit immeuble de la 63e Rue. À l'aide de plans, elle avait indiqué où placer les meubles dans son nouveau logement. Mais elle avait voulu que ses affaires personnelles ne soient pas déballées. Elle s'en chargerait elle-même.

Vider les cartons, suspendre les vêtements, ranger les ustensiles de cuisine, la vaisselle, les balais; toutes choses qui paraissent aisées lorsque l'on est valide mais qui deviennent des épreuves quasi insurmontables quand on est cloué sur un fauteuil roulant. À un moment donné, en tendant les bras pour accrocher un petit tableau, Samantha bascula en avant et roula à terre. Elle parvint néanmoins à se relever et à se rasseoir dans son fauteuil. Ensuite, elle continua courageusement son entreprise de rangement. Puis elle prit un bain et se lava la tête. C'était la première victoire de sa nouvelle vie.

Le lendemain, pour se rendre à l'agence, elle s'habilla tout en noir : jupe, pull à col roulé, bottes en daim à talons, et un nœud rouge dans les cheveux. Elle était extrêmement élégante et son visage souriant semblait plus énergique et déterminé que jamais. Après la matinée de travail, Charlie et Harvey l'emmenèrent déjeuner dans le restaurant à la mode du quartier et ils bavardèrent gaiement de tout et de rien. Elle était toujours la même jeune femme charmante, vive et intelligente, et si belle ! Les hommes se retournaient sur son passage à la fois choqués, troublés et éblouis. Pour sa part, elle était intriguée par l'effet qu'elle produisait sur les autres, les hommes en particulier. Elle qui craignait de lire de la pitié dans leur regard avait la surprise de retrouver intact tout son pouvoir de séduction. Elle n'avait pas parlé de sa vie sexuelle au psychiatre de l'hôpital. Il y avait eu alors tant d'autres difficultés à surmonter que les médecins s'étaient dit que le problème viendrait en son temps.

– À Samantha ! dit Harvey en levant sa coupe de champagne. Qu'elle vive encore cent ans sans jamais manquer un seul jour à l'agence !

Samedi, Samantha sortit son petit ami Alex. Ils commencèrent par manger des hot-dogs accompagnés de frites, dehors, au soleil, dans la rue devant le stand, puis ils allèrent au cinéma. Ils passèrent ensemble une merveilleuse journée et lorsque la jeune femme le ramena chez sa mère, elle eut un petit pincement de cœur. Au lieu de rentrer directement chez elle, elle monta chez Charlie et Mellie où elle joua longtemps avec le bébé.

À un moment donné, alors que Samantha faisait rouler son fauteuil jusqu'à l'autre extrémité de la chambre, la petite fille se mit tant bien que mal sur ses pieds et, les bras en croix comme un funambule, fit trois pas chancelants avant de s'écrouler sur le tapis. Tandis que l'enfant essayait de se relever, son aînée appela sa mère qui accourut juste à temps pour voir l'exploit se renouveler.

– Oh ! elle marche ! Charlie, Sam marche ! Viens voir, Sam marche !

Le visage barbu de Charlie s'encadra dans la porte. Il était blême. Il avait aussitôt pensé à Samantha. Celle-ci tourna vers lui un visage ruisselant de larmes. Elle souriait.

– Oui, elle marche. Sam marche !

30

Cette année-là, toujours grâce à Samantha, Crane, Harper and Laub furent couronnés d'un autre prix Clio. La jeune femme rapporta aussi deux clients supplémentaires à l'agence. Les prédictions sinistres de sa mère ne s'étaient pas réalisées. Elle menait une vie indépendante, et d'une certaine façon heureuse, partagée entre son travail, ses amis et le petit Alex. Mais elle ressentait néanmoins un manque, et ne savait pas très bien où tout cela la menait.

Un jour – c'était au début du mois de novembre – Harvey la convoqua dans son bureau. Au moment où elle entra, levant à peine les yeux du dossier ouvert devant lui, il indiqua vaguement un fauteuil en disant :

– Assieds-toi, Sam.

– Merci, Harvey, c'est déjà fait, dit-elle en souriant.

Relevant la tête, il eut un instant l'air embarrassé, puis, voyant l'expression gentiment ironique de Samantha, il prit le parti de dire :

– Tu me rends nerveux, Sam. J'ai quelque chose à t'annoncer... ou plutôt à te demander...

– Ma main, tu te décides enfin ?

– Ça n'est pas une plaisanterie, je suis sérieux cette fois-ci. Je prends ma retraite à la fin de cette année.

– Tu as de la fièvre, Harvey ?

Ça n'était pas la première fois que Harvey Maxwell menaçait de prendre sa retraite, mais ce jour-là Samantha était inquiète : elle n'avait pas du tout envie de ce poste.

– Pourquoi ne prends-tu pas des vacances avec Maggie ? (Maggie était la femme de Harvey depuis plus de trente ans.) Les Antilles, ça ne te dirait rien ? Tu rentrerais frais et dispos, prêt à attaquer une nouvelle carrière !

– Il n'en est pas question. Réfléchis un peu. J'ai cinquante-neuf ans et je n'ai aucune envie de finir ma vie dans la pub, cet art éphémère. Je veux profiter de ce qu'il me reste de jeunesse et de ma vie de couple avec Maggie, ce que je n'ai pas eu le temps de faire jusqu'ici tant je me tue au travail, tu comprends ? Je vais avoir soixante ans et j'en ai ma claque de bosser comme si j'en avais vingt ! Personne ne va me dissuader, cette fois-ci. Je prends ma retraite. La place t'intéresse ? Elle est à toi. En fait, que tu le veuilles ou non, elle est à toi.

– Joli discours, Harvey, mais je ne suis pas encore convaincue.

– Je suis sincère pourtant.

– Tu as probablement raison, répondit-elle rêveusement.

En réalité, son esprit était ailleurs, à des milliers de kilomètres de là, au ranch Lord. Elle songeait à Caroline et à Bill, à tout le temps qu'ils avaient perdu dans leurs efforts continus pour garder leur liaison secrète. Puis ses pensées se portèrent sur l'état de santé de Caroline qui déclinait de jour en jour depuis la mort de Bill huit mois plus tôt. Samantha aurait voulu aller la voir – elle avait vaguement formé ce projet pour les vacances de Noël – mais elle appréhendait le voyage. À présent, elle se sentait en sécurité sur son propre territoire, mais que lui arriverait-il une fois loin de tout ce qui lui était familier ?

– Alors, Sam, tu veux être directrice de création, oui ou non ?

– Franchement, dit-elle en souriant timidement, j'hésite. J'aime travailler ici, Harvey, avec toi. Autrefois, je pensais que ton poste était le fin du fin, mais à présent je ne sais plus, et je ne suis pas certaine de pouvoir assumer tout ce qui vient avec : les insomnies, les angoisses à vous donner des ulcères à l'estomac... D'autre part, le poste implique des déplacements, des voyages, regarde-moi cinq minutes et tu comprendras. Je n'ose même pas rendre visite à mon amie de Californie. Bref, je ne suis pas sûre d'être la personne idéale. Tu as pensé à Charlie ?

— Il est rare que l'on prenne un directeur artistique pour ce poste.

— Peut-être, mais il ferait parfaitement l'affaire.

— Toi aussi. Réfléchis et tu m'en parleras.

— Quand as-tu besoin d'une réponse ?

— Dans deux semaines si possible.

Ils bavardèrent encore un moment puis se séparèrent.

Dix jours après cet entretien, une lettre vint bouleverser tous les plans que Samantha avait pu faire.

C'était une lettre de l'avoué de Caroline Lord. Samantha l'avait trouvée parmi son courrier de l'agence. Après l'avoir ouverte, elle l'avait longtemps gardée sur ses genoux avec l'impression que le ciel lui tombait sur la tête. Puis, comme une somnambule, elle avait dirigé son fauteuil vers le bureau de Charlie.

— Tu ne te sens pas bien ? demanda aussitôt celui-ci en voyant le visage défait de son amie.

Elle lui tendit la lettre, il la lut attentivement puis regarda Samantha fixement :

— Tu le savais ?

À présent, elle pleurait doucement. Elle dit à travers ses larmes :

— Je n'y avais jamais pensé... mais elle n'avait probablement personne d'autre... oh ! Charlie, c'est trop affreux !

— Là, là, ne pleure pas, dit-il comme à une enfant.

Caroline Lord était morte dans son sommeil la semaine précédente et personne n'avait averti Samantha. Pas même son vieil ami, Josh. D'après la lettre, la jeune femme héritait du ranch.

– Pourquoi avoir fait une chose pareille ? demanda Samantha qui avait déplacé son fauteuil pour regarder par la fenêtre. Pourquoi m'avoir laissé le ranch ? Qu'est-ce que je vais bien en faire ? Je ne peux plus rien à présent !

– Que veux-tu dire par là ?

– Tu le sais parfaitement. En dépit de la vie que je mène ici, de mes activités, etc., je suis une infirme. Et qu'est-ce qu'une infirme peut faire dans un ranch ? Tu peux me le dire ? Regarder les autres monter à cheval ? Le ranch appartient au monde des bien portants.

– Mais tu en fais partie, Sam. Un cheval a quatre jambes, et il te les prêtera volontiers, j'en suis sûr. Tu seras beaucoup plus élégante que dans ton fauteuil, crois-moi !

– Je ne trouve pas ça drôle, Charlie ! dit-elle sévèrement en se dirigeant vers la sortie.

Cinq minutes après, c'était au tour de Charlie de lui rendre visite dans son bureau. Il voulait tirer l'affaire au clair, quitte à essuyer sa mauvaise humeur.

– Laisse-moi, Charlie ! Une femme que j'aimais beaucoup vient de mourir, je n'ai pas envie d'entendre tes sornettes. Va-t'en !

Il ne bougea pas d'un poil.

– Non, je reste. J'ai quelque chose d'important à te dire. Je suis désolé de la mort de ton amie, mais à mon avis, si elle t'a laissé ce ranch, ce n'est pas à cause de la fortune qu'il représente, mais parce qu'elle veut que tu en fasses quelque chose. D'une certaine façon, en t'occupant du ranch, tu prolongeras sa vie. Depuis ton retour, Sam, je t'ai bien observée, et je vais te dire le fond de ma pensée : eh bien, le cœur n'y est pas, tu travailles toujours aussi dur, mais sans passion; tu as toujours autant de talent, mais rien n'a l'air de t'intéresser vraiment. Si tu veux mon avis, retourne là-bas, c'est au ranch Lord qu'est ta place. Ton amie te l'offre sur un plateau et tu joues les infirmes ? Je ne reconnais plus ma Samantha !

— Et que vas-tu faire pour m'empêcher de jouer les infirmes comme tu dis ?

— Je vais t'emmener là-bas de gré ou de force. Je ne suis pas aveugle, Sam, j'ai vu combien tu étais heureuse l'année dernière dans ces ranchs au cours du tournage. Tes yeux brillaient chaque fois que tu voyais une vache, un cheval ou un cowboy ! Et tu veux me faire croire que tout ça n'est plus rien pour toi ? Je sais que tu parles souvent à Alex de ces cours d'équitation pour handicapés. La dernière fois que je l'ai vu, il m'a dit que tu lui avais promis qu'un jour il pourrait monter à cheval. Tu ne tiens donc plus tes promesses ? Pourquoi ne monterais-tu pas un centre d'équitation pour handicapés ?

— J'en serais incapable, Charlie. Je n'y connais rien.

— Tu pourrais apprendre. Tu en sais déjà long sur les chevaux... et sur les gens en fauteuil roulant. Tu auras plein de monde pour t'aider, tu verras. Il faudra que tu organises tout ça, imagine, un gigantesque tournage !

— Tu es fou !

— Peut-être, et que dirais-tu d'être un peu folle aussi ?

— On peut toujours essayer. Mais je ne saurai jamais par quel bout commencer.

— Commence par faire le tour du propriétaire !

— Maintenant ?

— Quand tu pourras.

— Seule ?

— Si tu veux.

— Il faut que je réfléchisse. Mais je ne crois pas pouvoir y aller seule, j'y ai trop de souvenirs, tu comprends.

– Dans ce cas, emmène quelqu'un pour te tenir compagnie.

– Qui ? Ma mère peut-être ?

– Surtout pas. Mais demande donc à Mellie.

– Et les enfants, ça leur plairait, tu crois ?

– Ça nous plairait à tous. Et tu n'auras pas besoin de nous emmener, nous viendrons tout seuls.

– Tu plaisantes ?

– Pas du tout. J'ai bien l'intention d'être de la partie.

– Que dirais-tu de Thanksgiving* ?

– Parfait. Je vais téléphoner à Mellie immédiatement.

– Tu crois que ça lui fera plaisir ?

– Je crois qu'elle va être ravie, dit-il en lui faisant un clin d'œil.

Mellie fut effectivement enchantée à l'idée du voyage et les garçons poussèrent des cris de joie. Elle prit les billets d'avion et s'arrangea pour confier la petite Samantha à sa mère.

31

Lorsque se profila à l'horizon le paysage de collines, Samantha se réfugia dans un profond silence. Elle n'entendait plus ni les cris des garçons qui s'impatientaient à la fin du long voyage ni la voix douce de Mellie qui bavardait avec son mari au volant de la voiture de location. Elle s'attendait à tout instant à entendre le hennissement d'un cheval.

*Thanksgiving Day : jour d'action de grâces (institué par les « Pilgrim Fathers ») pour célébrer la première moisson. Fête observée chaque année le quatrième jeudi du mois de novembre (N.d.T.).

Elle avait tout organisé par téléphone et avait demandé à Josh de ne pas les attendre. C'était Thanksgiving et elle ne voulait pas lui gâcher cette belle journée. Quant à eux, ils avaient mangé la dinde traditionnelle dans l'avion. Les garçons avaient d'ailleurs été davantage excités par la tranche un peu sèche sous cellophane, le minuscule pot de confiture d'airelles et les petits couverts en plastique qu'ils ne l'auraient été devant une belle bête fumante sortant du four. Il était prévu que Charlie et Mellie dormiraient dans l'appartement de Caroline, les garçons dans l'une des chambres d'amis et Samantha dans celle qu'elle avait occupée la dernière fois. Tout au long de leur conversation, Josh n'avait cessé de lui dire combien il avait été soulagé d'apprendre que c'était elle l'héritière. D'après lui, Samantha était faite pour diriger un ranch.

Tandis que le break s'approchait du ranch Lord, la jeune femme se sentit envahie de nostalgie. Les silhouettes de Bill et Caroline revinrent à sa mémoire, puis celle de Tate chevauchant son beau Pinto. Elle revit la maison du lac, la petite chambre bleu pâle et se dit que si Tate devait réapparaître aujourd'hui ce serait elle qui fuirait. Cet amour-là appartenait au domaine du rêve, à un univers désormais évanoui, au même titre que ces photos jaunies de l'album que les deux amoureux feuilletaient autrefois dans leur refuge secret.

– C'est là, dit-elle doucement, en montrant la bifurcation du doigt.

Ils passèrent le portail, suivirent la petite route sinueuse et la maison se dressa brusquement devant leurs yeux. Elle apparaissait toujours comme par magie, au détour du chemin, mais cette fois-ci la vision attrista Samantha : les lumières étaient éteintes, la maison vide.

– Charlie, Josh m'a dit qu'il laisserait la porte d'entrée ouverte. L'interrupteur est juste à droite.

Samantha s'attendait à voir surgir d'un instant à l'autre la haute et mince silhouette de Caroline. Mais lorsque Charlie réapparut sous le porche il était seul.

– Sam, où sont les chevaux ?

– Dans les écuries. On ira les voir demain.

– Pourquoi pas aujourd'hui ?

Regardant par-dessus leurs têtes, elle adressa un sourire à Charlie.

– D'accord. Mais pas avant d'avoir déchargé la voiture.

Une fois dans le vestibule, Samantha sentit ses oreilles bourdonner. Tout à coup, elle avait envie de fuir; elle ne pouvait supporter l'idée de revoir ces pièces, les écuries, les chevaux, Black Beauty, Navajo. Rien n'avait plus de sens sans la présence de Caroline… Instinctivement, elle dirigea son fauteuil vers son ancienne chambre. Les garçons la suivirent et elle se força à sourire en leur montrant leur chambre. Puis elle retourna au salon et indiqua à Charlie et Melinda la direction de l'appartement de Caroline. Elle n'avait pas le cœur à les y accompagner.

– Ça va ? demanda Melinda d'une voix douce.

– Très bien.

– Tu as l'air fatiguée.

– Non, non, ça va, je t'assure.

Un peu plus tard, alors qu'elle contemplait à travers la baie vitrée du salon le jour tomber sur les collines, elle vit approcher un petit homme aux cheveux gris et aux jambes arquées. Elle ne le reconnut pas immédiatement, puis s'écria :

– Josh !

Un sourire illuminait à présent son visage tandis qu'elle manœuvrait rapidement son fauteuil jusqu'à la porte d'entrée. Mais elle n'avait pas songé qu'il ignorait tout de son accident. Lorsqu'elle vit son visage se décomposer, elle fondit en larmes.

– Mon Dieu, Sam… oh ! Sam…

Josh se pencha et la serra contre son cœur. Ils pleurèrent tous deux longuement.

– Pourquoi ne m'a-t-on rien dit ?

– Je pensais que Caroline…

– Comment est-ce arrivé ?

Josh n'avait pas été le seul à avoir subi un choc. Samantha s'était vue tout à coup telle qu'elle était apparue au vieux cowboy : une infirme. Sa vie était terminée, elle n'était plus bonne à rien. Fini le temps où elle était une fière jeune femme à crinière blonde, une belle cavalière. Jamais ces hommes n'accepteraient de travailler pour une infirme !

– Quand est-ce arrivé ?

– Il y a quinze mois, dans le Colorado. J'ai fait une chute de cheval. C'était entièrement ma faute. Je n'aurais jamais dû monter cet étalon, il m'a jetée dans un ravin.

– Mais pourquoi avoir fait une chose pareille ?

C'était la première fois que la jeune femme parlait de son accident à quelqu'un qui connaissait aussi bien les chevaux qu'elle. Josh avait aussitôt compris que sa chute s'apparentait davantage à un suicide qu'à un accident.

– Je ne sais pas. J'étais folle. J'étais triste, et puis je pensais qu'après Black Beauty je pouvais monter n'importe quel étalon.

– Est-ce que tu ne… est-ce qu'ils pourront jamais te…

– Non, je ne marcherai plus jamais. Mais je pensais que Caroline vous avait dit…

– Non… elle n'a rien dit.

– Elle devait être tellement préoccupée par

Bill ! J'ai voulu venir lorsqu'il a eu sa première attaque, mais elle ne me l'a pas permis. Puis il y a eu mon accident et dix mois d'hôpital. Ensuite, je ne sais pas, j'ai eu peur... peur d'affronter mon ancienne vie probablement. C'est ainsi que je ne l'ai jamais revue. Elle a dû être si triste après la mort de Bill...

— C'est elle qui a voulu partir, tu sais. Elle ne voulait pas lui survivre. (« Il sait donc », pensa Samantha.) C'est comme s'ils avaient été mari et femme.

— Je sais, ils auraient dû se marier.

— Oh ! fit-il en haussant les épaules. Mais parlons de toi. Qu'as-tu l'intention de faire du ranch ? Le vendre ?

— À vrai dire, je n'en sais rien. Je ne vois pas comment une infirme comme moi pourrait prendre la tête d'un ranch comme celui-ci. Et puis, ma place est peut-être à New York après tout.

— Tu vis avec tes parents ?

— Non, seule. Dans le même immeuble que les amis qui m'ont accompagnée. Il n'y a aucune marche à grimper, dit-elle avec un pâle sourire.

— Tu pourrais très bien te débrouiller ici dans ce cas. Je t'aiderai. Et puis il n'y a aucune raison pour que tu ne puisses pas remonter à cheval, si tu te montres prudente !

— Oh ! Josh, ce serait merveilleux, mais j'ai si peur... c'est pour ça que je suis venue ici, pour prendre une décision.

— J'ai une vieille selle que je vais arranger pour toi, tu verras. Mais... on ne la mettra pas sur Black Beauty !

— Nous verrons ! répondit-elle en riant.

— J'aimerais bien savoir qui est l'imbécile qui t'a permis de monter cet étalon.

— Quelqu'un qui m'avait vue à l'œuvre...

– Toujours à faire l'intéressante, hein ?

C'était le genre de chose que Tate lui aurait dite. Elle ne put résister au désir de savoir.

– Au fait, vous n'avez pas entendu parler de Tate Jordan ?

– Non. On ne l'a jamais revu. Dieu sait où il est allé ! Dommage, il aurait fait un bon contremaître.

« Et un bon mari », pensa Samantha, mais elle préféra changer le sujet de la conversation.

– Et le nouveau contremaître, il est bien ?

– Très bien, mais il part. Il l'a annoncé hier matin. Il a peur que tu ne vendes le ranch. On lui a fait une proposition dans un autre ranch, alors il a sauté sur l'occasion.

– Et vous, Josh, vous partez aussi ?

– Oh ! moi, non ! Ma place est ici. Je fais partie des meubles, depuis le temps ! Si tu vends, tu me vendras aussi.

– Et si je le gardais, accepteriez-vous de devenir contremaître ?

– Tu blagues ou quoi ? ma femme – elle qui ne se prend déjà pas pour de la crotte – ne se tiendrait plus, mais j'en ai vu d'autres, allez !

– Sam ?

C'était la voix de Charlie. Il s'était approché silencieusement, ne voulant pas interrompre la conversation. Samantha fit les présentations. Ils bavardèrent quelques minutes, puis Josh demanda :

– Combien de temps comptez-vous rester ?

– Jusqu'à dimanche. Nous devons être au travail lundi matin. Charlie est mon collègue. C'est un artiste.

– Un génie, n'aie pas peur des mots ! s'exclama Charlie.

– Vous montez à cheval ? Non ? Oh ! mais nous allons vous apprendre. Sam m'a dit que vous aviez des enfants ?

– Trois. Les trois garçons.

– Combien en avez-vous en tout ?

– Quatre. On a laissé la petite à New York.

– Quatre, c'est rien ! Moi, j'en ai six, alors, pensez !

– Plaise à Dieu que ça ne m'arrive pas !

Ils furent rejoints par Mellie et les enfants et le petit groupe se dirigea joyeusement vers les écuries. Samantha s'arrêta quelques instants devant le box de Black Beauty, toujours aussi beau dans sa robe noire et luisante.

– Il est à toi maintenant, Sam.

Samantha tressaillit. La voix de Josh l'avait surprise.

– Non, il sera toujours à Caroline. Mais je le monterai.

– Il n'en est pas question !

– On verra demain !

En souhaitant bonsoir au vieux cowboy, ce soir-là, Samantha se dit que, tant que Josh serait là, tant qu'elle-même pourrait se promener dans le ranch, flatter la croupe des chevaux, admirer le paysage majestueux, Caroline et Bill ne seraient pas morts tout à fait.

32

– Ça y est, on te tient, Sam !

Deux cowboys la hissèrent sur le cheval pendant que deux autres empêchaient celui-ci de bouger. C'était une bête très docile, du nom de Pretty Girl. Une fois en selle, après que Josh l'eut fermement amarrée à l'aide de sangles, Samantha se sentit rassurée. Elle abaissa un regard émerveillé vers ses compagnons.

– Ça alors ! Je suis à cheval !

– Allez, bouge un peu, dit Josh. Fais-le avancer !

– Je veux bien, mais je meurs de trouille !

Josh attrapa la bride et fit avancer le cheval.

– On va aller faire le tour du corral.

– J'ai l'impression de retomber en enfance.

– Exact, avant de trotter, il faut d'abord apprendre à aller au pas.

Quelques minutes plus tard, il lâchait la bride et Samantha prenait toute seule le trot.

– Regardez... je cours... je cours...

Il lui semblait qu'il y avait une éternité qu'elle n'avait pas décollé de son fauteuil roulant. À présent, sentant le vent agiter sa chevelure, elle ne se tenait plus de joie.

Elle resta à cheval pendant près d'une heure et, lorsqu'on la fit descendre, ses yeux brillaient, son visage rayonnait.

– Tu es vraiment belle à cheval, tu sais, Sam, lui dit Josh en l'installant dans son fauteuil.

– Je dois vous avouer que j'ai eu très peur au début.

– C'est tout à fait normal. Et comment te sens-tu maintenant ?

– Je revis. Cela faisait longtemps...

– Tu vois que tu pourrais reprendre le ranch !

Elle le regarda pensivement puis, penchant la tête, dit :

– Vous savez, Josh, Charlie et moi avons discuté d'un projet quand nous étions à New York. Transformer ce ranch en centre d'accueil pour... pour des gens comme moi. Des enfants. Pour qu'ils puissent retrouver une vie normale. Vous comprenez, sur un cheval, on n'est pas différent des autres, ou de ce que l'on était avant. Probablement quand même un peu, mais avec de l'entraînement ça peut s'arranger. Imaginez un peu, il faudrait sélectionner les chevaux, mettre au point des techniques d'apprentissage...

– Ça exigerait des transformations considérables, mais ça ne serait pas impossible.

– Vous m'aideriez ?

– Je ne m'y connais pas en matière de... de gens comme vous, mais je connais bien les chevaux, pour sûr. Et je suis capable d'apprendre à monter à cheval à un aveugle ! Mes enfants montaient déjà à l'âge de trois ans ! Sam, c'est d'accord ! Je suis partant.

– Il faut d'abord que je réfléchisse. Il nous faudrait de l'argent pour faire les travaux nécessaires, payer des infirmières, des thérapeutes, peut-être un médecin, des employés supplémentaires. Et puis il faudra persuader les parents de bien vouloir nous confier leurs enfants.

Tout en s'adressant à Josh, Samantha se parlait à elle-même. Charlie et Melinda se joignirent à eux et se mirent à poser à Josh une foule de questions sur le ranch.

Le dimanche arriva trop rapidement. Au moment du départ, Josh prit la main de Samantha dans les siennes et, en les serrant, il demanda anxieusement :

– Vas-tu le garder ?

La jeune femme se dit que c'était peut-être la dernière fois qu'elle le voyait et les larmes lui montèrent aux yeux.

– Je n'en sais encore rien. Mais je vous tiendrai au courant, promis.

– Faites vite.

– On vous a proposé un autre travail ?

– Si je répondais oui, cela vous presserait à garder le ranch ?

– Peut-être, Josh, dit-elle en riant.

– C'est que je ne voudrais pas vous voir abandonner le ranch.

– Moi non plus, Josh. Mais je n'y connais rien, vous le savez bien. La seule solution, ce serait de faire ce dont je vous ai parlé.

– Et pourquoi pas ?

– Il faut que je réfléchisse.

Le voyage du retour fut extrêmement calme, sans événement marquant. Samantha resta pensive. Elle quitta Charlie, Mellie et les garçons dans le hall d'entrée de leur immeuble et s'enferma dans son appartement pour mettre ses réflexions par écrit.

Le lendemain matin, à l'agence, Charlie entra dans son bureau et posa sur elle un regard interrogateur :

– Alors, notre cowgirl a-t-elle pris une décision ?

– Chut ! fit-elle en posant un doigt sur ses lèvres.

– Que concoctes-tu ? Tu veux savoir ce que je ferais à ta place ?

– Non, je ne préfère pas. J'ai mon idée.

– Eh bien, surtout n'en souffle pas mot à ta mère, elle te ferait enfermer dans un asile de fous !

– Et elle n'aurait pas entièrement tort !

– Probablement.

C'est alors que le visage de la secrétaire de Harvey se profila par la porte entrouverte.

– Mademoiselle Taylor ?

– Oui ?

– M. Maxwell voudrait vous voir dans son bureau.

– Aïe ! Le Seigneur en personne ! s'exclama Charlie.

Samantha suivit la secrétaire de Harvey. Lorsque la porte de son bureau s'ouvrit, elle vit qu'il avait les traits tirés et l'air soucieux.

– Bonjour, Sam, dit-il.

– Bonjour, que se passe-t-il ?

Il feuilleta un dossier distraitement puis, levant les yeux vers elle, demanda :

– Comment s'est passé ce Thanksgiving ?

– Très bien, merci, et le tien ?

– Très bien aussi. Avec qui étais-tu ?

– Les Peterson.

– Chez eux ?

– Non, chez moi. (Elle disait la vérité, n'est-ce pas ?)

– Merveilleux. Tu t'es si bien remise...

– Merci.

– Mais tu ne m'as pas encore fait part de ta décision.

– Je sais. J'ai honte de prendre tout ce temps, mais...

– Est-ce si problématique ? Pour les déplacements, tu pourras aisément engager un assistant – n'est-ce pas exactement ce que j'ai fait ? dit-il en faisant une moue un peu amère; Sam, sois raisonnable, ça fait déjà des années que tu fais ce travail. Ça n'est tout de même pas une question de titre qui va t'arrêter !

– Ah ! tu avoues enfin ! Je devrais te faire signer une déclaration !

– Jamais de la vie ! Allez, Sam, donne-moi une réponse. J'ai envie de rentrer chez moi.

– Le fait est que... moi aussi !

– Mais tu es ici chez toi, Sam.

– Non, Harvey, c'est ce dont je viens de me rendre compte.

– Tu es malheureuse à l'agence ? demanda-t-il, l'air incrédule.

– Non, pas malheureuse, simplement pas à ma place. Et puis il n'est pas question de l'agence, mais plutôt de New York, de...

– Sam, ne me dis pas que tu retournes chez ta mère !

– Oh non ! répondit-elle en riant. Certainement pas !

– Alors quoi ?

– Je t'ai caché quelque chose, Harvey. Mon amie Caroline m'a laissé son ranch.

– Cet énorme ranch ? Mmmmm... tu vas le vendre ?

– Je ne pense pas, non.

– Mais que vas-tu en faire ?

– Je vais peut-être échouer, mais ça vaut la peine d'essayer : je veux en faire un centre pour jeunes handicapés. Je veux leur apprendre à se sentir indépendants, à monter à cheval... Tu me crois folle à lier ?

– Pas du tout. Si tu étais ma fille, je te donnerais toute ma fortune et te souhaiterais bonne chance. Mais es-tu bien sûre que c'est ce que tu veux ?

– Oui, maintenant, j'en suis sûre. Que vas-tu faire de ton poste, le passer à Charlie ?

– C'est la seule chose que je puisse faire. Je crois d'ailleurs qu'il s'en tirera très bien.

– Mais es-tu bien certain de vouloir prendre ta retraite ?

– Oui, Sam. Aussi sûr que toi à propos de ton ranch. On a toujours un peu peur de se lancer en territoire inconnu. Comment être certain d'avoir raison ?

– Comme ce que tu dis est vrai !

– À ton avis, Charlie va accepter le poste ?

– Il va être enchanté !

– Tant mieux, parce qu'il n'y a pas d'autre solution. Moi, je refuse de continuer à passer ma vie à penser, manger, dormir, respirer en publicitaire !

– Tout comme moi. Mais Charlie adore ça.

— Tu peux aller lui annoncer la bonne nouvelle !

— Moi ?

— Oui, toi, tu es sa meilleure amie, non ? Quand nous quittes-tu ? ajouta-t-il en regardant tristement la jeune femme.

— Quand penses-tu que ça pourrait se faire ?

— Je te laisse décider.

— À la fin de l'année. Il reste cinq semaines. Ça ira, non ?

— Nous prendrons donc notre retraite en même temps. Maggie et moi viendrons certainement te rendre visite dans ton ranch. Mon grand âge fait de moi un être suffisamment handicapé pour compter parmi tes invités, n'est-ce pas ?

— Que tu es bête ! s'exclama Samantha en manœuvrant son fauteuil autour de sa table de travail pour venir l'embrasser sur la joue. Tu ne seras jamais assez vieux !

— Je suis fier de toi, tu sais, Sam. Bon, maintenant, file, va voir Charlie.

Elle trouva son vieux complice à quatre pattes dans son bureau, cherchant désespérément sa raquette de tennis parmi son désordre habituel. Il devait jouer pendant l'heure du déjeuner.

— Comment peux-tu retrouver quoi que ce soit dans ce fouillis ? demanda-t-elle.

— Hein ? dit-il en levant une tête ébouriffée. Ah ! c'est toi ? Tu n'aurais pas une raquette de tennis à me prêter, par hasard ?

— Si, et des patins à roulettes aussi, si tu veux !

— Oh ! toi. Tu n'as donc que des plaisanteries de mauvais goût à la bouche ?

— Et toi, tu vas avoir besoin de bon goût à l'avenir !

— Et pourquoi donc ?

— Tu n'as encore jamais été directeur de création, que je sache ?

– Répète !

– Tu as parfaitement entendu, monsieur le directeur de création !

– Sam ! Mais je ne peux le croire ! Il...

– Oui, fit-elle en remuant la tête.

– Mais toi ? dit-il, un instant affolé à l'idée qu'on ait pu lui refuser le poste à cause de son infirmité.

– T'en fais pas pour moi. Je vais en Californie. Créer le centre dont tu as eu la brillante idée. Vous viendrez me voir, Mellie, les enfants et toi, pendant l'été et...

– Sam, bravo, oh ! comme je suis heureux pour toi ! cria-t-il en la prenant dans ses bras. Quand as-tu pris ta décision ?

– Je ne sais pas exactement. Il y a quelques minutes, dans le bureau de Harvey... ou peut-être hier dans l'avion, ou quand j'ai parlé à Josh...

– Quand pars-tu ?

– Quand tu auras ton nouveau poste, à la fin de l'année.

– Tu crois que c'est raisonnable ? Je n'ai que trente-sept ans après tout !

– T'en fais pas, tu as l'air d'en avoir cinquante !

– Oh ! merci, dit-il avec un grand sourire.

Puis il se précipita sur le téléphone et composa son numéro personnel. Samantha s'éclipsa discrètement et le laissa seul en compagnie de la douce voix de Mellie.

33

– Alors, ça avance ? À quand l'ouverture ?

Charlie téléphonait à Samantha chaque semaine pour se tenir au courant des travaux et se plaindre de la quantité de travail qui encombrait son bureau de directeur de création.

– Dans deux semaines.

– Alors, ça va être la fête ! Champagne et confettis !

Samantha sourit. Depuis cinq mois elle s'était attelée à la tâche et Charlie n'avait pas cessé de la soutenir, de l'encourager. Les travaux avaient été considérables : il avait fallu détruire plusieurs corps de bâtiment pour en bâtir d'autres, installer des rampes, creuser une piscine. Elle avait vendu presque tout le bétail, gardé seulement quelques vaches laitières. Elle avait interviewé une foule d'infirmières, de thérapeutes, de médecins. Et surtout – ce qui avait été le plus dur pour elle – elle avait voyagé à travers les États-Unis pour contacter les meilleurs orthopédistes du pays. Il avait fallu les convaincre du sérieux de son centre. Car c'était d'eux que dépendait finalement le succès de son entreprise. C'étaient eux qui enverraient les enfants au ranch Lord. En tout, elle avait vu quarante-sept médecins dans six villes différentes : Denver (elle avait commencé par rendre visite au médecin qu'elle connaissait le mieux), Phœnix, Los Angeles, San Francisco, Dallas et Houston. Partout, on lui avait réservé un accueil chaleureux tandis qu'elle venait présenter les plans du centre et les curriculum vitae du personnel. Tous lui avaient promis de penser à elle.

Simultanément, il avait fallu préparer les écuries; Samantha et Josh avaient renvoyé une bonne partie des cowboys et en avaient engagé d'autres. Cela avait pris un temps fou, car il était indispensable de sonder chaque candidat : voir s'il aimait les enfants, comment il réagissait devant l'infirmité, s'il était prudent… Sur les douze cowboys, dix étaient nouveaux. Celui que Samantha préférait était un rouquin aux yeux verts et aux

larges épaules, que Josh appelait le « p'tit ».
C'était aussi celui qui s'intéressait le plus au
ranch. Il s'appelait Jeff Pickett, était âgé de
vingt-quatre ans et travaillait dans des ranchs
depuis l'âge de seize ans. En huit ans, il avait
fait cinq ranchs, dans trois États différents.
Lorsque Samantha lui demanda pourquoi il avait
si souvent changé, il répondit que son père voya-
geait beaucoup mais qu'à présent il était seul.

Samantha avait eu aussi des problèmes finan-
ciers. Les travaux avaient coûté extrêmement
cher et la modeste somme que lui avait laissée
Caroline avait fondu comme neige au soleil. Elle
vendit donc le bétail, mais elle se retrouva vite
sans le sou. C'est alors que Josh eut la bonne
idée de vendre le matériel agricole : tracteurs,
outils, camions à bestiaux... Puis Samantha
s'aperçut que certaines associations de handicapés étaient prêtes à l'aider. Enfin, elle em-
prunta à la banque.

Harvey et Maggie, qui avaient passé de longues
vacances à Palm Springs, vinrent lui rendre visite
et Harvey insista pour investir cinquante mille
dollars dans le ranch. C'était exactement la
somme dont elle avait besoin et elle eut l'impression que cet argent lui tombait du ciel.

Le jour de l'ouverture était à présent fixé :
ce devait être le 7 juin. Tout était prêt pour
accueillir les trente-cinq enfants attendus.

– Quand pourrai-je venir ? demanda Charlie.

– Mais quand tu veux. Sauf que je vais être
sacrément occupée pendant quelque temps.

Elle fut débordée de travail. Le matin, il y
avait les papiers à remplir, le courrier abondant
de parents et de médecins, les coups de téléphone... Elle passait l'après-midi à donner des cours
d'équitation aux enfants. Sa patience était infinie
et Josh ne cachait pas son admiration quand il

la voyait passer des heures à persuader un enfant terrifié de se laisser poser sur le gros animal. Josh faisait alors avancer doucement le cheval et immanquablement, après quelques minutes, le petit poussait des cris de joie. Les yeux de Samantha s'allumaient et son cœur battait plus fort...

Les enfants l'adoraient et, tout comme les cowboys quelques années plus tôt, ils se mirent à l'appeler Palomino. Ils se disputaient pour se mettre à côté d'elle à table. Le plus vieux d'entre eux avait seize ans. À son arrivée au ranch, il était dur et amer car il avait subi douze interventions chirurgicales en un an et demi à la suite d'un accident de moto qui lui avait broyé l'épine dorsale et avait coûté la vie à son frère aîné. Il s'était pourtant vite lié à Jeff, le rouquin, et peu à peu son sourire était revenu. Quant à la benjamine, elle avait sept ans, et d'immenses yeux bleus; Betty était paraplégique de naissance.

Parfois, se voyant entourée de tous ces enfants handicapés, Samantha se demandait par quel miracle elle acceptait à présent des choses qui autrefois lui auraient paru rebutantes, sinon répugnantes : les prothèses mal ajustées, les fauteuils roulants qui cassent, les couches pour des garçons et des filles de quatorze ans. Elle qui, pendant longtemps, avait considéré la beauté comme normale et naturelle s'était non seulement habituée aux laideurs de l'infirmité mais s'en accommodait.

À la fin du mois d'août, le ranch abritait cinquante-trois enfants. Grâce à l'aide d'une association pour handicapés, ils achetèrent un autobus spécialement équipé pour amener les enfants à l'école. Ainsi, ils pourraient retrouver une vie normale avant de rentrer chez eux. Car, dans son esprit, la liberté des petits handicapés ne devait pas se cantonner à l'enceinte du ranch Lord, à l'abri des regards. Au même titre que les autres enfants, ils avaient le droit de parcourir le monde.

Lorsque Charlie et Mellie vinrent lui rendre visite à la fin du mois d'août, ils furent très étonnés de ce qu'ils virent.

– On a déjà fait un article sur toi, Sam ? demanda Charlie en regardant un groupe de petits cavaliers qui revenaient d'une promenade dans les collines.

– Je ne veux pas de publicité, Charlie, ce n'est pas ce que je cherche.

– Pourquoi ? Ça ne fait pas de mal.

– Je reconnais bien là le New-Yorkais, sans parler du publicitaire ! dit-elle en riant. Mais c'est comme ça. Je veux aider ces enfants, un point c'est tout.

– J'ai l'impression que tu réussis. Ils ont vraiment l'air content.

– Je l'espère !

Ils l'étaient, ainsi que les parents, les médecins, et le personnel du ranch Lord. Quand il se présentait un cas désespéré – l'enfant refusant toute aide et s'enfermant dans son mutisme par exemple –, personne ne se décourageait et l'on faisait de son mieux jusqu'au départ de l'enfant.

Si étrange que cela pût paraître, étant donné la gravité des handicaps, le ranch Lord était un endroit gai. On y riait, on y plaisantait, on se jouait parfois même des tours pendables, mais les disputes, exceptionnelles, étaient vite apaisées. Pour sa part, Samantha était heureuse et détendue. Au milieu de « ses gosses », comme elle les appelait, elle avait oublié sa vie ancienne, les souffrances morales et physiques endurées pendant les années précédentes, sa quête de Tate Jordan. Elle ne demandait jamais plus aux cowboys qu'elle interviewait s'ils n'avaient pas croisé l'homme aux yeux émeraude.

Mais Charlie était triste de la voir seule, et décidée à le rester. À trente-deux ans, elle était d'une grande beauté mais évitait soigneusement tout ce qui pouvait conduire à une liaison.

C'était par une journée étouffante du mois d'octobre – il fait chaud en Californie à cette époque de l'année –; les enfants étaient à l'école et elle discutait avec Josh près de la piscine. Jeff s'était approché et avait annoncé que l'enfant envoyé par le juge de Los Angeles était arrivé et l'attendait dans son bureau. Il posa sur elle un regard étrange.

Elle en comprit le sens lorsqu'elle entra dans son bureau. Le petit garçon blond avait l'air si fragile sur son fauteuil roulant tout cabossé, si vulnérable, tassé dans ses pauvres vêtements, les bras couverts de bleus, qu'elle en fut toute chavirée. Le ranch Lord avait déjà accueilli des enfants mal en point, malheureux même, mais jamais mal aimés. En général, les parents, frappés par l'injustice du sort, redoublaient d'attention et d'affection pour leurs enfants. Samantha rapprocha son fauteuil de celui du garçonnet, mais celui-ci se mit à gémir doucement en berçant son ourson en peluche loqueteux. Elle lui dit d'une voix douce :

– N'aie pas peur, Timmie. Personne ne te fera du mal. Je m'appelle Sam. Et lui, c'est Jeff.

Le gosse fermait les yeux et tenait ses paupières serrées en faisant une grimace douloureuse.

– Tu as peur, Timmie, c'est ça ? Tu sais, moi aussi j'ai eu peur quand je suis arrivée ici pour la première fois, surtout des chevaux. C'est ça qui te fait peur ?

Il remua énergiquement la tête.

230

– Non ? Alors qu'est-ce qui te fait peur ? Allez, dis-moi !

Il ouvrit alors de grands yeux bleus et murmura sans la regarder :

– Toi.

Samantha, surprise, demanda à Jeff, à l'assistant social et à la secrétaire de s'éloigner un peu. Puis elle se pencha de nouveau sur le petit fauteuil.

– Il ne faut pas avoir peur de moi, Timmie, je ne vais pas te faire de mal. Je suis sur un fauteuil moi aussi, regarde.

Il la fixa pendant quelques secondes puis baissant de nouveau les yeux demanda :

– Comment ça se fait ?

– J'ai eu un accident. Mais maintenant je fais des tas de choses.

– Moi aussi. Je sais faire la cuisine.

« L'oblige-t-on à la faire ? » se demanda Samantha, mais elle dit :

– Qu'est-ce que tu fais ?

– Des spaghettis. En boîte.

– Ici aussi, on fait des spaghettis.

– Je sais, dit-il en soupirant, il y en a toujours en prison.

Samantha prit une de ses mains dans les siennes. De l'autre, il agrippait l'ours en peluche.

– Tu n'y es pas du tout. Mais alors pas du tout. C'est une maison ici, pas une prison.

Il frissonna et leva son visage vers celui de la jeune femme. Il paraissait avoir quatre ans. Et pourtant, Samantha savait qu'il en avait six, comme elle savait qu'il avait eu la polio à un an et que ses jambes et ses hanches étaient entièrement paralysées.

– Ma maman est en prison, dit-il.

– Je suis désolée.

– Pour quatre-vingt-dix jours.

– C'est la raison pour laquelle tu es ici.

Elle se demandait où étaient le père.... les grands-parents... les amis ?

– Tu vas rester avec nous pendant ce temps ?

– Peut-être.

– Tu veux apprendre à monter à cheval ?

– Peut-être.

– Je t'apprendrai. J'aime beaucoup les chevaux, tu sais. Il y en a de très jolis, tu verras. Tu pourras choisir. Qu'en penses-tu ?

– Euh... qui c'est ? demanda-t-il en jetant un coup d'œil inquiet à Jeff.

– C'est Jeff.

– C'est un flic ?

– Non, il n'y a pas de flics ici. Jeff s'occupe des chevaux et des enfants.

– Il les bat ?

– Oh non ! Personne ne va te toucher ici, Timmie. Jamais. C'est promis.

Comme il n'avait pas l'air très convaincu, elle ajouta :

– Si on restait un peu ensemble tous les deux ? Tu peux venir voir comme j'apprends aux enfants à monter à cheval. Et puis, on pourrait aller nager un peu dans la piscine.

– Tu as une piscine ? dit-il, soudain intéressé.

– Oui, mais avant tout nous allons voir ta chambre.

Samantha voulait commencer par le plonger dans un bain. Elle pensait qu'il se sentirait mieux dans des vêtements propres.

– Attends-moi une minute ici, dit-elle en lui tendant un cahier à dessin et des crayons de couleur.

– Où tu vas ?

Il avait l'air tout à coup soupçonneux.

– Le monsieur qui t'a amené ici veut que je signe des papiers. J'en ai pour cinq minutes, et après je te montrerai ta chambre. D'accord ?

– D'accord.

L'assistant social qui avait accompagné Timmie au ranch Lord était un homme usé, proche de la cinquantaine, habitué à ce genre de situation dramatique.

– Mon Dieu, mais qui s'est occupé de cet enfant ?

– Personne. Sa mère est en prison depuis quinze jours, elle n'a jamais parlé de l'enfant à la police. Les voisins pensaient que l'on s'était occupé de lui. En fait, il était seul dans l'appartement, il mangeait des boîtes de conserve et passait ses journées devant la télévision. Mais nous avons parlé à sa mère... (Il fit une pause pour allumer une cigarette.) C'est une héroïnomane. Ça fait des années qu'elle entre et sort de prison, de centres de désintoxication et autres lieux de ce genre. Comme toutes les intoxiquées, elle se prostitue pour se procurer l'argent de sa dose. Timmie est le fruit d'une de ces passes. Elle ne l'a jamais fait vacciner, ce qui explique la polio...

– Pourquoi lui laisse-t-on la garde de l'enfant ?

– Je crois que cette fois-ci le juge va revoir la question, et j'ai l'impression qu'elle en a assez de lui. Ça fait six ans qu'elle joue les martyres, accablée par un fils paralytique.

L'assistant social regarda Samantha dans les yeux :

– Je crois qu'il vaut mieux que vous le sachiez. Les bleus sur ses bras... elle le battait, avec un parapluie. Elle a failli lui casser le dos.

– Mon Dieu ! Comment peut-on même envisager de rendre un enfant à un monstre pareil ?

– Ça dépend. On l'a déjà réhabilitée plusieurs fois dans le passé.

– Et l'enfant a été vu par un psychiatre, je suppose.

– Non. Ce n'était pas la peine. Il est tout ce qu'il y a de plus normal – je parle de sa tête. Aussi normal qu'on puisse l'être dans un cas comme le sien.

Samantha était ulcérée par tant de cynisme, mais que pouvait-elle faire ?

– Bon, nous vous le laissons pour deux mois. Jusqu'à ce que sa mère sorte de taule.

– Et après ?

– Elle le reprendra, sauf si la justice en décide autrement ou si elle n'en veut plus. Vous pourriez peut-être l'adopter ?

– Ne pourrait-il pas plutôt être adopté par un couple ?

– Non, pas si elle a toujours l'enfant à charge. Et on ne peut pas la forcer à l'abandonner ! De toute façon, qui voudrait d'un enfant sur un fauteuil roulant ? Il finirait dans une institution, dans la « prison » dont il vous a parlé.

– En tcut cas, il peut rester ici tant qu'il voudra. Que le ranch soit payé ou non pour ça.

– Bon, mais prévenez-nous si vous avez des problèmes, on peut toujours le caser dans un orphelinat en attendant.

Samantha retourna dans son bureau pour trouver Timmie occupé à gribouiller.

– Bon, Timmie, tu es prêt ?

– Où est le flic ?

– Il est parti, mais ce n'est pas un flic, c'est un assistant social.

– C'est pareil.

– Allons, je vais te montrer ta chambre.

Elle tenta de faire avancer le petit fauteuil en même temps que le sien, mais il se coinçait tous les deux mètres.

– Comment peux-tu circuler avec cet engin ?

– Je ne sors jamais de la maison.

– Jamais ? Même pas avec ta mère ?

— Non. Elle dort beaucoup. Elle est très fatiguée.

— Je comprends. Je vois que nous allons devoir te trouver un nouveau fauteuil. Je vais t'en prêter un très beau (celui qu'elle gardait à l'arrière de son break), un peu grand, mais on t'en achètera un neuf demain. Jeff, dit-elle en s'adressant au jeune rouquin, pourriez-vous aller le chercher ?

Cinq minutes après, le petit garçon était installé dans le grand fauteuil gris et Samantha l'aidait à faire tourner les roues. En l'accompagnant jusqu'à sa chambre, elle lui montra la piscine, les pavillons et le corral. Avisant un des chevaux qui se trouvaient là, Timmie regarda la jeune femme d'un air surpris.

— Il a les mêmes cheveux que toi !

— Oui. C'est un Palomino. D'ailleurs tous les enfants ici m'appellent Palomino.

— C'est vrai que t'es un cheval ? dit-il en souriant pour la première fois.

— Quelquefois je fais semblant d'en être un. Tu ne fais jamais semblant, toi ?

Timmie fit non de la tête et ils reprirent le chemin de sa chambre. C'était une pièce assez grande, peinte en bleu et jaune, très gaie. Au mur étaient accrochées des gravures de chevaux.

— C'est ta chambre ? demanda l'enfant d'un air effrayé.

— Non, c'est la tienne.

— Ma chambre à moi ? s'exclama-t-il, les yeux grands comme des soucoupes.

— Oui, à toi tout seul.

Il y avait un lit recouvert d'un édredon bleu, un petit bureau sans chaise et une commode.

— Là-dedans, dit Samantha en ouvrant un tiroir du petit meuble, tu peux mettre tes affaires, tu vois.

— Quelles affaires ?

– Tu n'as pas de valise ?

– Non, dit-il en serrant contre lui le vieil ours en peluche. On n'est que tous les deux.

– Bon, on va te trouver des vêtements. Plus tard, j'irai en ville t'acheter une paire de jeans et des chemises, d'accord ?

– Ouais, dit-il distraitement, tout à l'exploration émerveillée de sa chambre.

– Maintenant, on va te faire prendre un bain.

Elle dirigea son fauteuil vers la salle de bains et fit couler l'eau dans la baignoire.

– Pourquoi tu veux me donner un bain ?

– Pour que tu sentes bon.

– C'est toi qui vas me le donner ?

– Si tu préfères que ce soit Jeff...

– Oh non ! toi !

– Alors, allons-y.

Elle avait mis dix mois à apprendre à se baigner seule et c'était la première fois qu'elle allait donner un bain à quelqu'un d'autre. Ce ne fut pas une mince affaire. Elle lui montra comment s'y prendre pour s'installer dans la baignoire; ce faisant, il glissa, et en essayant de le rattraper elle faillit basculer en avant. Quand elle l'aida à sortir, elle était presque aussi mouillée que lui et, en l'installant sur son fauteuil, elle glissa cette fois pour de bon et se retrouva par terre. Levant les yeux vers le petit garçon surpris, elle rit et dit :

– Quelle idiote je fais !

– Je croyais que tu devais me montrer comment faire !

– En général, ce n'est pas moi qui fais ça.

– Qu'est-ce que tu fais, toi, alors ?

– J'apprends aux enfants à monter à cheval.

Jeff revint avec des vêtements empruntés à d'autres enfants et releva Samantha. Dans ses nouveaux habits, Timmie avait presque l'air heureux.

– Tu veux venir voir ma maison ? demanda la jeune femme qui voulait se changer, enfiler des vêtements secs.

– Ouais.

– Il la suivit dans la grande maison, jusqu'à sa chambre, la belle pièce toute blanche que Caroline avait décorée de couleurs vives. Elle sortit des jeans et un chemisier propres de l'armoire.

– Elle est belle, ta maison, dit Timmie. Qui est-ce qui dort dans les autres chambres ?

– Personne.

– T'as pas d'enfants ?

– Si, des tas, tous ceux qui vivent ici.

– T'as un mari ?

– Non.

– Pourquoi ? T'es jolie, pourtant.

– Merci, mais je n'ai pas de mari.

– Tu en voudrais un ?

Elle soupira et regarda le bel enfant blond qui se trouvait devant elle.

– Je ne crois pas. Je mène une vie spéciale, tu sais.

– Maman aussi.

– Je n'aurais pas le temps de m'occuper d'un mari.

Il regarda fixement le fauteuil.

– C'est à cause de ça ?

– Non, pas exactement.

Ne lui laissant pas le temps de poser d'autres questions, elle le fit sortir de la chambre. Ils visitèrent l'écurie et la salle commune. Les enfants qui n'allaient pas assez bien pour aller à l'école et qui restaient au ranch pendant la journée firent un bon accueil au petit Timmie, et lorsque les autres rentrèrent en milieu d'après-midi, il les observa en train de monter à cheval, nager, se poursuivre sur leurs fauteuils roulants.

On le présenta à Josh et il assista au cours d'équitation de Samantha.

— Tu es encore là, Timmie ? dit-elle quand elle eut fini. Je pensais que tu allais retourner dans ta chambre. Tu veux venir avec moi dans la grande maison ?

Ils passèrent un bon moment seuls dans le salon à jouer et bavarder. Elle était en train de lui lire un conte de fées lorsque la cloche annonçant le dîner sonna.

— Je peux m'asseoir à côté de toi ? demanda-t-il d'un air inquiet.

Il était fatigué et à la fin du repas Samantha vit que son petit compagnon s'était endormi, l'ours serré entre ses bras. Elle le couvrit de son gros chandail et le ramena dans sa chambre, le mit au lit, lui enleva ses appareils orthopédiques et le changea. Puis elle le borda et caressa sa soyeuse chevelure blonde. Il lui semblait tenir là son enfant, celui qu'elle avait tant attendu. Il bougea légèrement dans son sommeil et tandis qu'elle posait un long baiser sur son front il murmura :

— Bonne nuit, maman chérie...

Samantha sentit ses yeux s'embuer de larmes. Que n'aurait-elle pas donné pour ces quelques mots ?

34

Très vite Timmie apprit à monter le joli petit Palomino qu'il avait aperçu dès son premier jour au ranch. C'était une jument, elle s'appelait Daisy et il l'adorait. Et puis, il s'était pris d'une grande passion pour Samantha. Chaque matin, il allait frapper à la porte d'entrée de la grande maison, et, dès que la jeune femme apparaissait sa frimousse s'illuminait et il dirigeait joyeusement son fauteuil dans le vestibule. Ensuite, il la suivait dans la cuisine où ils bavardaient longuement de choses et d'autres. De sa voix flûtée, il racontait des histoires invraisemblables qui faisaient rire Samantha aux éclats.

À présent, il n'y avait plus trace de bleus sur ses bras; il avait un peu grossi et son teint, autrefois grisâtre, était éclatant. Il refusait toutefois d'aller à l'école, mais à part cela il partageait totalement la vie des autres enfants du ranch. La transformation était telle qu'un jour l'assistant social, qui venait chaque semaine leur rendre visite, prit à part Samantha et lui dit :

– Mais vous faites donc des miracles ! Ce n'est plus le même enfant !

– Effectivement, il est aimé, et ça se voit.

La jeune femme leva ses yeux bleus vers le visage du fonctionnaire. Mais au lieu d'un sourire elle y vit un regard triste et un peu sévère :

– Vous ne lui avez pas rendu les choses faciles.

– Que voulez-vous dire ? demanda-t-elle vivement.

– Avez-vous pensé à sa réaction lorsqu'il lui faudra retrouver une mère héroïnomane qui le nourrit de biscuits rances et de bière ?

Samantha regarda les collines au-delà de la fenêtre. Il y avait longtemps qu'elle y pensait, au contraire; depuis le premier jour.

– Je voulais justement vous en parler, monsieur Pfizer, dit-elle en se tournant vers lui. Ne pourrait-on pas empêcher ce retour ?

– Qu'il reste ici, vous voulez dire ? Oh ! mais c'était seulement pour la durée de l'instruction, vous savez, je ne crois pas...

– Vous m'avez mal comprise. Je parlais

d'adoption. Je pourrais très bien l'adopter, non ?

Pour la troisième fois de sa vie, Samantha était tombée follement amoureuse. Tout le trop-plein d'amour que John et Tate avaient repoussé se déversait à présent sur ce petit garçon mal aimé, rejeté par le monde, par sa propre mère…

– Je vois, dit l'assistant social d'une voix morne en s'asseyant sur une chaise. Mais il ne faut pas trop espérer, madame Taylor, sa mère va proba-blement vouloir le garder.

Les yeux de Samantha lancèrent des éclairs.

– Mais comment peut-on permettre une chose pareille ? C'est une droguée, non ? Et elle le bat !

– Du calme, du calme… je sais. Mais c'est sa mère après tout. Aux yeux de la justice, c'est un point très important.

– Vraiment ? dit-elle, glacée.

– Oui, capital même, répondit M. Pfizer d'une voix attristée.

– Mais il doit y avoir quelque chose à faire.

– Oui, un procès. Si tant est qu'elle veuille encore du petit. Mais si vous engagez un procès, faites-le sans illusion, vous risquez de le perdre. Et le garçon, qu'est-ce qu'il en pense ? Le lui avez-vous demandé ? Son opinion pèsera lourd dans la balance, vous savez.

– Je le ferai.

– Bon, vous me tiendrez au courant, n'est-ce pas ? S'il veut retourner auprès de sa mère, je vous conseille de laisser faire. Sinon… je parlerai moi-même à cette femme.

Ils sortirent pour rejoindre Timmie dans le corral. Il était déjà à cheval et leur fit un grand signe de la main. Il mit son petit Palomino au trot et regarda Samantha avec un air d'adoration. Son bonheur était si visible, sa joie et sa beauté telles que Martin Pfizer essuya une larme. En son for intérieur, il se disait que la ressemblance entre le petit garçon et la jeune femme était frappante. Au moment de partir, en serrant la main de Samantha, il murmura :

— Posez-lui la question, et ensuite téléphonez-moi.

Puis il ébouriffa la chevelure blonde de Timmie et disparut.

Elle lui parla le soir même, en le bordant dans son lit :

— Tu sais, je me demandais aujourd'hui si ça te plairait de rester ici. Pour toujours, je veux dire.

— Avec toi ? dit-il en ouvrant de grands yeux.

— Oui, avec moi, mon chéri.

— Oh ouais !

Comme elle ne savait pas s'il avait vraiment compris ce que cela impliquait, elle ajouta :

— Timmie... ce ne serait pas comme les autres enfants...

Le regard bleu se fit étonné.

— Je veux dire... je t'adopterais. Mais il faut que tu le veuilles aussi, tu comprends.

— Tu voudrais de moi ? fit-il, ébahi.

— Que tu es bête, bien sûr que je te veux. Tu es le plus beau petit garçon du monde ! dit-elle en le prenant dans ses bras.

— Et ma maman ?

— Je ne sais pas.

— Elle pourra venir me voir ?

— Je ne sais pas. Peut-être.

— Elle pourra venir me battre ? demanda-t-il, tout tremblant.

— Oh non ! je ne la laisserai pas faire !

Tout à coup, il se mit à sangloter et lui raconta ce qu'il avait toujours tu à propos des cruautés de sa mère. Samantha le berça, le caressa, lui murmura des mots tendres, et il finit par s'endormir apaisé. La dernière chose qu'il avait dite avant de sombrer dans le sommeil était :

– Je veux être avec toi, Sam.

35

Le lendemain matin, Samantha téléphonait à Martin Pfizer pour lui rapporter la réponse de Timmie, ainsi que les terrifiantes souffrances que sa mère lui infligeait.

– Je vais peut-être vous choquer, dit-il en hochant la tête, mais cela ne me surprend pas. Bon, je vais voir ce que je peux faire.

Malheureusement, il ne put rien faire. Pendant les deux heures d'entretien, il avait tenté, mais en vain, de persuader la mère de Timmie. Elle voulait récupérer son fils. La mort dans l'âme, il téléphona aussitôt à Samantha pour lui annoncer la mauvaise nouvelle :

– J'ai tout essayé, la douceur, les menaces, la logique, il n'y a rien eu à faire. Elle le veut.

– Mais pourquoi ? Elle ne l'aime pas.

– À l'entendre, si. Elle m'a parlé de ses propres parents. Son père la battait, sa mère la fouettait. Elle ne connaît que ça.

– Mais elle finira par le tuer !

– Peut-être, peut-être pas. Mais on ne peut rien faire.

– Et si j'engageais un procès ?

– Vous le pouvez, bien sûr. Mais sans grand espoir. Elle est la mère du petit, n'oubliez pas, et vous êtes célibataire... et handicapée.

– Voyez tout ce que j'ai déjà fait pour lui. Pensez à la vie qu'il pourrait mener ici !

– Je sais, je sais, vous pouvez toujours essayer, mais ne vous faites pas trop d'illusions.

– Merci, au revoir, monsieur Pfizer.

Sur ce, elle raccrocha, et, en proie à l'une des plus terribles angoisses de sa vie, passa le reste de la soirée à tourner en rond dans son fauteuil roulant, comme un lion en cage.

Elle téléphona à l'ancien avoué de Caroline dès la première heure le lendemain.

– Un procès pour la garde d'un enfant ?

Il lui donna le nom de deux avocats de Los Angeles. Lorsque Samantha leur téléphona, l'un d'eux était en vacances aux Antilles et l'autre n'était pas encore rentré d'un séjour dans l'Est. Il était attendu le lendemain et la secrétaire lui promit qu'il lui téléphonerait aussitôt arrivé. Le jour suivant, à cinq heures de l'après-midi, le téléphone sonna, c'était M. Warren :

– Mademoiselle Taylor ?

D'après la voix, grave et mélodieuse, il était impossible de donner un âge à l'avocat. Il la laissa longuement parler, l'écouta attentivement, puis lui dit :

– Eh bien, vous avez là un gros problème effectivement. Si vous le permettez, j'aimerais voir l'enfant. Dans un cas comme le vôtre, l'environnement compte énormément, il faut donc que je sois à même de le décrire pendant la plaidoirie. Bien entendu, si vous décidez que je plaide votre cause, mademoiselle Taylor.

– Quelle est votre impression générale ?

– Nous en parlerons plus en détail demain, si vous voulez bien. À première vue, je ne suis pas très optimiste. Mais on ne sait jamais, dans ces affaires où c'est d'abord l'émotion, l'affectivité qui entrent en ligne de compte, il se passe parfois de drôles de choses.

– En un mot, c'est perdu d'avance.

– Je n'ai pas dit ça. Mais ce ne sera pas facile; ce que vous savez déjà.

– Oui, mais enfin, cette femme est une droguée, elle bat son enfant !

– Oui, mais elle est aussi une mère.

– Est-ce suffisant ?

– Non, évidemment pas. Mais si vous aviez un fils, ne voudriez-vous pas le garder auprès de vous, même si vous étiez malade ?

– Mais l'enfant, dans tout ça ?

– Vous tenez là le cœur de notre argumentation. Dites-moi comment on se rend chez vous, et je viendrai vous voir demain.

Le jour suivant, ils virent arriver une grosse Mercedes verte de laquelle sortit un homme mince, aux cheveux gris argenté, qui devait avoir dans les quarante-cinq ans. Très élégant dans son pantalon brun foncé, sa veste en cachemire beige et sa chemise crème, il s'approcha sans hésiter de Samantha en lui tendant la main. Il se présenta : Norman Warren.

– Vous êtes de New York, n'est-ce pas ? demanda Samantha avec un sourire amusé.

– Oui, comment avez-vous pu deviner ?

« Rien de plus facile, il suffit de vous regarder », eut-elle envie de répondre, mais se retenant elle dit :

– Moi aussi, je suis de New York. Mais ça ne se voit plus beaucoup.

Norman Warren ne put s'empêcher de la contempler d'un air admiratif. Elle portait ce jour-là un pull-over lilas au lieu de son habituel chemisier de flanelle et des bottes de cowboy bleu marine qui s'harmonisaient parfaitement avec le bleu de ses jeans.

Elle le précéda dans la maison où elle avait préparé des sandwiches et du café pour leur déjeuner. Elle avait aussi « volé » une tarte aux

244

pommes dans la cafétéria lorsqu'elle y avait accompagné Timmie. Malgré ses protestations, elle l'avait laissé en compagnie de Josh et des enfants qui n'allaient pas à l'école en lui expliquant qu'elle attendait une grande personne à déjeuner.

– Pourquoi est-ce que je peux pas la voir ?

– Tu le verras, mais avant je veux lui parler.

– De quoi ?

– D'affaires.

Devant la mine effrayée et soupçonneuse du garçon, elle ajouta :

– Non, ce n'est pas un flic.

Le rire cristallin de Timmie résonna dans la grande salle.

– Comment t'as deviné ?

– Parce que je commence à te connaître, chenapan !

Après le déjeuner, durant lequel Samantha raconta tout ce qu'elle savait de la vie de Timmie avant son arrivée au ranch Lord, Norman Warren demanda à voir l'enfant. L'avocat entrait dans un monde qui lui était totalement inconnu et, déjà sous le charme de la belle jeune femme, il alla de surprise en surprise tout au long de l'après-midi. Il s'étonna de la beauté et de la santé de Timmie, de la gaieté du ranch, de la lumière, de la verdure, du luxe de l'endroit. Et quand il vit le petit garçon sur son Palomino, chevauchant auprès de Samantha montée sur Pretty Lady, son enthousiasme fut à son comble. Il resta même pour le dîner et au moment du départ dit en soupirant :

– Je n'ai aucune envie de partir.

– Désolée, je ne peux pas vous adopter... et heureusement pour vous, vous ne pouvez être l'un de nos pensionnaires. Mais revenez quand vous voulez, vous serez toujours le bienvenu.

La prochaine fois, mettez des jeans, on fera un tour à cheval.

– C'est que… j'ai une trouille bleue de ces bestioles !

– On arrangera ça, dit-elle.

– Je ne vous laisserai pas faire, répondit-il en chuchotant.

Ils rirent tous les deux et il s'engouffra dans sa belle voiture. En voyant s'éloigner la Mercedes, Samantha poussa un profond soupir : elle avait peut-être une chance de le garder, avait-il dit. En tout cas, cet homme lui inspirait confiance et il avait l'air d'aimer Timmie. Ils s'étaient mis d'accord sur des honoraires de dix mille dollars et il lui avait dit qu'il ferait de son mieux, qu'il y avait énormément d'arguments en sa faveur. D'après lui, il fallait plutôt insister sur l'amour qui existait entre la jeune femme et l'enfant et sur le fait qu'ils vivaient tous deux sur des fauteuils roulants, que sur les vilenies de la mère.

– Tu crois qu'il pourra nous aider ? demanda Timmie en la regardant tristement tandis qu'elle le raccompagnait à sa chambre.

– Je l'espère. Nous verrons.

– Et s'il peut pas nous aider ?

– Alors, je te kidnapperai et nous nous cacherons dans les collines.

– D'accord, dit-il, ravi.

« Oui, pensa-t-elle, on ne se quittera jamais, jamais… quoi qu'il arrive… »

36

Ils passèrent ensemble un Noël merveilleux;
Timmie, pour la première fois de sa vie, recevait
des cadeaux : un puzzle, une voiture de pompiers, un pull, des chaussettes, etc. Tous les
enfants avaient participé aux préparatifs du
réveillon et un grand arbre illuminé, couvert de
boules aux couleurs éclatantes, se dressait dans
un coin de la grande pièce. Samantha avait
demandé à l'un des thérapeutes de se déguiser
en Père Noël, et, en le voyant debout au milieu
des fauteuils roulants, le cœur de la jeune femme
se serrait car elle se souvenait de cette même
salle du temps de Caroline Lord, du temps de
Tate... Elle revoyait le visage souriant de
l'homme qu'elle aimait toujours se lever vers
elle tandis qu'elle était perchée sur cet escabeau
occupée à décorer le grand arbre... À présent,
tout cela appartenait au passé, à un passé lointain...

— Sam... je peux te demander quelque chose ?
Sûr que tu ne te vexes pas ? demanda Josh tout
à coup.

— Je te le promets, qu'est-ce que c'est ?

— Étais-tu amoureuse de Tate Jordan ?

— Oui, dit-elle en le regardant droit dans les
yeux.

— C'est la raison de son départ ?

— Probablement. Il ne voulait pas s'engager.
Je lui avais dit que je refusais de jouer le jeu
de Caroline et Bill. Mais à ses yeux je ne devais
pas épouser un simple cowboy, voilà.

— C'est ce que j'avais supposé.

– En fait, il est parti après avoir découvert qui était mon ex-mari. Il a pensé qu'il n'était pas assez bien pour moi, l'imbécile !

– Le connard, tu veux dire. Il en valait bien dix ! Oh ! excuse-moi, je ne voulais pas...

– Il n'y a pas de mal, dit-elle en riant. C'est exactement mon opinion.

– Et il ne t'a jamais écrit, il n'a jamais donné signe de vie !

– Non, et je l'ai cherché dans tous les ranchs de ce pays.

– C'est dommage, Sam, dit Josh en posant sur la jeune femme un regard attristé, il était bien, très bien, et j'ai toujours pensé qu'il t'aimait. Peut-être réapparaîtra-t-il un beau jour, pour saluer Bill et Caroline. Et tu le retrouveras.

– Je ne l'espère pas. Ce serait trop horrible pour nous deux.

– Tu crois qu'il ne t'aimerait plus à cause de ça ?

– De toute façon, c'est du passé. Maintenant, il faut que je pense aux enfants.

– À ton âge ? Tu es folle ! À peine trente ans et...

– Trente-trois !

– C'est pareil. Mais essaie un peu de dire : cinquante-neuf !

– Ça vous va très bien en tout cas.

– Flatteuse, va ! Mais, tu sais, tu es trop jeune pour jouer les vieilles filles. En fait, tu es une sacrée menteuse, tu passes ta vie à dire à ces enfants qu'ils sont comme tout le monde et, toi, tu te considères comme une impotente ! Je ne suis pas aveugle, Sam, j'ai vu comment cet avocat de Los Angeles te regardait l'autre jour ! Et toi, qu'est-ce que tu faisais ? Tu jouais les vieilles dames et lui offrais du thé glacé !

– Que reprochez-vous au thé glacé ? dit Samantha en riant.

– Rien, mais je reproche beaucoup de choses à une belle jeune femme qui se prétend vieille et laide !

Sur ce, coupant court à la conversation, elle manœuvra son fauteuil vers le groupe d'enfants qui se tenaient à proximité. Elle ne désirait pas en entendre davantage.

Pendant quelques jours, les activités du ranch furent quelque peu ralenties. Il n'y avait plus de cours d'équitation. L'audience était fixée pour le 28 décembre et Samantha passait le plus clair de son temps en compagnie de Timmie.

– T'as peur ? demanda le petit garçon, la veille de l'audience, cependant qu'elle le bordait dans la pièce où elle l'avait installé près de sa propre chambre à coucher.

– Tu veux dire, pour demain ? Un peu, et toi ?

– Ouais. J'ai très peur. Et si elle me tape ?

– Je ne la laisserai pas faire.

– Mais si elle me prend avec elle ?

– Cela n'arrivera pas.

Elle n'avait pas voulu lui mentir, ni se cacher à elle-même ce qui pouvait arriver. Elle lui avait dit qu'en cas d'échec elle ferait appel. Que pouvait-elle faire d'autre ?

– Tu verras, tout va bien se passer.

Mais le lendemain, tandis que Josh les poussait tous les deux sur la rampe menant au palais de justice de Los Angeles, elle n'en était plus si sûre. Et lorsque la porte de l'ascenseur se referma sur leurs fauteuils roulants, elle fut tout à coup en proie à un sentiment de panique qui ne la quitta qu'à la vue de Norman Warren qui les attendait, posté devant la porte de la salle du tribunal, vêtu d'un complet des plus élégants. Dans sa robe de laine et son manteau en mohair bleu pâle, Samantha avait l'air tout aussi respectable. Après avoir salué chaleureusement la jeune femme, l'avocat posa un regard bienveillant sur Timmie, ravissant dans un petit costume bleu marine et un pull à col roulé bleu clair, achetés spécialement pour l'occasion. Cette harmonie dans les couleurs rendait la ressemblance entre la jeune femme et l'enfant d'autant plus frappante : c'étaient la même blondeur, les mêmes grands yeux bleus.

La salle du tribunal n'était pas très grande, et l'éclairage n'avait rien de brutal, il était presque tamisé. Samantha, Timmie, Josh et Norman Warren étaient déjà installés depuis un bon quart d'heure lorsque le juge fit son entrée. Âgé d'une soixantaine d'années, il avait une longue expérience des problèmes de garde et avait la réputation d'être un homme juste et bon, extrêmement attentif au sort des enfants. On ne comptait plus le nombre de fois où il avait sauvé un enfant de l'abandon et des aléas de l'adoption en persuadant une mère désespérée de garder son petit auprès d'elle. Quelques minutes après, une porte s'ouvrit et Samantha vit apparaître une frêle jeune femme habillée d'une jupe grise et d'un chemisier blanc. C'était la mère de Timmie. Elle ressemblait davantage à une collégienne qu'à une marâtre. Même un enfant aurait eu envie de la protéger.

Le juge ouvrit l'audience en déclarant le cas tout à fait original du fait de la rencontre d'un enfant handicapé avec une mère adoptive elle-même handicapée. Il ajouta cependant qu'il ne fallait surtout pas perdre de vue l'avenir de l'enfant. Puis il demanda si Timmie voulait sortir pendant la durée de l'audience. Samantha et lui en avaient discuté la veille et le petit garçon avait protesté en disant :

— Je veux pas que les flics m'emmènent, je veux rester avec toi !

Il gardait sa main nichée dans celle de Samantha et, évitant soigneusement de porter ses regards du côté de sa mère, il fixait le juge de ses grands yeux bleus. L'avocat répondit que l'enfant restait dans la salle.

Après quoi, l'avocat de la défense appela la mère de Timmie dans le box des témoins. Tandis qu'elle dévidait d'une petite voix son chapelet de malheurs, Samantha frémit en réalisant qu'elle ne pouvait guère avoir plus de vingt-deux ans et, quand elle l'entendit affirmer qu'elle avait changé, elle pensa sa cause perdue d'avance. Norman Warren appela le psychiatre qui l'avait examinée. Celui-ci la qualifia de « jeune femme sensible et chaleureuse qui a eu une enfance difficile ». Selon lui, les coups assenés à l'enfant n'avaient pas été intentionnels. Dépressive, elle était alors dans une mauvaise passe financière, mais à présent qu'on lui avait trouvé une place de femme de ménage dans un hôtel, tout allait rentrer dans l'ordre. Pendant la suite de l'interrogatoire, Norman Warren tenta de le coincer en sous-entendant qu'il y a d'autres choses à faire dans un hôtel que le ménage. Mais le juge intervint et le psychiatre fut renvoyé à sa place. Puis on entendit le médecin, lequel certifia que la jeune femme était totalement désintoxiquée; enfin, un prêtre témoigna : il la connaissait depuis l'âge de onze ans – il avait baptisé Timmie – et il assura que la place de l'enfant était auprès de sa mère. Là-dessus, le juge suspendit la séance.

Pendant le déjeuner, Norman expliqua à Samantha que tout espoir n'était pas perdu, il n'avait pas encore mis la mère de Timmie sur la sellette. Il ajouta qu'en revanche il allait bien se garder de s'attaquer au prêtre.

– Pourquoi ?

– Le juge est catholique, ma chère. D'autre

part, je ne peux pas me battre sur son terrain. C'est trop risqué.

Confrontée à l'avocat de Samantha, la mère de l'enfant perdit toute contenance. Elle fondit immédiatement en larmes et répondit par des sanglots au résumé accablant que Norman Warren fit de sa vie : la découverte de la drogue à douze ans, l'intoxication à l'héroïne à treize, la première arrestation pour prostitution à quinze, la grossesse à seize, les cinq avortements qui suivirent... etc.; à cela, l'avocat de la défense répliqua que si, après la cure de désintoxication effectuée dans le cadre du programme officiel de l'État de Californie, la jeune femme n'était pas sortie d'affaire il fallait remettre en cause le programme dans son ensemble. Puis vint le tour de Martin Pfizer, dont le témoignage, trop réaliste, trop sec, ne suscita aucune émotion. Le médecin de Samantha lut quelques lettres élogieuses sur le centre créé par la jeune femme. Le fait qu'elle fût divorcée, sans projet de remariage et paraplégique de surcroît joua contre elle. L'image générale qui ressortait du tableau brossé par ces témoignages multiples ressemblait étrangement à celle d'une « dame charitable ».

Le dernier témoin fut Timmie lui-même. On avait demandé à sa mère de taire ses sanglots pendant que son fils parlerait, sous peine d'expulsion. Elle se tut. On posa à l'enfant quantité de questions : sa vie avec les deux femmes, son régime, son logement. On lui demanda même de décrire tout ce que Samantha lui avait acheté, puis à brûle-pourpoint on lui dit :

– As-tu peur de ta mère, Timmie ?

L'enfant se mit à trembler, et, en se renfonçant dans son fauteuil, il bafouilla :

– Non... non.

– Est-ce qu'elle te bat ?

Comme il ne répondait pas, l'avocat de la défense insista et il dit d'une voix éraillée :
– Non.

Samantha ferma les yeux. Elle savait qu'il ne dirait jamais la vérité en présence de sa mère, c'était trop douloureux.

Le juge leva l'audience et leur demanda de revenir le lendemain matin, sauf contrordre – il avait leurs coordonnées – pour entendre la sentence.

En quittant la salle, Timmie avait tremblé de terreur en voyant sa mère s'approcher, mais Norman Warren l'avait vivement éloigné, suivi de Samantha et de Josh. Sur le chemin du retour, la jeune femme, tenant l'enfant endormi dans ses bras, comprit combien il avait été courageux d'avoir assisté au procès. Après tout, il avait tout à redouter de sa mère. Principalement sa vengeance.

Ce soir-là, allongée dans son lit au milieu des ténèbres, les yeux grands ouverts, incapable de dormir, elle se demanda quels autres moyens elle pouvait employer pour le garder auprès d'elle. Elle pensa à la maison du lac, mais écarta vite cette idée; même là, ils seraient découverts. Il fallait faire confiance à la justice.

37

Lorsque Samantha s'éveilla, à l'aube, elle regarda sa montre et comprit qu'elle n'avait pas dormi plus d'une heure et demie. Elle enfila sa robe de chambre, s'installa sur son fauteuil et le dirigea vers la chambre de Timmie. L'enfant ne dormait pas non plus.

– Bonjour, mon chéri, dit-elle en l'embrassant sur le bout du nez.

– Je veux pas aller avec elle.

– Si on pensait d'abord à prendre notre petit déjeuner ?

Malgré les efforts de Samantha pour rester gaie, Timmie éclata en sanglots en jetant ses bras autour de son cou.

Comme la veille, l'avocat les attendait à la porte de la salle du tribunal. Posant la main sur le bras de Samantha, il dit :

– Ayez confiance.

Elle était vêtue d'un pantalon gris et d'un chandail en cachemire assorti. Timmie portait le même costume bleu marine mais au lieu d'un pull il avait voulu mettre une chemise rouge et blanc.

Le juge commença par demander à Timmie d'avancer au centre de la salle. Hésitant, il regarda Samantha et celle-ci, souriante, fit un signe affirmatif de la tête. Il obéit donc au juge qui posa sur lui un regard de bonté, lui expliquant que tout ce qu'il voulait, c'était son bonheur. Puis il reporta son attention sur Samantha qu'il complimenta sur son entreprise.

– Vous êtes une sainte femme, lui dit-il.

Il admit que l'enfant aurait une vie matérielle certainement plus facile auprès d'elle, mais qu'après tout « le spirituel était ce qui comptait avant tout ». Il voulait croire le père Renney lorsque celui-ci l'assurait de la transformation radicale de la jeune mère de Timmie. Car la place d'un enfant n'est-elle pas auprès de sa mère ?

– Vous pouvez venir chercher votre fils, dit-il en s'adressant à la jeune femme en blouse rose qui se précipita vers l'enfant, au risque de ren-

verser le petit fauteuil roulant. « Mon bébé...
mon tout-petit... », criait-elle d'une voix aiguë,
masquant les gémissements de Timmie.

– Sam... Sam !

Samantha voulut bondir en avant, parmi la
foule, pour sauver Timmie des griffes de cette
harpie, mais Josh et Norman retinrent son fauteuil.

– Arrêtez... il faut que je le voie !

– Non, Sam ! Il n'y a plus rien à faire.

– Si, il le faut... lâchez-moi !

Les larmes roulaient le long de ses joues et
lorsqu'elle vit le petit Timmie s'éloigner en criant
son nom, entraîné par sa mère et l'avocat de la
défense, elle hurla :

– Je t'aime, Timmie, je ne t'abandonnerai pas !

Une fois qu'il eut disparu, elle se mit à sangloter de plus belle, le visage enfoui dans les
mains. L'avocat, ne sachant que faire, s'agenouilla à côté de son fauteuil et dit :

– Je suis désolé, Sam... mais on peut encore
faire appel.

– Non... je ne peux pas lui faire ça.

Il hocha la tête et se releva tristement. Il avait
échoué. L'amour de Samantha et de Timmie
était brisé.

38

Les jours suivants, Samantha sombra dans une
profonde et douloureuse dépression. Enfermée
dans la grande maison, refusant de voir qui que
ce soit, elle pleurait Timmie.

Norman Warren vint chercher les affaires de
l'enfant pour les donner à l'assistant social, mais
Sam ne voulut pas le recevoir.

– Elle va s'en remettre, n'est-ce pas ? demanda l'avocat à Josh d'un air inquiet.

Le vieux cowboy remua la tête :

– Comment voulez-vous que je sache ? Je sais qu'elle est solide, mais c'était peut-être trop pour elle. Vous ne pouvez pas imaginer combien elle aime ce gosse.

– Si, j'imagine très bien.

La veille au soir, au volant de sa Mercedes, il avait pleuré lui aussi, pour la première fois de sa vie professionnelle, et avait murmuré entre ses dents :

– Nous ferons appel, nous ferons appel. Nous gagnerons...

Aujourd'hui, plus calme, il disait à Josh :

– Écoutez, tout ça est absurde. Ce jugement est une erreur. Il faut faire appel. J'aimerais la voir aussitôt que possible à ce sujet. Nous irons jusqu'à la Cour suprême s'il le faut.

– Je le lui dirai... quand je la verrai.

– Elle ne va pas faire l'imbécile au moins ? dit l'avocat.

– Je ne sais pas. Ce n'est pas son genre.

Non, Samantha n'envisageait pas vraiment le suicide, mais pendant deux jours elle resta au lit, sans bouger, sans manger, à pleurer, à dormir, à souhaiter mourir. À la fin du deuxième jour, elle entendit des coups frappés à sa porte et au bout de quelques minutes un bruit de verre brisé. Quelqu'un venait de s'introduire dans la maison.

– Qui est là ? cria-t-elle, soudain effrayée.

La lumière du couloir s'alluma et elle vit la haute silhouette de Jeff s'encadrer dans l'embrasure de la porte.

– Que faites-vous ici ? demanda-t-elle, surprise.

Le jeune homme devint cramoisi et répondit :

– Je n'en pouvais plus. Voilà deux jours que

je ne vois aucune lumière dans cette maison. Et vous ne répondiez pas quand je frappais. J'avais peur que vous... je voulais voir comment vous alliez.

Elle hocha la tête, attendrie par tant d'attentions, puis fondit de nouveau en larmes. Il se précipita vers son lit et la serra contre sa poitrine. Étrangement, elle eut une impression de déjà vu. Elle connaissait ces épaules, ces bras... Se ressaisissant cependant, elle le repoussa :

— Merci, Jeff, dit-elle en se mouchant.

Il s'assit au bord du lit et la regarda longuement. Même après ces quarante-huit heures d'abandon elle était très belle et pendant un instant il fut pris de la folle envie de l'embrasser. À cette pensée, son visage s'empourpra de nouveau.

Samantha ne put s'empêcher de rire.

— Qu'est-ce qui vous fait rire ?

— Vous êtes rouge comme une tomate !

— Eh bien, je vous remercie. On m'a déjà traité de poil de carotte, mais jamais de tomate... Ça va mieux ?

— Un peu. J'espère que Timmie n'est pas trop malheureux.

— Josh dit que votre avocat veut faire appel, qu'il veut aller jusqu'à la Cour suprême !

— Ah oui ? Eh bien, je n'y crois pas une seconde ! Je suis une infirme, voilà tout. Je n'ai aucune chance. Les prostituées et les droguées font de meilleures mères que les infirmes, c'est bien connu !

— Comment ont-ils pu ?

— Le juge a pu, Jeff.

— Le juge pue, oui !

Samantha éclata de rire, puis elle prit conscience qu'une odeur de bière flottait à présent dans la pièce.

– Vous avez bu ?

– Oh ! deux bières seulement, il m'en faut davantage pour être soûl ! répondit-il, rougissant de nouveau jusqu'aux oreilles.

– Comment se fait-il ?

– Oh ! il m'en faut cinq ou six au moins.

– Non, dit-elle en riant, comment se fait-il que vous ayez bu deux bières.

Elle n'aimait pas que l'on boive au ranch, près des enfants.

– Mais c'est le jour de l'An, Sam !

– Vraiment ? dit-elle, surprise. Mais oui ! Vous avez raison. Alors, vous allez faire la fête ?

– Oui. Je vais au Bar Three. Vous ai-je jamais dit que j'y ai travaillé autrefois ?

– Non. Mais vous avez travaillé dans tant d'endroits différents...

– J'avais oublié de vous parler de celui-là.

– Vous ne sortez pas seul, j'espère ?

– Avec Mary Jo, dit-il en rougissant.

– La fille de Josh ?

– Oui.

– Et Josh, quelle a été sa réaction ?

– Il m'a dit qu'il me foutrait son pied au cul si je la faisais boire. À dix-neuf ans, elle est pourtant majeure !

– Mmmm... si j'étais vous, je ferais attention. Josh ne fait jamais de promesses en l'air. Au fait, dit-elle, le visage soudain plus sombre, comment va-t-il ?

– Il est très inquiet, à votre propos. Nous sommes tous très inquiets, Sam. Votre avocat est venu hier encore.

– Prendre les affaires de Timmie ? A-t-il pensé à prendre les cadeaux de Noël ?

– Je ne sais pas. Mais je crois que oui.

Voyant qu'elle était au bord des larmes, il la prit dans ses bras et la berça doucement. Il aurait voulu lui crier son amour, mais il était trop timide, trop craintif. Elle était de neuf ans son aînée et n'avait pas l'air de s'intéresser aux hommes.

— Merci, dit-elle en le repoussant légèrement, émue par sa douceur, mais, si vous continuez comme ça, ce n'est pas avec Mary Jo que vous allez passer le nouvel an !

— Et si j'ai envie de rester ici, qui est-ce qui m'en empêcherait ?

— Moi.

— Vous ne croyez pas aux liaisons entre propriétaires de ranchs et cowboys ? Vous croyez encore à ces vieilles histoires de bouseux et de princes ?

— Vous ne comprenez pas. Ma vie est derrière moi. Je suis vieille, Jeff. Vous, vous avez toute la vie devant vous.

— Vous ne comprenez donc pas que je vous aime, que je vous ai aimée dès le premier jour ?

Elle posa un doigt sur ses lèvres.

— Chut ! Ne parlez pas ainsi. Pour le Nouvel An, il arrive que l'on dise des choses que l'on devrait taire. Ne gâchez pas notre belle amitié, Jeff. Vous ne savez pas comme elle m'est précieuse. Sans Josh et vous... eh bien, je ne crois pas que j'aurais tenu le coup.

La prenant encore une fois dans ses bras, il l'embrassa sur le front. Puis il se leva et, abaissant son regard vers elle, il lui dit :

— Un mot de vous et je reste, Sam.

— Non. Allez-vous-en, je vous en prie.

Il hocha lentement la tête et tourna les talons. Mais arrivé à la hauteur de la porte il se retourna et l'enveloppa une dernière fois d'un regard brûlant. Elle entendit ses pas s'éloigner dans le couloir, puis la porte d'entrée claquer.

Samantha était de nouveau seule. La visite de Jeff avait simultanément réchauffé son cœur et accentué ce sentiment de solitude qui ne la quittait plus depuis la fin du procès. Elle se sentit tout à coup frigorifiée et décida de prendre un bain.

Un peu plus tard, plongée dans l'eau chaude agréablement parfumée, elle se souvint de l'étreinte du jeune homme et fut parcourue d'un frisson de volupté. Mais, l'instant d'après, revoyant le visage un peu naïf de Jeff, elle repoussait toute idée d'amour. Elle avait cent ans de plus que lui ! En cédant, elle aurait probablement fait son malheur.

39

– Sam... Sam...

C'était la voix de Josh. Il frappait de grands coups à la porte. À six heures du matin, elle était dans sa cuisine en train de préparer le café. Elle sourit : il allait finir par défoncer sa porte. Elle dirigea son fauteuil vers le vestibule et ouvrit la porte d'entrée : dans la luminosité grise de l'aube, Josh se tenait sur le seuil dans sa grosse veste en cuir.

– Bonne année ! lui dit-elle en guise d'accueil.

Mais il ne répondit pas. Il avait le visage défait, on eût dit qu'il avait pleuré.

– Que se passe-t-il ? Entrez, venez vous asseoir.

Après s'être laissé tomber dans l'un des fauteuils du salon, Josh prit son visage dans ses mains et secoua violemment la tête. Il dit d'une voix étouffée :

– Les petits. Jeff et Mary Jo. Ils avaient trop bu hier soir. En revenant du Bar Three, Jeff a dû perdre le contrôle de la voiture, ils sont rentrés dans un arbre. Mary Jo a les bras et les jambes cassés, le visage lacéré… Jeff… est mort.

Samantha ferma les yeux. Si elle l'avait gardé auprès d'elle la veille au soir, rien de tout cela ne serait arrivé. Qu'importait finalement leur différence d'âge, face à la mort ?

— Mon Dieu ! C'est horrible, dit-elle en levant les yeux vers son vieil ami effondré dans le fauteuil. Mary Jo va-t-elle s'en tirer ?

— Oui, dit-il, mais j'étais très attaché au petit.

— Il va falloir prévenir sa famille. Vous savez où l'on peut joindre ses parents ?

— Non, mais on trouvera probablement leur adresse dans ses papiers. Je sais qu'il avait perdu sa mère, mais pour le reste je n'ai aucune idée. Il ne parlait jamais de sa famille. Il était toujours tellement absorbé par les gosses, les chevaux… et toi…

— Bon, on va regarder dans ses affaires. Où est-il à présent ?

— J'ai demandé qu'ils le gardent à l'hôpital pour le moment. Ses parents voudront peut-être venir le chercher pour le ramener chez eux.

— Et si l'on ne trouve rien, Josh ? Qu'allons-nous faire ?

— On peut l'enterrer près de Bill et miss Caroline, ou au cimetière en ville ?

— Ce serait mieux ici. Après tout, ne faisait-il pas partie du ranch, ne l'avait-il pas aimé ?

Josh aperçut le carreau cassé d'une fenêtre du salon et, surpris, se tourna vers Samantha :

— Comment est-ce arrivé ?

— C'est Jeff. Hier soir avant de partir. Il voulait savoir comment j'allais.

— Ça ne m'étonne pas. Voilà deux jours qu'il avait les yeux fixés sur cette maison.

Puis ils se dirigèrent vers les logements des

cowboys. Le chemin, caillouteux, n'était pas aussi
praticable pour Samantha que le reste du ranch
qui était spécialement aménagé pour les fauteuils
roulants. Josh dut la pousser jusqu'à la maison
de Jeff. Dans la petite pièce peinte en blanc,
presque monacale, qui lui rappela douloureuse-
ment celle où elle courait autrefois chaque soir
à neuf heures, il régnait un désordre en accord
avec une vie de jeune homme. Le lit était défait
et Samantha s'attendait à le voir surgir d'un
instant à l'autre de la salle de bains, sa tignasse
rousse trempée, le visage rouge de confusion.
Josh s'assit devant le petit bureau d'érable et
commença d'examiner méthodiquement ce qui
s'y trouvait : des photographies, des lettres
d'amis, des souvenirs d'autres ranchs, des pro-
grammes de rodéo.

Finalement, Josh découvrit un petit porte-
feuille en cuir contenant une carte portant le
numéro de Sécurité sociale de Jeff, des papiers
d'assurance, deux billets de loterie et un bout
de papier où était inscrit : « En cas d'accident,
prévenez mon père : Tate Jordan, Grady
Ranch » suivi d'un numéro de boîte postale dans
le Montana.

Josh était abasourdi : comment n'y avait-il pas
pensé ? Bien sûr, le Bar Three ! Le fils de Tate
y travaillait autrefois.

Puis il vit qu'auprès de lui Samantha s'impatientait. Que pouvait-il lui dire ? Il ne pouvait
pas empêcher le malheur de frapper. Il lui tendit
le morceau de papier et sortit respirer une
bouffée d'air frais.

40

Samantha se perdit dans la contemplation du message que le destin, cruel, lui envoyait. Elle avait failli faire l'amour avec le fils de l'homme qu'elle aimait, le fils de Tate ! Et parce qu'elle s'était refusée à lui, il était mort, le fils de Tate était mort par sa faute ! Mais peut-être avait-elle tort de penser ainsi ? Peut-être la mort l'attendait-elle de toute façon ? Comment savoir ? Était-ce aussi la fatalité qui avait voulu qu'elle retrouve Tate dans ces circonstances, après l'avoir tant cherché, après avoir abandonné tout espoir de le retrouver un jour ? À présent qu'elle tenait son adresse dans le creux de sa main, écrite noir sur blanc, qu'allait-elle lui dire ? Que son fils était mort ! Que celle qu'il avait jadis aimée était une infirme ! Elle glissa le bout de papier dans une poche de sa veste et dirigea son fauteuil vers la porte d'entrée. Josh était là qui l'attendait, appuyé contre un arbre, la tête basse, le regard éteint.

— Que vas-tu faire, Sam ? Lui téléphoner ?
— Il le faut.
— Tu t'en charges ?
— Non, vous. Vous êtes le contremaître après tout.
— Tu as peur ?
— Si c'était quelqu'un d'autre, je le ferais, Josh. Mais je ne veux pas lui parler.
— Tu devrais peut-être te forcer un peu.
— Peut-être. Mais je ne le ferai pas.
— Bon. Comme tu voudras.

Lorsque Josh téléphona, on lui apprit que Tate

Jordan était à une vente de bestiaux quelque part dans le Wyoming et qu'il n'était pas attendu avant une semaine. Il n'y avait aucun moyen de le joindre.

On enterra donc Jeff au ranch, près de Caroline et Bill, en présence de tous les enfants. Il y eut une petite procession, chacun portant une gerbe de fleurs pour la déposer sur la tombe, et les enfants chantèrent les chansons préférées de leur ami. La cérémonie fut extrêmement émouvante, et lorsqu'ils s'en retournèrent au ranch, dans la lumière flamboyante du soleil couchant, Samantha contempla la troupe de petits cavaliers galopant sur les collines et les larmes lui vinrent aux yeux : d'une certaine façon, Jeff était encore à leurs côtés.

Ce soir-là, en écrivant à Tate, elle trouva immédiatement les mots justes, n'avait-elle pas, elle aussi, perdu un enfant – même s'il n'était pas vraiment le sien, même s'il n'était pas mort –, le petit Timmie ?

Il y avait pourtant une chose qu'elle ne voulait pas qu'il sache : sa propre infirmité. Elle écrivit donc :

Trois ans ne semblent pas bien longs et pourtant que de choses ont changé ici. Caroline et Bill nous ont quittés, ils reposent près de l'endroit où nous avons enterré ton fils aujourd'hui, dans les collines, pas loin de la maison du lac. Caroline, à sa mort, m'a laissé le ranch pour que j'en fasse un centre pour enfants handicapés. Jeff est arrivé peu après l'ouverture, je ne saurais te dire combien il a été merveilleux avec les enfants. Tu peux être très fier de lui. Je t'enverrai des photos du ranch tel qu'il est maintenant pour que tu voies combien il est différent du ranch Lord que tu as connu. Tu comprendras mieux ce que Jeff faisait ici avec nous. Je te fais envoyer ses affaires pour t'épargner ce pénible voyage. Si j'oublie quelque chose, fais-le-moi savoir.

Puis elle signa : *Bien amicalement, Samantha Lord.*

Elle ne faisait aucune allusion à ce qui s'était passé entre eux. Le lendemain, comme promis, elle fit empaqueter les affaires du jeune homme pour les envoyer à Tate puis chercha dans les albums plusieurs photos où apparaissait Jeff, trouva les négatifs et les apporta au drugstore pour les faire tirer. La semaine suivante, lorsqu'elle reçut les photos, elle les inspecta de nouveau soigneusement, vérifiant qu'elle ne figurait sur aucune, puis les glissa dans une enveloppe qu'elle adressa à Tate. Une page de sa vie était tournée. Ayant enfin trouvé celui qu'elle avait tant aimé, tant cherché, tant pleuré, elle brûlait de l'appeler, de lui crier son amour, mais elle choisissait de se taire, de rester en retrait.

Ce soir-là, dans son lit, elle se demanda quelle aurait été sa réaction si elle n'avait pas été handicapée. Mais qui pouvait le dire ? Sa vie aurait été si différente... elle n'aurait probablement pas hérité du ranch, ni connu Jeff, ni... On ne pouvait pas refaire l'histoire.

La sonnerie du téléphone la tira du sommeil. À peine réveillée, elle décrocha le récepteur qui se trouvait sur la table de chevet.

– Allô ? Sam ?

C'était la voix de Norman Warren. Il semblait moins calme qu'à l'accoutumée.

– Bonjour, Norman, répondit-elle d'une voix ensommeillée. Vous me réveillez.

Samantha avait définitivement décidé de ne pas faire appel. L'épreuve avait été trop rude, pour elle comme pour Timmie, et il n'y avait aucune garantie quant à l'issue du long et douloureux procès. Elle en avait parlé à Martin Pfizer qui était entièrement d'accord avec elle. Il avait déposé les affaires de Timmie et l'avait trouvé abattu, réclamant toujours Samantha. L'assistant social lui avait conseillé d'oublier le ranch Lord, de s'en souvenir comme d'un bon moment du passé. Lorsque Samantha lui demanda si sa mère le battait toujours, il avait répondu évasivement qu'il ne le pensait pas.

— Sam, il faut que vous veniez à Los Angeles.

— Vous savez très bien que je ne veux pas entendre parler d'appel, Norman, ce n'est pas la peine d'insister.

— Je comprends, je comprends. Mais il s'agit d'autre chose cette fois-ci.

— De quoi ?

— Vous n'avez pas signé certains papiers.

— Envoyez-les-moi par la poste.

— Je ne peux pas.

— Alors, apportez-les-moi. Et puis, j'y pense, nous sommes dimanche, non ?

— Je n'ai pas eu le temps la semaine dernière. Je sais que c'est la barbe, Sam, que vous êtes une femme très occupée, mais je vous en prie, venez !

— Un dimanche ?

— Oui. Faites-le pour moi.

Tout à coup, son cœur se mit à battre plus fort :

— C'est à propos de Timmie ? Il est blessé ? Elle l'a battu ?

— Non, non, tranquillisez-vous. Je voudrais seulement en finir avec cette paperasse aujourd'hui.

— Norman, dit-elle en jetant un coup d'œil à la pendule qui marquait sept heures, à mon avis, vous êtes fou à lier ! C'est bien parce que vous avez été gentil avec Timmie… D'accord, on viendra.

266

– Josh vous accompagne ?

– S'il veut bien. Où nous donnons-nous rendez-vous ? À votre bureau ? Et, au fait, quels sont ces papiers que je dois signer ?

– Oh ! juste quelques petits papiers précisant que vous ne voulez pas faire appel ! Venez chez moi plutôt.

– Qu'avez-vous derrière la tête ? Pourquoi ne pas me les poster ?

– Je suis trop pingre pour acheter un timbre !

– Décidément, vous êtes encore plus fou que je ne le pensais !

– Vous ne m'apprenez rien ! À quelle heure dois-je vous attendre ?

– Je ne sais pas. Après le déjeuner ?

– Pourquoi pas avant ?

– Vous voulez me voir arriver en chemise de nuit ?

– Cela me ferait grand plaisir. Alors, à onze heures ?

– Bon, d'accord. Mais que ça ne prenne pas trop de temps. Il y a une foule de choses à faire ici.

– À tout à l'heure.

Il raccrocha. Elle téléphona aussitôt à Josh qui eut exactement la même réaction :

– Pourquoi ne peut-il pas les poster ?

– Ce n'est pas à moi qu'il faut le demander. En tout cas, s'il faut aller à Los Angeles, je préfère que ce soit un dimanche. Je ne vais pas avoir une minute à moi cette semaine avec l'arrivée des onze nouveaux.

– Bon. Départ dans une demi-heure, ça te va ?

– Une heure me conviendrait mieux.

Une heure après, Samantha passait de son fauteuil au siège de son break. Elle était vêtue de blue-jeans, d'un pull-over rouge et de sa paire de bottes préférées, rouge vif.

– Tu es jolie comme un cœur ! s'exclama Josh en la voyant.

– Un cœur qui saigne, oui, dit-elle. C'est de la folie d'aller à Los Angeles !

Une fois chez Norman Warren, celui-ci, très agité, leur dit qu'il avait oublié certains papiers très importants au tribunal.

– Il faut absolument que nous allions les chercher, c'est capital !

– Un dimanche ? Mais le palais de justice doit être fermé ! Norman, vous avez bu, dit Samantha d'un air de reproche.

– Faites-moi confiance, c'est tout ce que je demande, répondit-il, plus agité que jamais.

– Si je ne vous faisais pas confiance, je ne serais pas ici !

Josh les conduisit jusqu'au palais de justice et, lorsqu'ils arrivèrent devant la porte, Norman eut soudain l'air de savoir ce qu'il faisait. Il montra une carte au gardien qui cria « Septième étage » à celui qui faisait marcher le seul ascenseur en service le dimanche. Puis ils parcoururent un long dédale de couloirs sombres qui débouchèrent enfin sur une pièce vivement éclairée où une grosse femme en uniforme, assise derrière un bureau, bavardait avec un policier. Dans un coin se tenait un petit garçon sur un fauteuil roulant. Très sale dans son costume bleu marine, il tenait un ours en peluche sur les genoux. Samantha poussa un cri et se précipita vers lui, le serra fort contre elle.

– Timmie chéri… oh ! Timmie… tout va bien maintenant, bafouilla-t-elle, ne sachant pas si elle allait pouvoir le garder une heure, une journée, une semaine. Sa mère était peut-être de nouveau en prison…

– Ma maman est morte, dit l'enfant en fixant Samantha de ses grands yeux bleus, comme s'il ne comprenait pas le sens de ses paroles.

C'est alors que Samantha remarqua que Timmie avait de profonds cernes autour des yeux et un énorme bleu sur son cou.

– Qu'est-il arrivé ? Qu'est-ce que ça veut dire ?

Norman s'approcha doucement et, posant sa main sur le bras de la jeune femme :

– Overdose, il y a deux jours de cela. La police a trouvé Timmie hier soir.

– Avec… avec elle ?

– Non, elle était ailleurs. Timmie était seul dans l'appartement. Les policiers ont prévenu le juge hier soir, car ils voulaient savoir s'il fallait le mettre à l'orphelinat. Le juge m'a aussitôt téléphoné. Voilà. Il m'a dit qu'il serait là ce matin, qu'il apporterait tous les papiers d'adoption.

– Et je serai la mère de Timmie ? Ce matin ?

– Oui… la sentence est annulée, tout le nécessaire a été fait au cours du procès concernant les démarches d'adoption. Il est votre fils à présent. (Et, se tournant vers le petit garçon :) Timmie, tu as une nouvelle maman.

Cela faisait deux semaines que Samantha l'avait vu disparaître en hurlant de la salle du tribunal. Le tenant serré dans ses bras, elle sanglotait de bonheur et l'embrassait en caressant sa chevelure blonde. L'enfant leva une main crasseuse vers le visage de la jeune femme et la posant sur sa joue dit :

– Oh ! Maman… je t'aime.

Le juge arriva une demi-heure plus tard. Samantha signa tout ce qu'il y avait à signer. La grosse femme en uniforme joua le rôle de témoin. Lorsque le moment du départ arriva, Timmie salua le juge et tous ceux qui se trouvaient là en agitant son ours en peluche et en criant :

– À bientôt, à bientôt…

Le juge lui-même en avait les larmes aux yeux. Il avait rarement rencontré un enfant aussi attachant, et curieusement, en voyant s'éloigner les deux fauteuils roulants surmontés des têtes blondes, il eut l'impression d'avoir rendu l'enfant à sa véritable mère.

41

Une fois dans la voiture, Timmie, comme s'il n'avait pas parlé depuis des siècles, se mit à babiller :

— Je vais aller dire bonjour à Daisy... et jouer avec mon train et ma voiture de pompiers et...

— Et prendre un bain ! intervint Samantha en riant.

Le gros rire de Josh retentit dans la voiture. C'était la première fois que Samantha l'entendait rire depuis l'accident. Ils avaient appris la mort de Jeff à Timmie qui, après une minute de profond silence, avait déclaré :

— Comme maman...

Elle lui annonça que le ranch attendait d'autres pensionnaires et lui décrivit ce qu'elle allait planter dans le jardin au printemps.

— Et devine ce que toi, tu vas faire dans quelques semaines ?

— Quoi ? dit-il, les yeux brillants.

— Tu vas aller à l'école !

— Pourquoi ? s'exclama-t-il, déçu et mécontent à la fois.

— Parce que j'en ai décidé ainsi.

— Mais je n'y allais pas avant, dit-il d'un ton geignard.

— Tu étais un cas spécial, avant.

– Et maintenant, je peux plus être spécial ?

Samantha le serra un peu plus fort contre elle.

– Tu seras toujours spécial, mon chéri, mais à présent le temps où l'on craignait ton départ est fini. Tu es comme les autres enfants, il faut que tu ailles à l'école !

– Je veux rester à la maison avec toi !

– Tu pourras le faire pendant un certain temps… tu ne veux donc pas devenir aussi savant que Josh et moi ?

– T'es pas savante, toi, t'es une maman ! dit-il en pouffant de rire.

– Eh bien, merci !

Ils arrivèrent au ranch. Après son bain, il voulut revoir les autres enfants et les chevaux. Le soir venu, Samantha le borda dans son lit, lui lut une histoire, puis l'observa tandis qu'il s'endormait paisiblement : elle avait l'impression qu'ils ne s'étaient jamais quittés.

Ce n'est que deux semaines après – Timmie avait finalement accepté d'aller à l'école et les onze nouveaux étaient installés et acceptés par tous – que Samantha put passer une journée entière dans son bureau. Elle avait une montagne de courrier en retard et elle répondit à un nombre incalculable de lettres de médecins, de parents, d'associations pour handicapés – dont certaines en provenance de la côte Est ! Jusqu'alors, sa réputation n'avait guère dépassé les Rocheuses.

Elle en était à la dernière lettre lorsque, levant par hasard les yeux vers la fenêtre, elle l'aperçut. Il était toujours aussi grand, ses épaules étaient toujours aussi larges, et ses cheveux d'un noir de jais encore plus beaux car les tempes étaient à présent plus sel que poivre. Ces traits aigus, ce teint hâlé, ce chapeau, ces bottes… oui, c'était bien le même, c'était Tate Jordan. Elle le vit se pencher vers un enfant et se souvint du Père Noël. Puis, soudain, horrifiée, elle recula son fauteuil, ferma brutalement le store et appela sa secrétaire :

– Trouvez Josh, vite, lui cria-t-elle.

Cinq minutes plus tard, la silhouette râblée de son vieil ami se découpait en contre-jour dans le couloir.

– Je viens de voir Tate Jordan, dit-elle d'une voix blanche.

– Quoi ? Où ça ? fit-il en scrutant la pénombre dans laquelle baignait le bureau. En es-tu sûre ? Tu as peut-être rêvé !

– Non, j'en suis certaine. Il était là, dehors, dans la cour, dit-elle en faisant un geste vers la fenêtre fermée. Il parlait aux enfants. Allez le trouver, demandez-lui ce qu'il veut et qu'il parte. Je ne veux pas le voir.

– Tu crois que c'est juste, Sam ? Son fils vient de mourir dans ce ranch, il y a à peine deux mois. Il est enterré dans la propriété... et toi, tu ne veux pas que son propre père voie sa tombe ?

Samantha ferma rageusement les yeux puis les rouvrit :

– D'accord. Vous avez raison. Mais qu'il ne reste pas dans les parages. On lui a envoyé toutes les affaires de Jeff. Il n'a aucune raison de rester.

– Il veut peut-être te voir.

– Mais moi, je ne veux pas le voir ! Et ne me parlez pas de justice ! Est-ce qu'il s'est montré juste, lui, il y a trois ans ? Je ne lui dois rien. Rien du tout.

– Peut-être pas. Mais tu te dois peut-être quelque chose à toi-même !

Elle ne répondit pas. Il disparut pour revenir une demi-heure après. Elle n'avait changé ni de position ni d'expression. Elle n'avait même pas relevé le store. Elle se disait qu'il n'avait pas le droit de venir la hanter ainsi.

– Je lui ai laissé prendre Sundance pour se rendre à la tombe de Jeff.

– Très bien. Il est parti ? Bon, alors je vais rentrer à la maison. Quand vous verrez Timmie, dites-lui où je suis.

Mais lorsque l'enfant rentra de l'école il se précipita dans les écuries pour monter son petit Palomino et jouer en compagnie de ses camarades. Samantha resta seule dans la grande maison vide. Il lui semblait étrange de penser que Tate était si proche qu'elle aurait pu aller lui parler, le toucher, mais, tel un animal effarouché, elle se terrait, ne sachant même pas exactement de quoi elle avait peur : de lui ? de ce qu'il pourrait lui dire ? ou d'elle-même ? ou peut-être encore parce qu'il n'y avait plus rien entre eux ? La peur du vide ? Il l'avait quittée si brusquement, de façon si surprenante, sans que rien l'eût préparée à la rupture, qu'elle n'avait pas eu le temps de réagir, de riposter; on ne se bat pas contre le néant. À présent, avaient-ils encore quelque chose à se dire ? La nuit était presque tombée lorsque Josh frappa à sa porte pour lui annoncer :

– Il est parti.

– Merci, Josh.

– C'est un homme profondément bon, tu sais. Il a longuement parlé de Jeff. Il va passer voir Mary Jo ce soir à l'hôpital. Sam, tu ne voudrais pas...

Il posa sur la jeune femme un regard interrogateur.

– Non, l'interrompit-elle. Est-il au courant... pour moi, je veux dire ?

– Je ne crois pas. Il n'a rien dit en tout cas.

Il m'a demandé où tu étais et je lui ai répondu que tu t'étais absentée pour la journée. À mon avis, il a compris ce que cela signifiait. Quand on quitte une femme, on ne s'attend pas à être accueilli à bras ouverts trois ans après ! Il m'a demandé de te remercier, c'est tout. Il a été très touché par l'emplacement de la tombe de Jeff. On a parlé de beaucoup de choses, du bon vieux temps, de Caroline... de Bill King. De tout ce qui a changé... Il m'a raconté qu'en partant d'ici il avait été droit dans le Montana où il avait travaillé dans un ranch. Avec ses économies, il a pu emprunter un peu d'argent et s'acheter un bout de terrain. C'est un propriétaire de ranch à présent, plus un simple cowboy. Il m'a dit qu'il faisait ça pour son fils, pour qu'il hérite quelque chose de lui. Mais maintenant que Jeff est mort, eh bien... il a vendu son ranch, la semaine passée.

– Qu'a-t-il l'intention de faire ?

– Il retourne dans le Montana demain. Mais je le vois ce soir. Si tu changes d'avis...

– Il n'en est pas question !

Timmie fit alors son apparition. Elle remercia Josh et se dirigea vers la cuisine pour préparer le dîner. Mais toute la soirée elle se montra nerveuse et inattentive. Cette nuit-là, elle dormit mal, obsédée par l'image de Tate qui passait et repassait devant ses yeux, et minée par l'idée qu'elle avait peut-être tort de refuser de le voir. Elle avait soudain envie de retourner dans les lieux témoins de leur amour : le verger, les collines; la maison du lac... Elle s'en était approchée l'autre jour, lors de la mise en terre de Jeff, mais n'avait pu l'apercevoir. Lorsqu'elle s'endormit, ce furent des cauchemars épouvantables : elle revivait son vol plané dans le ravin, la sensation d'être prise dans du ciment, puis elle s'éveilla en sueur, les oreilles bourdonnantes. Tate... Tate... gémissait-elle.

Quand elle entra le lendemain matin dans la chambre de Timmie, elle était tellement pâle que l'enfant lui demanda si elle était malade.

Un peu plus tard, après le départ des enfants pour l'école, Samantha dirigea son fauteuil vers le box de Black Beauty. Elle le gardait au ranch surtout pour des raisons d'ordre sentimental, mais le montait de temps à autre, quand elle était seule. Quoique très nerveux encore, il était bien moins fougueux que par le passé.

En levant les yeux vers le splendide animal noir, Samantha comprit ce qu'elle était venue faire. Elle demanda à l'un des hommes de le seller. Quelques minutes après, elle traversait la cour en direction des collines. Le regard perdu dans le lointain, elle réfléchissait. Le temps était venu de faire face, d'affronter la réalité, ce qu'était devenue la réalité : elle n'était plus la femme que Tate Jordan avait aimée trois ans plus tôt. Elle ne serait plus jamais cette femme-là. Tandis qu'elle faisait prendre le galop à Black Beauty, elle se demanda si elle ne pourrait jamais plus aimer. Peut-être un jour parviendrait-elle à oublier ce grand amour, à éprouver une grande tendresse pour un homme doux, un médecin, un avocat comme Norman... mais comme ils paraissaient tous ternes comparés à Tate ! Elle se souvint de leurs folles chevauchées dans ces mêmes collines, du dur labeur abattu ensemble, côte à côte, et des nuits passées dans ses bras... Elle sentit monter en elle un désir violent. Elle frappa légèrement l'étalon sur l'encolure et celui-ci prit le grand galop pour gravir la dernière colline. Oui, c'était le même paysage enchanteur qui s'offrait à elle : le petit lac et la maison en bois. Elle immobilisa sa monture. Elle ne voulait pas aller plus loin. Là s'arrêtait son domaine à présent, le reste appartenait au passé, autant dire au rêve. Elle fit tourner bride à Black Beauty et se dirigea au petit galop vers les tombes. Elle resta là un long moment à pleurer en silence. Soudain, l'étalon piaffa et hennit doucement. Elle tourna la tête et elle le vit : il était monté sur un Appaloosa. Elle se souvint qu'elle venait d'en acheter un pour les hommes. Il la regarda et elle vit qu'il pleurait, lui aussi. Devait-elle dire quelque chose ou simplement s'en aller ? Finalement, dans un souffle, elle dit :

– Tate…

– Bonjour. Je voulais venir te remercier.

Si son visage n'avait respiré tant de bonté, cet homme aurait été effrayant. Cette taille colossale, ces traits rudes, ces yeux enfoncés dans leurs orbites… Toute sa physionomie exprimait la puissance.

– Tu n'as pas à me remercier. Nous l'aimions beaucoup.

– C'était un brave petit. Mais il a vraiment fait l'imbécile. J'ai vu Mary Jo hier soir et… Elle a sacrément grandi ! dit-il avec un bref sourire.

– Ça fait trois ans, Tate.

Il remua lentement la tête puis se rapprocha de la jeune femme :

– Samantha ?

C'était la première fois qu'il prononçait son nom, elle sentit de nouveau un désir ardent sourdre en elle.

– Oui, Tate ?

– Suis-moi.

Elle savait où il voulait la mener, mais son esprit se cabrait à l'idée de se laisser entraîner vers le passé. Baissant les yeux, elle vit ses jambes attachées par des sangles à la selle et comprit qu'elle n'avait pas le choix :

– Il faut que je rentre, Tate. J'ai une foule de choses à faire.

– Le ranch est devenu un endroit extraordinaire. Qu'est-ce qui t'a poussée à en faire un centre pour enfants handicapés ?

– Je te l'ai dit dans ma lettre, c'était le vœu de Caroline.

– Oui, mais pourquoi t'avoir choisie, toi, pour le diriger ?

En son for intérieur, Samantha poussa un soupir de soulagement : il ne savait pas.

– Pourquoi pas ?

– Tu n'es donc pas retournée à New York ? Je ne pensais pas que tu resterais ici.

« Vraiment ? pensa-t-elle. C'est pour ça que tu es parti ? Pour que je retourne dans une ville où je n'avais plus rien à faire ? » Mais ravalant sa colère elle dit :

– J'y suis retournée, oui, mais pas pour longtemps. Je suis revenue après sa mort... elle me manque encore.

– À moi aussi, ils me manquent encore, dit-il doucement. Allez, viens, je ne remettrai peut-être jamais les pieds ici de ma vie.

Il posa sur elle un regard si doux, si suppliant qu'elle n'eut pas le cœur de refuser. Il passa devant et se dirigea vers le lac.

– On descend une minute, Sam ?

– Non, répondit-elle fermement.

– Je te promets que nous n'entrerons pas dans la maison. Est-elle vide à présent ?

– Non, je n'ai rien touché.

– Il faut que je te parle. Il y a des tas de choses que je ne t'ai pas encore dites.

– Ce n'est pas la peine, Tate. Ça fait trop longtemps. Rien de tout cela n'a plus d'importance à présent.

– Peut-être pas pour toi, Sam. Mais pour moi

c'en a énormément. Je ne vais pas te faire un long discours. Tout ce que je veux te dire, c'est que j'ai eu tort.

– Que veux-tu dire ?

– J'ai eu tort de te quitter, et, tu sais, le plus drôle, c'est que je me suis disputé avec Jeff à ce sujet. Pas à propos de toi, non, mais du fait que je fuyais le ranch. Il m'a dit que j'avais toujours décampé devant les choses vraiment importantes de la vie. Il m'a dit que si j'avais voulu j'aurais pu devenir contremaître, ou même propriétaire d'un ranch ! Après six mois de vagabondage et de disputes, je suis allé dans le Montana où j'ai acheté un petit ranch. Et ça s'est révélé un bon investissement, un très bon investissement même. J'ai fait tout ça pour montrer à Jeff qu'il avait tort... et maintenant, ça n'a plus aucune importance. Mais je n'ai pas accompli tous ces efforts pour rien : j'ai appris quelque chose; peu importe que l'on soit un cowboy, un propriétaire de ranch, un homme ou une femme, du moment que l'on est honnête, sincère, généreux... regarde ces deux-là, dit-il en indiquant d'un geste du menton la petite maison en bois, ils se sont aimés et à présent ils sont enterrés côte à côte. Qui se soucie de savoir s'ils étaient mariés ou non ? Leur beau secret n'a été qu'une terrible perte de temps !

Samantha lui sourit :

– Ne sois pas triste, Tate. Tu ne peux pas savoir ce que ça représente pour moi de t'entendre parler ainsi.

– Mais j'ai dû te faire tellement souffrir ! Combien de temps es-tu restée après mon départ ?

– Deux mois. Je t'ai cherché partout. Et puis Caroline a fini par me mettre à la porte.

– Elle n'a pas eu tort. Je n'en valais pas la peine... à l'époque.

– Pourquoi, aujourd'hui, est-ce différent ? demanda-t-elle, amusée.

– Aujourd'hui, je suis propriétaire d'un ranch ! répondit-il en riant.

Comme autrefois, elle eut l'impresion d'avoir trouvé l'âme sœur. Ils se comprenaient si bien...

– Tu te souviens de notre première visite ici ?

– Comment pourrais-je oublier ?... mais ça fait si longtemps, dit-elle, soudain réticente.

– Évidemment, maintenant que tu es une vieille dame !

– Oui, Tate, dit-elle en posant sur lui un regard grave.

– Je pensais que tu te remarierais.

– Eh bien, une fois encore, tu avais tort, répondit-elle d'un ton sec.

– Pourquoi ? T'ai-je fait si mal ? Allez, descends donc de ce cheval.

– Non, Tate, je rentre.

– Pourquoi ?

– Parce qu'il le faut.

– Laisse-moi au moins t'expliquer...

– Il est trop tard, dit-elle en abaissant les yeux vers ses jambes.

Ayant suivi la direction de son regard, il fronça les sourcils. Il s'apprêtait à lui poser une question lorsqu'elle mit brusquement son cheval au galop et s'éloigna rapidement.

– Sam... Attends !

Puis, soudain, il devina la réponse à sa question informulée, les pièces du puzzle commençaient à s'ordonner dans sa tête.

– Sam !

Cravachant Black Beauty, elle lui fit prendre le grand galop. Elle pensait que jamais il ne pourrait la rattraper. Mais Tate avait eu le temps de voir se balancer ses pauvres jambes inertes au bout desquelles pendaient, lamentablement, ses pieds. Il comprenait à présent pourquoi sa selle lui avait paru si étrange...

Éperonnant l'Appaloosa, il traversa les collines à bride abattue, et rejoignit l'étalon juste avant d'arriver au ranch. Saisissant à pleines mains les rênes de Black Beauty, il cria :

— Arrête ! J'ai quelque chose à te demander !

— Laisse-moi ! Pour l'amour du ciel, laisse-moi !

Les yeux bleus de la jeune femme lançaient des éclairs.

— Non, je veux savoir la vérité. Sinon, je te force à descendre de ce cheval que j'ai toujours détesté !

— Essaie un peu !

— Qu'est-ce qui arriverait, hein ?

— Je me relèverais et je rentrerais à la maison.

— Ah oui ? Vraiment, Sam ? On va voir ça.

Il la poussa légèrement, mais elle fit faire un écart à sa monture.

— Arrête, je t'en supplie.

— Pourquoi me le cacher, hein ? Pourquoi ? Je t'aime, tu ne comprends donc pas ça ? Je n'ai jamais cessé de t'aimer, Samantha. Je suis parti parce que je t'aimais, pour que tu m'oublies et que tu retournes parmi les tiens. Mais je ne t'ai jamais oubliée, pas une seconde, ni la nuit ni le jour. Et te revoilà enfin, plus belle encore que dans mon souvenir. Je te désire, Samantha, tu ne peux pas savoir comme je te désire. Mais tu ne me laisses pas approcher. Pourquoi ? Tu en aimes un autre ? Si c'est le cas, je m'en vais et tu n'entendras plus jamais parler de moi. Mais il y a autre chose, n'est-ce pas ? Tu es comme les autres ? Comme les enfants, je veux dire. Ne fais pas l'idiote, Samantha, ne fais pas comme moi il y a trois ans ! Ne me fuis pas parce que tu ne peux plus marcher. Car, c'est bien ça, tu

ne peux plus marcher ? N'est-ce pas ? Samantha !
Réponds-moi !

Elle regarda ce visage tant aimé qui semblait
concentrer toute la douleur et tout l'amour du
monde et remua lentement la tête en signe d'assentiment. Puis, lui reprenant les rênes de Black
Beauty, elle se dirigea vers le ranch. Une fois
à une certaine distance, elle se retourna :

— Tu avais raison, Tate. Il y a des choses qui
nous séparent. Je t'en prie, maintenant, pars.

— Non, dit-il d'un air si déterminé qu'elle ne
put retenir un mouvement de surprise. Non, je
ne partirai pas, Sam, pas cette fois. Si tu ne
veux pas de moi, on verra, mais je ne partirai
pas à cause de tes jambes ! Je t'aime, Samantha.
Tout le reste, je m'en fous. J'aime tout ce que
tu m'as apporté, tout ce que tu as donné à mon
fils, à ces enfants... Oh ! Samantha, je t'aime
plus que ma propre vie ! Jeff m'écrivait combien
sa patronne était merveilleuse, je ne savais pas
que c'était toi, je ne savais pas ce que tu faisais...
Samantha, je ne partirai pas.

— Je ne veux pas de ta pitié. Je refuse ton
aide. Va-t'en. Je ne désire plus rien de la vie —
si ce n'est mes enfants... mon fils.

— Ton fils ? Tu m'expliqueras plus tard... Rien
n'y fera, Sam, je ne te quitterai pas.

Samantha cingla l'encolure de l'étalon, lequel
bondit aussitôt en avant et fila comme le vent
à travers les collines. Tate la suivit. Malgré la
puissance du grand cheval noir, elle sentait perpétuellement la présence de Tate sur ses talons.
Finalement, arrivée au bout de la propriété, elle
s'arrêta.

— Pourquoi me fais-tu souffrir ainsi ? cria-
t-elle.

— Parce que je t'aime. Comment est-ce arrivé ?

Elle le lui raconta, il mit un instant sa main

devant ses yeux, comme pour se protéger du soleil. Elle lui raconta comment elle l'avait cherché, son désespoir de ne jamais le retrouver, les campagnes publicitaires, les ranchs, le diable gris, la chute, l'hôpital…

– Samantha, pourquoi ?

– Parce que je ne pouvais vivre sans toi. Je t'aimais…

– Toutes ces années, j'ai travaillé nuit et jour, mais je ne pouvais penser qu'à toi.

– La nuit comme le jour…

– Tu es restée combien de temps à l'hôpital ?

– Dix mois environ. Mais tu sais, maintenant, ça m'est presque égal, je me suis habituée à ce nouvel état. Mais je ne peux pas l'imposer à quelqu'un d'autre.

– Y a-t-il un autre homme dans ta vie ?

– Non, et il n'y en aura pas.

– Si, dit-il en approchant son Appaloosa du grand étalon, il y en aura un.

Il se pencha vers elle et l'embrassa à pleine bouche, attirant son corps vers le sien, la pressant contre sa poitrine, entortillant ses doigts dans ses cheveux d'or.

– Palomino, oh ! mon Palomino.

En entendant cette voix prononcer ce nom, elle s'abandonna.

– Je ne te quitterai plus jamais, plus jamais.

Maintenant, elle pouvait le lui dire.

– Je t'aime. Je n'ai pas cessé de t'aimer, Tate, moi non plus.

Cette fois, lorsqu'il l'embrassa, elle murmura :

– Mon amour… il y avait longtemps…

Tenant sa main serrée dans la sienne, il plaqua son cheval contre l'étalon noir et ils cheminèrent ainsi, côte à côte, jusqu'au ranch.

Josh attendait dans la cour, mais lorsqu'il les aperçut il tourna les talons et entra dans l'écurie, comme s'il n'avait rien vu. Ils arrivèrent devant la porte de l'écurie et Samantha regarda Tate. Sans la quitter des yeux, il descendit lentement de cheval. Son être tout entier semblait tendu vers elle. Et tandis qu'il prononçait les mots familiers ses dernières réticences s'envolèrent et elle sourit.

– Je t'aime, Palomino.

Puis, d'une voix qu'elle seule pouvait entendre :

– Je veux que tu te souviennes que dorénavant il n'y aura pas un jour, une heure, une minute, une seconde où je ne serai pas avec toi.

Tout en continuant à le regarder, elle défit une à une les sangles qui attachaient ses jambes. Pouvait-elle le croire à présent ? N'était-ce pas plutôt un rêve ? Un merveilleux rêve ? Qui se terminerait un beau jour – comme il y a trois ans – par un départ sans un au revoir ?

– Fais-moi confiance, ma chérie, murmura Tate, comme s'il avait lu dans ses pensées.

Il regardait la belle jeune femme qui se tenait droite sur son étalon. Non, il n'y avait rien de brisé en elle, rien d'abîmé, rien d'invalide. Au contraire, elle était plus épanouie, plus rayonnante encore que trois ans auparavant. Elle se pencha légèrement en avant sur sa selle et posa les mains sur ses épaules.

– Aide-moi à descendre, dit-elle d'une voix paisible et calme.

Il la prit dans ses bras. C'est alors que Josh apparut. Il poussait le fauteuil roulant. Samantha, dans les bras de Tate, le regarda approcher, un sourire angélique aux lèvres; on eût dit une jeune mariée. Tate, après quelques secondes d'hésitation, installa la jeune femme dans son fauteuil. Il tremblait de voir de la douleur dans le regard de Samantha. Mais ce qu'il vit était tout autre :

une tendresse infinie, un désir, une compréhension totale... tout l'amour du monde était dans ces yeux-là.

– Où va-t-on ? demanda-t-il, les yeux brillants.

Elle lui sourit et se dirigea vers la sortie :

– À la maison.

Lorsqu'ils furent devant la grande maison, Samantha se dépêcha d'arriver à la porte d'entrée. Elle l'ouvrit et se retourna. Ils restèrent un moment ainsi, les yeux dans les yeux, à se remémorer un passé lointain, une autre vie. Il aurait voulu la prendre dans ses bras pour franchir le seuil, mais craignait de la froisser. Il la précéda dans le vestibule. Elle le suivit et ferma la porte derrière eux.

Romans sentimentaux

Depuis les ouvrages de Delly, publiés au début du siècle, la littérature sentimentale a conquis un large public. Elle a pour auteur vedette chez J'ai lu la célèbre romancière anglaise Barbara Cartland, la Dame en rose, qui a écrit près de 300 romans du genre. À ses côtés, J'ai lu présente des auteurs spécialisés dans le roman historique, Anne et Serge Golon avec la série des Angélique, Juliette Benzoni, des écrivains américains qui savent faire revivre toute la violence de leur pays (Kathleen Woodiwiss, Rosemary Rogers, Janet Dailey), ou des auteurs de récits contemporains qui mettent à nu le cœur et ses passions, tels que Theresa Charles ou Marie-Anne Desmarest.

CARTLAND Barbara (Sélection)

2070

Composition Communication à Champforgeuil
Impression Brodard et Taupin
à La Flèche (Sarthe) le 23 février 1990
1351C-5 Dépôt légal février 1990
ISBN 2-277-22070-1
1er dépôt légal dans la collection : déc. 1986
Imprimé en France
Editions J'ai lu
27, rue Cassette, 75006 Paris
diffusion France et étranger : Flammarion